SUSANNE KRONENBERG

Rosentot

SUSANNE KRONENBERG

Rosentot

Norma Tanns siebter Fall

GMEINER SPANNUNG

Bisherige Veröffentlichungen im Gmeiner-Verlag:
Hundswut (2017), Totengruft (2014), Edelsüß (2012), Kunstgriff (2010),
Rheingrund (2008), Weinrache (2007), Kultopfer (2006),
Flammenpferd (2005), Pferdemörder (2005)

Besuchen Sie uns im Internet:
www.gmeiner-verlag.de

© 2018 – Gmeiner-Verlag GmbH
Im Ehnried 5, 88605 Meßkirch
Telefon 0 75 75 / 20 95 - 0
info@gmeiner-verlag.de
Alle Rechte vorbehalten
1. Auflage 2018

Lektorat: Katja Ernst
Herstellung: Julia Franze
Umschlaggestaltung: U.O.R.G. Lutz Eberle, Stuttgart
unter Verwendung eines Fotos von: © ReinerSand
https://de.wikipedia.org/wiki/Datei:Flurstück_Auf_der_Platte-Elisabethen-
tempel_04.JPG
Druck: GGP Media GmbH, Pößneck
Printed in Germany
ISBN 978-3-8392-2250-8

1

»Silvan?«, hauchte Jolanda Bruck atemlos. »Ist das nicht ...
Silvan?«

Zaudernd streckte sie die Hand aus und wies mit zitternden Fingerspitzen auf den verwesten, weitgehend skelettierten Körper. Er ruhte auf dem Bauch, wie der Länge nach hingeschlagen, und war umhüllt von textilen Überbleibseln.

»Silvan? Unmöglich!«, flüsterte Florenz an ihrer Seite, ohne den Blick vom Toten abzuwenden. »Silvan ist in Neuseeland.«

Norma trat einen Schritt näher heran. Die zerschlissenen Reste eines Radlertrikots schimmerten in verblasstem Neongelb durch das rotbraune Laub, das beim Verrücken der Baumstämme, unter denen der Leichnam begraben gewesen war, auf ihn herabgerieselt war. Die dürren Beine steckten zwischen dunklen Fetzen, die wohl mal Teil einer Hose gewesen waren. Die aus Sportschuhen herausragenden Knöchel schimmerten weiß: blitzblank abgenagt von emsigen Waldbewohnern. Am großflächig freigelegten Schädel hafteten wenige kurze Haare. Der Rücken des Toten war bizarr eingedellt. Als hätte ihm die umstürzende Buche das Rückgrat zerschmettert.

»Wer ist Silvan?«, fragte Norma behutsam.

»Silvan Morgenthaler, unser Beikoch«, erwiderte Jolanda und drehte sich weg, wohl um sich vor dem erbarmungswürdigen Anblick zu schützen. »Das trug er immer beim Radfahren: ein gelbes Trikot und eine schwarze Hose! Bestimmt auch an dem Abend, als der Tornado losbrach!«

»Silvan ist seit vier Jahren in Neuseeland!«, wiederholte Florenz beharrlich. »Ein gelbes Trikot haben viele. Silvan trug immer einen Helm, so ein silberfarbenes Teil. Da liegt kein Helm!«

Jolanda warf einen weiteren furchtsamen Blick auf die verstörende Entdeckung. »Du hast recht! Aber sieh nur, die Schuhe! So hellblau wie seine und mit chinesischen Schriftzeichen. Er hatte sie im Internet ersteigert und war so stolz darauf.«

Auch Norma schaute noch genauer hin. Die aufgenähten Zeichen waren deutlich zu erkennen. An den Sohlen befanden sich Einsätze für Klickpedale. Kein Schuhwerk, mit dem man freiwillig zu einem längeren Fußmarsch aufbrach. Wo mochte das Fahrrad geblieben sein?

An ihrer Seite regte sich die Bürgermeisterin Elisabeth Behrensen, die schwer atmend ausgeharrt hatte, und flüsterte angespannt: »Nicht zu fassen, noch ein Toter! Ganz in der Nähe wurde vor vier Jahren eine Frau getötet. Eine bekannte Fernsehmoderatorin!«

»Rose Schwertmann«, antwortete Norma, die sich gut an die Tat erinnerte, die im Rhein-Main-Gebiet und darüber hinaus große Beachtung gefunden hatte. Die Prominente war während eines Tornados im Bad Schwalbacher Wald brutal ermordet worden. Norma war damals zwar nicht mehr im Polizeidienst gewesen, hatte aber alle Berichte aufmerksam verfolgt.

Ein rätselhaftes Verbrechen, das bislang nicht aufgeklärt werden konnte.

2

Bei frühsommerlichem Wetter war eine Gruppe von Vertretern der Stadt und des Teams der Landesgartenschau, sowie Sponsoren und interessierte Bürgerinnen und Bürger ganz in der Nähe auf einem Parkplatz zusammengekommen. Anlass des Treffens war ein neuer Waldlehrpfad, der nun pünktlich zum Start der Hessischen Landesgartenschau, die in Bad Schwalbach stattfand, eröffnet werden sollte. Auch Norma hatte sich deswegen in den Bad Schwalbacher Wald aufgemacht. Als die Bürgermeisterin, eine füllige, warmherzig wirkende Mittfünfzigerin, die Anwesenden begrüßte, lenkte der durchdringende Ruf eines Greifvogels Normas Blick nach oben. Im wolkenbetupften Himmel schraubten sich zwei Rotmilane wie schwerelos in die Höhe. Als sie sich wieder den Umstehenden zuwandte, bemerkte sie ein Lächeln auf vielen Gesichtern. Elisabeth Behrensens Worte über das Unglück, das auch Chancen berge, passten zweifellos auch auf die Greifvögel und ihren Jagderfolg im vom Wald befreiten Areal. Vor vier Jahren hatte der Tornado ein kilometerlanges Band der Zerstörung bis hinunter in die Stadt geschlagen, die sich in trügerischer Sicherheit zwischen den steilen Taunushängen behaglich eingerichtet hatte. Wie verloren wand sich nun die Straße mit dem historischen Namen »Reitallee« durch den Windbruchhang, passierte nach einer Haarnadelkurve das Café Platte und streifte ein Stück weiter oberhalb den Waldparkplatz mit der Besucherschar. Von hier aus überschaute man die, wie Norma schätzte, gut vier Fußballfelder umfassende Fläche, auf der kaum ein Baum stehen geblieben war. Der neue Rundweg, die Tornado-Spur, zog sich auf frisch angelegten Pfaden und Brücken über den Berghang. Wer gute Augen hatte, erkannte tief unten zwischen Häusern und Straßen zwei grüne Täler, die sich wie die gespreizten Finger des Victoryzeichens dem Wald entgegenstreckten: die Hauptschauplätze der Hessischen Landesgartenschau, deren feierliche Eröffnung Norma vor zwei Tagen miterlebt hatte. Die Zeremonie an diesem Tag, hier oben im Wald, lief deutlich geruhsamer und bescheidener ab.

Der leichte Wind trug die helle Stimme der Bürgermeisterin davon. »... würdigen wir heute die Eröffnung der Tornado-Spur ... Abenteuerpfad ... Lehrpfad ... über das Sturmholz hinweg und hindurch ... die enorme Kraft der Natur, aber auch die Energie des Neubeginns ... wie schön, zeitgleich mit der Landesgartenschau auch diese Attraktion ...«

Norma verlor den Faden, hing ihren Gedanken nach. Mal kleiner, mal größer waren ihre Zweifel an ihrem derzeitigen Auftrag. Aus einer Laune heraus hatte sie sich dafür beworben, einen Internet-Blog über die Landesgartenschau zu führen, und damit prompt Gertraud Meering, die Initiatorin dieses Vorhabens, für sich eingenommen. Die alte Dame war von ihrer Enkelin darauf gebracht worden, einen Blog zur Gartenschau ins

Leben zu rufen. Die gebürtige Bad Schwalbacherin war hingerissen von der Vorstellung, eine wahrhaftige Privatdetektivin zu engagieren. Norma sollte das Geschehen rund um die Landesausstellung mit detektivischem Spürsinn erkunden und mit subjektivem Blick kommentieren. Alle 14 Tage würde der Schreiber wechseln, und Norma war die Erste in der Reihe. Überrascht von der schnellen Zusage hatte sie kalte Füße bekommen. Doch ihren Einwand, sie wohne am Rhein in Wiesbaden-Biebrich und kenne sich im Taunus kaum aus, hatte die Sponsorin unbekümmert vom Tisch gewischt und sich auch von Normas Bedenken nicht beirren lassen, sie könne nur im Polizeijargon schreiben. Norma sollte ganz ungezwungen über das berichten, was ihr auffiel, und dabei kein Blatt vor den Mund nehmen. Ein Bild, das Norma hinsichtlich der Gartenschau amüsierte. So willigte sie schließlich ein und stimmte auch der einzigen Bedingung zu: in Bad Schwalbach zu wohnen, um dicht am Geschehen zu sein. Zeitgleich mit der Eröffnung der Landesausstellung war sie ins Hotel zum Pharao gezogen, das von einem jungen Bad Schwalbacher Ehepaar, Jolanda und Florenz Bruck, geführt wurde. Die jungen Hoteliers hatten sie sehr herzlich in Empfang genommen. Am ersten Abend waren sie, nach einigen Gläsern Rheingauer Wein, zum Du übergegangen.

Norma fing einen gelangweilten Blick Jolanda Brucks auf, die als finanzielle Unterstützerin der Tornado-Spur an der Eröffnungsfeier teilnahm. Ihr Mann Florenz trieb sich im Schatten der Bäume herum, die der Windhose getrotzt hatten. Allmählich schien die Bürgermeisterin zum Ende ihrer Ansprache zu finden. Ihre Stimme gegen den Wind erhebend dankte sie dem Förster, der mit einer Sommergrippe im Bett lag, und wünschte ihm aus der Ferne gute Besserung. Der Lehrpfad, der sich über Treppen und Bohlenwege auf einem 800 Meter langen Rundkurs durch Wald und Windbruch zog, sei nur dank der gemeinsamen Anstrengungen von Stadtverwaltung, Forstamt, dem Team der Landesgartenschau und vielen privaten Spendern möglich geworden.

Während freundlicher Applaus erklang, schlängelte Norma sich zu Elisabeth Behrensen durch, die sie als »offizielle LGS-Bloggerin« herzlich willkommen hieß und nach nettem kurzem Plausch zur gegenseitigen Vorstellung ringsherum weiterreichte. Höfliches Nachfragen, gepflegter Small Talk. So pudelwohl Norma sich inmitten der Natur fühlte – Empfänge im Wald lagen ihr weniger.

Was habe ich mir mit dem Blog nur eingehandelt?, ärgerte sie sich aufs Neue und schnappte sich zur Ablenkung ein Sektglas von dem ausladenden Tablett, das Lilly, eine Mitarbeiterin des Hotels der Brucks, geschickt durch die Menge balancierte. Abgesehen von bunten Blumenbildern war Normas Ausbeute an Fotos und Texten zum Thema Landesgartenschau bisher überschaubar. Also nutzte sie die Gelegenheit, stellte das halb geleerte Glas zurück und fotografierte das aus wuchtigen Balken gezimmerte Tor, das Zugang zur Tornado-Spur bot. Mittlerweile unterhielt sich die Bürgermeisterin mit einem jungen Mann, der sich als Journalist des Aar-Boten vorgestellt hatte. Norma fing Satzfetzen auf, in denen Elisabeth Behrensen von dem gelungenen Start der Landesgartenschau schwärmte, als das Dröhnen eines PS-starken Motors jede weitere Unterhaltung unmöglich machte. Ursache des Lärms war, wie sich gleich darauf zeigte, ein gewaltiges Forstfahrzeug, das sich seinen Weg durch den Wald bahnte. Wie ein ausgehungertes Tier richtete es seinen langen Greifarm auf einen Berg mächtiger verrottender Baumstämme aus, die sich wie von einem Riesen umgeknickt und durcheinandergewirbelt in Sichtweite des Parkplatzes auftürmten. Die Umstehenden schraken zusammen. Elisabeth Behrensen breitete die Arme aus, als wollte sie ihre Gäste vor dem Koloss schützen.

Ein älterer Mann an Normas Seite deutete auf das Sturmholz und meinte bedauernd: »Was für ein Jammer, die uralten Bäume! Das war ein Naturdenkmal, eine außergewöhnliche Gruppe von Blutbuchen. Vor vier Jahren hat die Windhose die dicken Buchen wie Streichhölzer umgefegt.«

»Weshalb hat man das Holz nicht längst abgeräumt?«, fragte sie verwundert.

»Die Verwüstungen waren immens«, erklärte er. »Mit den Folgen des Tornados sind die Waldarbeiter immer noch beschäftigt. Zuerst wurden die Bäume entfernt, die eine Gefahr darstellten oder die Wege versperrten. Bei diesem Windbruch bestand offenbar kein Grund zur Eile.«

Florenz Bruck fühlte sich offensichtlich zum Handeln berufen und spurtete dem Monstrum entgegen.

Beide Arme protestierend über dem Kopf schwenkend brüllte er: »Stopp! Sofort anhalten!«

Tatsächlich drehte die Monstermaschine bei und kam knapp vor Florenz zum Stehen. Der Motorenlärm verstummte. Die Bürgermeisterin schritt, ein beschwichtigendes Lächeln auf den Lippen, auf die Kontrahenten zu. Die Gästeschar, unter ihnen Norma, folgte interessiert. Die Tür der Fahrerkabine flog auf.

»Ich habe einen Auftrag«, rief der Fahrer, sichtlich unbeeindruckt von dem Aufgebot, und musterte Florenz von seiner hohen Position aus mit stoischer Miene.

»Du störst eine Feier! Verschwinde!«, rief Florenz und reckte drohend die Faust.

»Bitte, bitte, Herr Bruck!«, wandte sich Elisabeth Behrensen mäßigend an den Hotelier und bat den Fahrer: »Kommen Sie bitte später wieder.«

»Ich bin für hier und heute beauftragt«, antwortete der Mann in der Kabine unbeirrt und deutete auf das Sturmholz. »Der Haufen wird jetzt abgebaut. Später wird es teuer.«

»Da ist etwas schiefgelaufen«, flötete die Bürgermeisterin. »Der Förster ist erkrankt, womöglich wusste sein Stellvertreter nicht ...«

»Ist mir schnurzegal!«, fiel ihr der Fahrer ins Wort. »Mein Auftrag ist, wie er ist.«

»Zieh Leine!«, fauchte Florenz, der sich unter der offenen Kabinentür aufgebaut hatte.

»Bitte, bitte, meine Herren!«, rief die Bürgermeisterin, die zu befürchten schien, dass der Fahrer nicht nachgeben würde. »Wo ist das Problem? Wir feiern den Start des Tornado-Lehrpfads, und was könnte in diesen Rahmen besser passen als die praktische Demonstration einer Forstmaschine? Machen Sie Ihren Job, junger Mann! Wir sind Ihr Publikum!«

Pragmatisch ist sie, das muss man ihr lassen, dachte Norma anerkennend.

Mit ohrenbetäubendem Wummern sprang der Motor an, und das Gefährt rollte erneut auf den Sturmholzstapel zu. Der Greifarm setzte sich in Bewegung, verbiss sich in den oberen mannsdicken Buchenstamm, hob ihn an und legte ihn mit kraftvollem Schlenker seitlich auf freierem Gelände ab. Stamm um Stamm schmolz der wilde Turm dahin, während am Rand der Parkfläche ein geordneter Stapel heranwuchs. Der Großteil der Gäste stahl sich davon, doch einige blieben, darunter die Bürgermeisterin, und beobachteten interessiert die Präzision der kraftvollen Maschine.

Der Mann in der Fahrerkabine beherrschte sein Fahrzeug wie im Schlaf und arbeitete konzentriert und flink. Schon hob der letzte Stamm mit einer verdorrten Krone vom Boden ab, als Norma überrascht blinzelte. Was war das? Dieser gelbe Farbfleck, der durch das Laub schimmerte? Neugierig trat sie näher heran. Während sich der gewaltige Wurzelteller noch auf das Erdreich stützte, schwebte der Stamm, von der Greifkralle gehalten, in die Höhe und gab den Blick frei auf das, was der umstürzende Baum damals unter sich begraben hatte. Aus seiner Perspektive konnte der Fahrer, dessen Blickfeld durch den Baumstamm eingeschränkt war, nicht erkennen, was Norma aufgefallen war.

Erst nachdem sie sich mit rudernden Armen bemerkbar gemacht hatte, stellte er den Motor aus und öffnete mit zorniger Miene die Kabinentür. »Was soll das schon wieder?«

»Lassen Sie den Stamm, wo er ist!«, befahl Norma entschieden. »Bewegen Sie nichts!«

»Was gibt's?«, fragte die Bürgermeisterin verwundert und rückte, gefolgt von der Gruppe, dichter an den freigelegten Waldboden heran. Im Nu drängten sich alle Anwesenden um den Buchenstamm herum.

Der Fahrer kletterte aus der Kabine und eilte dazu. »Was zum Teufel fällt euch ein?«

In dem Augenblick kippte das Tablett in Lillys Händen nach vorn, und die Gläser schlugen klirrend auf dem Waldboden auf.

3

Sie hätte nicht sagen können, wie lange sie angesichts des Toten bereits beisammenstanden. Vermutlich waren nur wenige Minuten vergangen, seit der Greifarm das seltsame Grab freigelegt hatte. Die Zeit schien sich zu dehnen. Norma fühlte sich zum Handeln gedrängt und hätte am liebsten sofort den Fundort abgesperrt und den Polizeinotruf gewählt. Aber welchen Grund zur Eile hätte es geben sollen nach all den Jahren, die der Radfahrer von den Stämmen verborgen hier gelegen hatte? Außerdem war sie keine Polizistin mehr. So zähmte sie ihre Ungeduld und wartete auf eine Reaktion der Bürgermeisterin.

Sichtlich um Fassung ringend murmelte Elisabeth Behrensen: »Vor vier Jahren hat der Tornado für Verwüstung gesorgt. Meines Wissens war in Bad Schwalbach danach niemand verschollen.«

»Das muss Silvan sein«, beharrte Jolanda unbeirrt.

Sie schien ihren Mann überzeugt zu haben, der zustimmend nickte und erklärte, sein Koch hätte für den Tag des Tornados einen Flug nach Auckland gebucht. »Silvan hatte gekündigt. New Zealand forever, das war sein großer Traum. Deswegen hat ihn niemand vermisst.«

Die Bürgermeisterin grub in der Jackentasche nach dem Telefon und ließ sich über ihr Büro mit der Bad Schwalbacher Polizei verbinden. Norma kannte die örtliche Polizeistation in der Emser Straße von ihren früheren Einsätzen als Hauptkommissarin beim Polizeipräsidium Westhessen, das sich in Wiesbaden befand und dessen

Einzugsgebiet bis in den Untertaunus reichte. Während die Anwesenden – je nach Temperament aufgeregt diskutierend oder betroffen schweigend – auf die Polizei warteten, hielt Norma die allzu Neugierigen davon ab, den Fundort zu betreten, und zugleich den Forstarbeiter in Schach, der, wichtige Folgetermine vorgebend, am liebsten samt seiner Monstermaschine abgerückt wäre. Sie war erleichtert, als endlich zwei Streifenwagen anrückten und sie die Verantwortung an vier Polizisten, drei Männer und eine Frau, abgeben konnte, die ihr allesamt unbekannt waren.

Die Tatortgruppe aus Wiesbaden sei unterwegs, um die Leiche zu bergen und die Spuren zu sichern, die nach der langen Zeit noch zu finden seien, erklärte einer von ihnen, ein älterer, besonnen wirkender Mann, der sich als Hauptkommissar Jost Henrich Färber vorstellte. Dass eine ehemalige Kommissarin den Landesgartenschaublog betreute, war ihm nicht entgangen. Der Aar-Bote hatte in mehreren Artikeln darüber berichtet.

»Sie gehörten doch früher der Mordkommission an, nicht wahr?«, fragte Färber in kollegialem Tonfall. »Was sagen Sie? Hier auf dem Parkplatz wurde während des Tornados die Moderatorin ermordet. Und nun dieser Tote, offensichtlich mitten im Sturm von Bäumen erschlagen. Das kann doch kein Zufall sein?« Er schaute sie erwartungsvoll an.

Norma gab sich zurückhaltend. »Der Frage wird sicherlich eine Sonderkommission nachgehen.«

»Ich darf mich auf Ihre Diskretion verlassen, Frau Tann?«, bat er mit höflichem Lächeln. »Kein Satz über das hier im Internet, solange nichts freigegeben ist?«

»Selbstverständlich, Sie haben mein Wort.«

Fast war sie gekränkt, weil er überhaupt gefragt hatte. Färber dankte ihr und wandte sich dem Forstarbeiter zu, der unter polizeilicher Anleitung die Arbeit fortsetzte und den letzten Stamm mit der gebotenen Umsicht beiseiterückte. Währenddessen hatten Färbers Kollegen damit begonnen, den Fundort großflächig mit rot-weißem Band abzusperren. Norma ging zu dem Grüppchen, das auf dem Parkplatz darauf wartete, der Polizistin die Personalien zu diktieren. Wer entlassen war, stieg in seinen Wagen und verschwand. Bald donnerte auch die Forstmaschine so lautstark davon, wie sie gekommen war. Schließlich waren neben Norma und den Polizisten nur noch die Bürgermeisterin, die Leute vom Hotel und der junge Journalist übrig geblieben, der mit brennenden Wangen um die Uniformierten herumstrich.

Elisabeth Behrensen versuchte Jolanda zu trösten, die mit versteinerter Miene am Hotel-Jeep lehnte, während Florenz um den Wagen herumtigerte und dabei Lilly in den Weg geriet, die sich umständlich mit dem Einräumen der Sektflaschen beschäftigte, als bräuchte sie diese Ablenkung. Die zerbrochenen Gläser hatte sie oder jemand anders bereits aufgelesen. Ein offener, mit Scherben gefüllter Karton stand im Kofferraum.

Grob kickte Florenz mit dem Wanderstiefel gegen einen Reifen. »Die Landesgartenschau ist *die* Chance für uns. Endlich ist das Pharao für Wochen ausgebucht. Und jetzt dieses Unglück! Das könnte die Gäste verschrecken!«

Die Bürgermeisterin bemühte sich, ihn zu beruhigen. »Mein lieber Herr Bruck, dieser arme Teufel mag einen dunklen Schatten auf die Stadt werfen. Aber den Erfolg der LGS wird seine Entdeckung wohl kaum beeinträchtigen.«

Florenz' Antwort war ein argwöhnischer Blick, bevor er angriffslustig auf Norma zusteuerte. »Was wirst du in deinen Blog schreiben? Todesspur Tornado? Schaurige Spektakel-Spur?«

Lilly brach in ein hysterisches Kichern aus.

»Das ist nicht komisch! Es geht auch um deinen Job, wenn der Umsatz einbricht!«, brüllte Florenz, was Lilly schlagartig verstummen ließ.

Das Schicksal seines früheren Kochs schien ihn nicht groß zu kümmern, nahm Norma befremdet zur Kenntnis. Auch falls er seinem Angestellten die Kündigung verübelt hatte oder es aus einem anderen Grund zum Streit gekommen war, hätte sie trotzdem mehr Anteilnahme erwartet.

Mit scharfer Stimme mischte sie sich ein. »Vor allem geht es um eines: Hier ist ein Mensch gestorben. Jemand, der eine Familie hatte. Allein deswegen werde ich nichts anderes schreiben, als das, was die Pressestelle der Polizei vorgibt. Und ich bin sicher, der junge Mann von der Zeitung wird es genauso handhaben.« Damit wandte sie sich dem Reporter zu, der unsicher näher gekommen war, nachdem ihm die Polizistin barsch untersagt hatte, Fotos vom Fundort zu machen.

»Geht klar«, antwortete der Reporter, um Lässigkeit bemüht, obwohl er von dem Geschehen sichtlich eingeschüchtert war.

Wie ein Spürhund folgte er anschließend Florenz und Jolanda, die ein Stück auf den Fundort zugegangen und vor dem Absperrband stehen geblieben waren. Die Bürgermeisterin trat ein paar Schritte abseits, um ungestört zu telefonieren.

Lilly hatte endlich alle Sektflaschen im Jeep verstaut. Nun schlug sie die Hecktür zu und wandte sich mit einer Frage an Norma: »Wie findet man heraus, ob der Tote Silvan ist?«

»Über einen Zahnabgleich geht das schnell, wenn entsprechende Vergleichsdaten vorliegen. Vielleicht hat er auch etwas bei sich, was ihn identifiziert, zum Beispiel seinen Führerschein. Wie gut haben Sie Silvan gekannt?«

»Vor fünf Jahren haben die Brucks das Pharao wiedereröffnet«, sagte Lilly. »Silvan und ich haben zur selben Zeit angefangen: er in der Küche und ich im Service. Wir haben uns gut verstanden. Im Jahr darauf wollte er schon wieder weg. In Neuseeland suchte man gute Köche. Die große, weite Welt, Sie wissen schon! Sein Flug ging an dem Sonntagabend, als der Tornado losbrach. Am selben Nachmittag wollte Silvan eine letzte Runde auf dem Mountainbike drehen. Er mochte den Wald so sehr.« Mit verlegenem Lächeln beendete sie den kurzen Bericht.

Wie alt mochte sie sein? Mitte 20, schätzte Norma. »Hat er sich seitdem nicht mal gemeldet?«

»Bei mir nicht«, antwortete Lilly mit belegter Stimme. »Silvan ist ein netter Typ. Aber er gehört zu den Leuten, die alles hinter sich lassen können. Die nur nach vorn schauen und nie zurück.«

»Und seine Familie?«

Lilly zuckte mit den Schultern. »Ich weiß nur, dass die Eltern hier in Bad Schwalbach wohnen. Geschwister hat er nicht.«

»Eine Freundin?«

»Keine Ahnung«, murmelte sie ausweichend. »Grauenhaft ... vom Baum erschlagen.«

»Auch wenn es auf den ersten Blick danach aussieht«, wandte Norma ein, »muss sich das erst noch herausstellen. Die Experten werden die Todesumstände im Detail untersuchen.«

»Wie furchtbar, falls das wirklich Silvan ist«, überlegte Lilly flüsternd. »Wie oft ich an ihn denke! Ich male mir aus, was er macht und wie es ihm geht. Dass er in einem Spitzenrestaurant arbeitet und in der Freizeit in den Bergen wandert. Das war immer sein Traum.« Sie schaute auf und bekannte offen: »Ich war schlimm verliebt, ich dummes Huhn. Dabei war sonnenklar, es würde nichts aus uns werden.«

Norma nahm die zarte Person genauer in Augenschein. Sie war auf natürliche Art hübsch und frei von Affektiertheit. »Warum seid ihr kein Paar geworden?«

»Ich war nicht sein Typ.« Lilly hob resigniert die Schultern. »Und wie geht es jetzt weiter?«

Das Prozedere war jahrelang Alltag für Norma gewesen. »Spezialisten der Polizei werden den Fundort auf Spuren und Hinweise untersuchen und den Toten mitnehmen«, fasste sie das aufwendige Vorgehen in einem Satz zusammen.

»Was passiert mit ihm?«

»Der Tote wird nach Frankfurt ins Zentrum der Rechtsmedizin gebracht. Leider.«

»Wieso leider?«, wunderte sich Lilly.

»Käme er nach Wiesbaden ins Hessische Landeskriminalamt, dann hätten wir früher Gewissheit, ob es Silvan ist.«

»Wieso?«

»Mein Freund arbeitet beim LKA.«

Unklare Todesfälle sind sein Fachgebiet, hätte sie hinzufügen können, unterließ es aber wohlweislich. Manche machten sich falsche Vorstellungen beim Gedanken an einen Wissenschaftler, der mit großer Passion Leichen untersuchte. Sie selbst konnte gut damit umgehen. Timon sah sich als Anwalt der Opfer, und das Mindeste, was er für sie tun konnte, war seiner Meinung nach, zur Aufklärung ihres Schicksals beizutragen.

Das Wiesbadener Team rückte mit Blaulicht und mehreren Einsatzwagen an. Kaum waren diese auf dem Parkplatz zum Stehen gekommen, breitete sich eine professionelle Geschäftigkeit im Wald aus – angetrieben und kommandiert von einem groß gewachsenen Mann in Zivil. Als er Norma erspähte, eilte er ihr mit ausgreifenden Schritten entgegen. Sein herrischer Blick versprach nichts Gutes, und Norma stöhnte unwillkürlich auf.

Ausgerechnet Kriminalhauptkommissar Bastian Riebler!

4

Wegen des Maifeiertags war das Zentrum der Rechtsmedizin in Frankfurt knapp besetzt, und zudem fehlte
krankheitsbedingt Personal. Man hatte das Hessische
Landeskriminalamt in Wiesbaden um Unterstützung
gebeten, und so war der Tote wider Erwarten doch auf
dem Seziertisch des Mediziners und Biologen Dr. Dr.
Timon Frywaldt gelandet, wie Norma am frühen Vormittag von ihm selbst durch einen Anruf erfahren hatte.
Ihm war klar, wie brennend es sie interessierte, schließlich hatte sie ihm am vergangenen Abend in allen Einzelheiten geschildert, wie es zu der Entdeckung gekommen
war. Timon hatte für sie gekocht, vorerst eine der letzten
Gelegenheiten zum gemeinsamen Essen. Am Donnerstag
wollte er Wiesbaden für drei Wochen den Rücken keh-
ren und in die USA fliegen. Norma wusste, sie würde
ihn sehr vermissen. Sie waren ein Paar, auch wenn sie in
getrennten Wohnungen lebten, was ihrer Beziehung gut-
zutun schien. Sein Ziel war ein hochkarätiger Kongress
über forensische Anthropologie, der in New Orleans
stattfinden sollte. Für Timon, den Spezialisten für Spurensicherung und Tötungsdelikte, weit mehr als eine
berufliche Fortbildung – eher eine Herzensangelegen-

heit. So fieberte er seit Monaten auf die Reise hin. Komm mit, hatte er sie gebeten. Nimm dir Urlaub! Sie hatte tatsächlich darüber nachgedacht – und den Vorschlag mit der Begründung verworfen, ihm bliebe doch sowieso kaum Zeit für gemeinsame touristische Ausflüge. Was nicht der wirkliche Grund war. In Wahrheit fürchtete sie, schlafende Dämonen zu wecken. Seit Kolumbien war sie nicht mehr geflogen. Obwohl sie die Panikattacken überwunden hatte, traute sie dem Frieden nicht und fühlte sich für eine lange Flugreise noch nicht gewappnet. Falls sie einen Anfall bekäme, bräuchte sie frische Luft und Platz um sich herum.

Während sie am frühen Nachmittag mit wachsender Ungeduld auf seine Nachricht wartete, nutzte sie die Zeit, um vor dem Weinbrunnen Kommentare für den Blog einzufangen. In der Frühlingssonne, die den weißen Brunnenpavillon erstrahlen ließ und die Frühblüher in den Rabatten zum Leuchten brachte, standen ihr gut gelaunte Besucher bereitwillig Rede und Antwort. Allmählich gewann sie Gefallen an ihrer Rolle als Reporterin und hatte soeben das Foto eines jungen Paares geschossen, das ihr ausgelassen ins Bild winkte, als das Smartphone Timons SMS anzeigte: *Kommst du? Um 15 Uhr im Labor. Luigi und Dirk sind dabei.*

Die Hauptkommissare Luigi Milano und Dirk Wolfert also, ihre Ex-Kollegen aus der Mordkommission. Am liebsten hätte sie Timon postwendend angerufen, hielt sich aber zurück. Er hätte sicher selbst zum Telefon gegriffen, stünde er nicht unter Zeitdruck. So sammelte sie fleißig weiteres Fotomaterial. Im Restaurant am Kurweiher bestellte sie einen Salat und machte sich nach einem Cappuccino auf den Weg. Die Autofahrt führte sie über eine kurvenreiche Straße, entlang der im schmalen Bett dahinplätschernden Aar und zum Taunussteiner Ortsteil Bleidenstadt, bevor sie den Taunuskamm an seiner niedrigsten Stelle, der Eisernen Hand, überquerte. Danach ging es bergab nach Wiesbaden. Eine halbe Stunde später parkte sie den Kombi in einer Seitenstraße des Behördenviertels, in dessen farblose Betonarchitektur sich neben den Finanzämtern, Sozialbehörden und dem Verfassungsschutz auch ihr Ziel, das Landeskriminalamt, einfügte. Ihre frühere Arbeitsstelle, das Polizeipräsidium Westhessen, lag nur einen Katzensprung entfernt in einem lang gezogenen Gebäudekomplex, dem ehemaligen Militärkrankenhaus der Amerikaner. Und damit eigentlich nah genug, um den Weg zu Fuß zurückzulegen. Doch die Hauptkommissare hatten offensichtlich das Auto bevorzugt, denn Norma entdeckte Milanos Wagen, als sie über den Parkplatz spazierte. Sie blieb abwartend stehen. Der Kommissar zwängte seine Masse ins Freie, und das allein schien ihn schon ins Schwitzen zu bringen. Auf der Beifahrerseite entstieg Dirk Wolfert dem Wagen. Wie immer akkurat gekleidet in Sakko und dunkler Hose, strebte er mit zum Gruß erhobener Hand auf sie zu. »Norma, wie schön, dich zu sehen! Auch wenn der Anlass wenig erfreulich ist.«

Milano stopfte sich das Hemd in die Jeans und stapfte mit schweren Schritten heran. »Volltreffer, Frau Schnüfflerin!«, brummte er anstelle einer Begrüßung. »Gehst zum Blümchenzählen in das Kurstädtchen, und was passiert? Du stolperst gleich über eine Leiche!«

Einmal im Monat traf sie sich mit ihm und Wolfert zum Essen, und beim letzten Mal hatte er seinen Spott über ihr ausgegossen. Von der Privatschnüfflerin zur digitalen

Schreiberline: Ob sie das nötig habe? Ob ihr die Kundschaft ausgegangen sei?

»Irrtum, Luigi!«, konterte sie nun. »Mit dem Fund habe ich nichts zu tun. Ich war ganz zufällig als Bloggerin dort.«

»Herrje, Norma! Du und bloggen, das ist wie …«

»Wie was, Luigi?«

»Wie Pasta aus der Tüte! Einer guten Ermittlerin einfach unwürdig!«

Sie lachte laut auf. »Hab ich das Wort ›gut‹ gehört? Aus deinem Mund, Luigi? Lass das meine Sorge sein, mein Lieber! Es bringt mir so viel ein wie die öden Versicherungsrecherchen, macht aber zehnmal mehr Spaß. Habt ihr den Toten aus dem Wald übernommen?«

»Die Soko Waldparkplatz wird neu gebildet«, bestätigte Milano mit grummeligem Schnaufen. »Dass wir den Mord an der Moderatorin damals nicht aufklären konnten, fuchst mich bis heute. Womöglich bringt der neue Fall Licht in die alte Sache.«

»Gehört Riebler zum Team?«, fragte Norma und verzog das Gesicht.

Mit breitem Grinsen sagte Milano: »Der Gute hat sich gestern dermaßen ins Zeug gelegt – der Chef wollte ihn nicht ausschließen.«

»Hoffentlich vergeigt Riebler das nicht!«, bemerkte Norma spitz.

Während ihrer Zeit als Polizistin war er einer der wenigen Kollegen gewesen, mit denen sie bei jeder Gelegenheit aneinandergeraten war. Als junger Kommissar hatte er keinen Fauxpas ausgelassen. Jeder Neuling irrte sich mal. Mit Anfängerfehlern konnte sie umgehen. Aber nicht mit dummdreister Arroganz, kindischer Rechthaberei und einer aus geistiger Unbeweglichkeit entspringenden Uneinsichtigkeit. Streitereien, die auch Riebler keinesfalls vergessen haben dürfte. Dass sie gegangen, er aber geblieben war, musste ihm eine ungeheuere Genugtuung verschafft haben. Die gönnerhafte Hochnäsigkeit, mit der er ihr gestern begegnet war, hatte ihren alten Grimm sofort auflodern lassen.

Wolfert meinte mit gerunzelter Stirn: »Immer noch Vorbehalte? Ob du es glaubst oder nicht, Bastian hat eine ganz ordentliche Karriere hingelegt.«

Timon wartete im Foyer auf sie. Er begrüßte die Kommissare mit kräftigem Handschlag und empfing Norma mit einer warmen Umarmung, die sie kräftig erwiderte. Im Gänsemarsch folgten sie ihm in den Obduktionsraum. Norma ging als Letzte. Ihr graute vor dem Leichengeruch, an den sie sich wohl niemals gewöhnen würde. Dort angekommen, steckte Timon seinen langen Zopf im Nacken hoch und streifte einen Kittel über. Wolfert und Milano traten dicht an den Seziertisch heran, Timon positionierte sich ihnen gegenüber. Norma hielt sich abseits im Rücken der Kommissare, angerührt von dem Anblick des weitgehend skelettierten Körpers, der, gesäubert von Stoffresten, Erde und Pflanzenteilen, schutzlos auf dem blanken Metall vor ihnen lag. Nicht bäuchlings wie im Wald, sondern nun auf dem Rücken liegend, hielt der Tote die leeren Augenhöhlen in Richtung der Neonröhren unter der Zimmerdecke gerichtet. Er roch kaum muffiger als nasses Herbstlaub, stellte sie fest, als sie probehalber das in Parfüm getränkte Taschentuch von der Nase nahm.

»Also, Timon, wie ist der Stand der Dinge?«, fragte Wolfert geradeheraus. »Siehst du eine Verbindung zum Mord auf dem Parkplatz vor vier Jahren?«

»Dazu komme ich gleich, beginnen wir mit der Identität des Toten«, begann Timon in nüchternem Wissenschaftlerton und schlug eine Aktenmappe auf. »Wir hatten Glück. Die Anfragen zum Zahnabgleich an die hiesigen Zahnarztpraxen waren kaum rausgegangen, da kam prompt ein positives Ergebnis. Der Mann war zum Zeitpunkt seines Todes 23 Jahre alt, gebürtig und wohnhaft in Bad Schwalbach. Sein Name war Silvan Morgenthaler.«

»Tatsächlich!«, rief Norma.

Wolfert und Milano fuhren herum.

»Soll heißen?«, murrte der dicke Kommissar.

»Seine Kleidung hatte Jolanda Bruck darauf gebracht, es könne ihr Beikoch sein«, erklärte Norma. Sie schilderte Jolandas Reaktion beim Anblick des Toten. »Jolanda und ihr Mann Florenz Bruck führen das Hotel zum Pharao.«

»Wohnst du nicht dort, Norma?«, fragte Wolfert und zeigte sich bestens informiert.

»Die Dame, die den Blog sponsert, bezahlt auch mein Zimmer«, bestätigte sie. »War nicht meine Entscheidung, ist aber in Ordnung.«

Milano kratzte sich am Ohr und brummte: »Merkwürdiger Name für ein Hotel! Warum heißt das so?«

»Keine Ahnung«, antwortete Norma. »Übrigens wollte Silvan am Abend des Tornados angeblich nach Neuseeland abreisen.«

Wolfert entledigte sich seiner Brille, zupfte ein Tüchlein aus der Sakkotasche und wienerte bedächtig die starken Gläser. »Das muss dann am 10. August gewesen sein. Ein Sonntag.«

»Wurde das Mountainbike gefunden?«, fragte Norma. »Unter den Bäumen war es nicht.«

»Vielleicht hat er es woanders zurückgelassen«, mutmaßte Milano. »Später wurde es dann geklaut. Ein gutes Rad bleibt nicht lange irgendwo liegen. Hatte er etwas bei sich? Einen Hausschlüssel zum Beispiel?«

»Da war kein Schlüssel«, sagte Timon.

»Die Kollegen haben am Fundort auch keinen entdeckt«, wusste Wolfert.

»Vielleicht ging es Silvan wie mir?«, überlegte Timon laut. »Beim Radfahren würde mich ein Schlüsselbund am Körper stören. Dafür habe ich eine kleine Tasche, die am Rahmen befestigt wird.«

»Ist überhaupt gesichert, dass die Blutbuchen bei dem Tornado umstürzten?«, fragte Norma. »Danach gab es weitere Unwetter, wenn auch nicht von solcher Gewalt.«

»Das hat Riebler bereits überprüft«, antwortete Timon mit einem Blick in die Akte. »Der zuständige Förster war zwei Tage vor dem Tornado in dem Waldstück, um dort Bäume zum Fällen zu markieren. Vor dem 10. August stand die Baumgruppe noch, da ist sich der Mann absolut sicher. Nach dem Tornado war er schockiert, dass es ausgerechnet das Naturdenkmal getroffen hatte. Nah genug rangegangen ist er allerdings nicht und hat deswegen den Toten unter den Stämmen nicht entdeckt.«

»Warum ist Morgenthaler nicht früher gefunden worden?«, fragte Milano. »Warum erst nach vier Jahren?«

»Wenn ihr die Riesenfläche seht, die der Tornado zerstört hat«, sagte Norma, »könnt ihr leicht nachvollziehen, warum die Aufräumarbeiten bis heute nicht erledigt sind.«

»Gehen wir also davon aus, dass er sich auf einer Radtour befand«, fasste Milano zusammen. »Vermutlich hatte er sich nicht rechtzeitig auf den Heimweg gemacht. Im Wald wurde er vom Sturm überrascht und suchte Schutz.«

»Keine gute Idee, ausgerechnet zwischen Bäumen«, fügte Wolfert hinzu und sagte mit skeptischer Miene: »Oder er hat die Frau getötet und lief deswegen in Panik davon. Gibt es dazu erste Erkenntnisse?«

Timon legte die Aktenmappe beiseite. »Sehen wir uns die Fotos an.«

Sie folgten ihm zu einem Schreibtisch mit zwei Bildschirmen. Norma trat an Timons Seite. Für einen Moment begegneten sich ihre Blicke in heimlicher Komplizenschaft. Ich will nicht, dass du abreist, dachte sie mit kindlichem Trotz und im selben Augenblick: Was ist los mit mir? Stelle mich an wie ein Teenager wegen 21 Tagen ohne ihn. Auch deswegen war ihr die Idee verlockend erschienen, für zwei Wochen als Bloggerin in den Taunus zu ziehen. Neue Aufgaben lenkten ab. Wobei ihr nichts ferner gelegen hatte als die Vorstellung, umgehend mit einem Todesfall konfrontiert zu werden.

Timon schaltete einen der Monitore ein und ein Röntgenbild wurde sichtbar. Norma beugte sich zu der Aufnahme herunter, die stark vergrößert den Ausschnitt eines menschlichen Rückens zeigte: eines verwesten Rückens, aus dem wachsbleiche Wirbelknochen herausragten wie eine Gebirgskette in der Atacama-Wüste. Timon griff sich eine lange Pinzette und deutete nacheinander mit deren Spitze auf drei dunkle, viereckige Krater in der Mondlandschaft. »Seht ihr diese Einstiche? Sie stammen nicht von den Bäumen, unter denen er begraben wurde. Das ist auszuschließen.«

»Verflucht, das sieht aus wie …«, brummte Milano.

»… wie von der Spitze eines Walkingstocks!«, vollendete Wolfert den Satz.

»Ihr sagt es!«, stimmte Timon der Vermutung zu und ließ mit einem Tastendruck den zweiten Bildschirm aufleuchten. Er klickte mit dem Mauszeiger auf eine Bilddatei. Das aufploppende Foto zeigte in Großaufnahme die Spitze eines vierkantigen Metallstabs. Auf einem zweiten Bild war ein Wanderstock in voller Länge und mit derselben Spitze zu sehen.

Milano gab ein Knurren von sich. »Da haben wir das Missing Link!«

»Missing Link?«, fragte Norma verwundert, dann kam ihr eine Idee: »Denkst du an eine Verbindung zu Rose Schwertmann?«

»Die zweite Leiche am Waldparkplatz«, bestätigte er.

»Wie starb die Frau überhaupt? In den Medien war damals nichts Konkretes darüber zu lesen. Aus gutem Grund, nehme ich an.«

»Es war Täterwissen, das nicht bekannt werden sollte«, stimmte Wolfert ihr zu. »Wir wollten Verdächtige und mögliche Zeugen nicht durch diese Information beeinflussen. Leider fanden wir keine Zeugen, die zur Tatzeit im Wald gewesen waren. Kein Wunder bei dem Sturm! Den Verdächtigen war nichts nachzuweisen, und die Ermittlungen verliefen im Sande.«

»Aber mir könnt ihr jetzt alles sagen«, verlangte Norma und schaute auffordernd in die Runde. »Also?«

Timon ergriff das Wort. »Es muss zu einem Gerangel gekommen sein, bei dem die Frau rücklings stürzte und mit dem Nacken auf einem dicken Knüppel landete. Der Täter beugte sich über sie und drückte ihr mit roher Gewalt einen Walkingstock gegen die Kehle. Sie starb an einem Genickbruch, verbunden mit einem zerquetschten Kehlkopf.«

»Und sie wurde im Kampf von der Stockspitze verletzt – wie Silvan?«, schlussfolgerte Norma.

»Ihr Oberkörper wies mehrere Einstiche auf. Es kann kein Zufall sein, wenn zwei Menschen zur selben Zeit am selben Ort von einem Walkingstock malträtiert wurden.«

»Wo genau lag die Leiche der Frau?«

Auf ihre Frage hin betätigte Timon die Tastatur des anderen Monitors. Das Röntgenbild verschwand und wurde durch eine topografische Karte von Bad Schwalbach ersetzt. Timon orientierte sich am nördlich gelegenen Röthelbachtal, einem Landschaftspark, der bis an die Stadt heranreichte, und dem parallel verlaufenden Menzebachtal, das im vorderen Bereich den Kurpark beherbergte. Zwischen beiden Tälern ließ er für einen Moment suchend die Pinzettenspitze schweben, bevor er sie in westlicher Richtung auf die enge Haarnadelkurve der Reitallee zubewegte. Diese führte dicht am Waldparkplatz vorbei, auf dem sich die Gäste zur Eröffnung der Tornado-Spur versammelt hatten. Dort angekommen, wies er mit der Pinzette auf den südlichen Rand der markierten Parkfläche. »Genau hier lag die Tote im Graben. Nach der Spurenlage damals war der Parkplatz der Tatort.«

Mit der Maus zoomte er den Kartenausschnitt heran, bis Details sichtbar wurden. Die Tornado-Spur fehlte, wie nicht anders zu erwarten. Stattdessen entdeckte Norma in der Nähe des Parkplatzes das Symbol für ein Naturdenkmal.

Sie deutete mit der Fingerspitze darauf. »Das müssen die Blutbuchen sein, unter denen Silvan begraben lag. Zu welcher Uhrzeit zog die Windhose durch den Wald?«

»Exakt um 18:57 Uhr«, antwortete Wolfert, ohne nachzudenken. Offenbar hatte er die Einzelheiten des alten Falls noch im Kopf. Die Kollegen sagten ihm nicht ohne Grund ein Elefantengedächtnis nach. »Der Tornado brauchte keine Minute, um unzählige Bäume zu entwurzeln und Dächer und Autos zu demolieren.«

«Es ist fraglich, ob Rose Schwertmann den Sturm noch miterlebt hat«, fügte Milano hinzu und bewies ebenfalls ein gutes Erinnerungsvermögen. »Ihre Sportuhr wurde während des Kampfs zerschlagen und blieb um 18:55 Uhr stehen.«

»Wann wurde die Frau gefunden?«, fragte Norma.

Wolfert antwortete, der Ehemann habe sie am späteren Sonntagabend als vermisst gemeldet, doch trotz einer großflächigen Suchaktion sei die Leiche erst am Montagmorgen gefunden worden. »Der Täter hatte sie gut versteckt. Der Parkplatz wird zum Wald hin von einem Graben begrenzt. Darin lag sie unter Laub verborgen.«

»Maledizione!«, fluchte Milano und fixierte den Kartenausschnitt mit finsterer Miene. »Die Blutbuchen standen keine 50 Schritte von dieser Stelle entfernt.«

Vor Normas innerem Auge entwickelte sich eine turbulente Szene: der Sturm, der durch die Bäume heult, quer treibende Regenschauer, ein Mann, der sich auf eine Frau stürzt, sie mit einem Walkingstock auf den Boden drückt. Und ein Radfahrer, der … der was tut? Die Szene auf dem Parkplatz beobachtet? Der Bedrohten zu Hilfe eilt, woraufhin er selbst angegriffen wird und in Panik in den Wald flüchtet, mitten hinein in das Getöse der brechenden Stämme …?

Wolfert stellte sich ebenfalls Fragen, wenn auch laut. »Silvan Morgenthaler?«, grübelte er. »Den Namen höre ich zum ersten Mal. Wenn es eine Verbindung zwischen ihm und der Frau gegeben haben sollte, kennen wir sie nicht.«

Norma schüttelte die dramatischen Bilder ab. »Hat man damals die Walkingstöcke gefunden?«

»Einer davon war die Tatwaffe«, sagte Timon. »Der Täter wird sie vernichtet haben.«

»Steht denn fest, ob sie mit dem eigenen Walkingstock getötet wurde?«

Timon nickte. »Sie war immer mit Stöcken unterwegs, sagt der Ehemann. Die Verletzungen passen zu dem Modell der Stöcke, die sie besaß.«

Die größte Gefahr geht bekanntermaßen vom nahen Umfeld aus, überlegte Norma und fragte: »Der Ehemann scheidet sicher als Täter aus?«

»Der Mann hat ein glaubhaftes Alibi«, stellte Wolfert klar. »Er ist Gartenarchitekt und führte an dem Abend ein Kundengespräch.«

»Dieser sture Hund hat eisern geschwiegen und sich immer verdächtiger gemacht«, knurrte Milano, »bis der Kunde aus freien Stücken bei uns auftauchte und den Mann entlastete.«

Seinen Zorn konnte Norma nachvollziehen, da die Ermittlungen dadurch sicher unnötig behindert worden waren. »Welche Spuren gab es an der Kleidung der Frau? DNA? Haare? Sie muss sich gewehrt haben. Blut oder Hautschuppen unter ihren Fingernägeln?«

»Nichts zu finden«, antwortete Milano bitter. »Regenwasser war durch den Graben gerauscht. Was jemals an Spuren da gewesen war, wurde fortgespült.«

»Ihre Hände lagen vollständig im Wasser, und außerdem trug sie Handschuhe«, ergänzte Wolfert und wandte sich hoffnungsvoll an Timon. »Aber jetzt haben wir eine neue Situation! Was kannst du uns über den Radfahrer sagen? Gibt es Details, an denen wir ansetzen können?«

Timons Antwort dämpfte die Erwartungen. »Viel kann ich euch leider nicht bieten. Der Regen damals, die lange Zeit, der Tierfraß … keine Chance auf verwertbare Spuren. Bis auf diese Einstiche, die ihn nicht ernsthaft verletzt haben. Aber sie könnten ein Hinweis darauf sein, dass er dem Mörder der Frau nahegekommen ist, bevor er in den Wald floh.«

»Die Frage ist«, sagte Norma nachdenklich, »war Silvan überhaupt selbst ein Opfer, oder war er der Täter?«

Milano griff den Gedanken auf. »Rose könnte sich mit dem Stock verteidigt haben.«

»Silvans Verletzungen sind auf dem Rücken«, warf Wolfert ein.

»Vielleicht hat Rose den Streit begonnen und Silvan rücklings angegriffen, er fährt herum, geht auf sie los, so in etwa!« Müde zog Milano sich einen Stuhl heran, sank schwerfällig darauf nieder und stützte sich mit dem Ellenbogen zu Füßen des Toten auf dem Seziertisch ab.

»Hmm«, räusperte sich Timon. »Bitte, Luigi!«

»Was? Oh!« Wie ertappt zog Milano den Arm zurück und verkündete bedächtig: »Eins steht fest: Wir haben einen neuen und alten Fall.«

»Damals kamen wir nicht weiter, Luigi«, sagte Wolfert mit blitzenden Augen hinter den dicken Gläsern. »Jetzt werden die Karten neu gemischt. Wir sollten sobald wie möglich mit Silvans Eltern reden.«

»Falls Silvan Rose getötet hat, wäre mit dem neuen Fall sogleich der alte Fall gelöst«, stellte Norma fest. »Die einfachste Lösung.«

»Was auf der Welt ist schon einfach«, urteilte Milano misstrauisch. »Die Arbeit ruft, Dirk! Danke, Timon!«

Die Kommissare verließen das Labor. Norma wäre

gern noch geblieben, aber die Tür flog auf, und Bastian Riebler stürmte herein. Er habe im Flur Milano und Wolfert getroffen. Was Timon einfiele, ihn, der den Einsatz am Auffindeort geleitet hatte, nicht umgehend über die ersten Erkenntnisse zu informieren?

»Du warst in einer Besprechung«, antwortete Timon ungerührt und fügte mit kühlem Lächeln an: »Aber nett, dass du meiner Bitte um ein Gespräch hiermit nachkommst.«

»Meine Zeit teile ich mir immer noch selber ein!«, fauchte Riebler und schien erst jetzt Norma wahrzunehmen, die hinter seinem Rücken die Augen verdreht hatte. »Spionierst du hier herum? Das ist Polizeisache. Privatleute geht der Fall gar nichts an!«

»Ein privater Besuch bei meinem Freund«, sagte sie unbekümmert und drückte Timon einen Kuss auf die Wange. »Bis später. Ich warte lieber draußen.«

5

Die wieder ins Leben gerufene Sonderkommission Waldparkplatz mit Milano und Wolfert als gemeinsame Leitung und Riebler im Team hatte die Arbeit umgehend
aufgenommen, wusste Timon zu berichten, als er sich
eine halbe Stunde später mit Norma in der Kantine traf.
Wolfert und Milano seien bereits auf dem Weg nach Bad
Schwalbach zu Silvan Morgenthalers Eltern. Norma
begnügte sich mit einem Latte macchiato. Timon bestellte
sich zwei Mozzarella-Panini dazu und meinte, er habe
noch mehrere Berichte zu schreiben und bis in die Nacht
zu tun. Der morgige Tag, der letzte vor der Abreise, sei
prall mit Arbeit gefüllt.

»Sehen wir uns morgen Abend?«, bat er. »Bei mir?«

Zurzeit residierte er in einem Penthouse auf dem Dach
eines mehrstöckigen Neubaus in der Wohnstraße »Schöne
Aussicht«, die sich in Halbhöhenlage parallel zum Wiesbadener Kurpark erstreckte. Schöner Wohnen vom Feinsten, mit Blick auf die Innenstadt von der geräumigen
Dachterrasse aus – und unter normalen Umständen unbe-
zahlbar, auch für einen gut verdienenden LKA-Beamten.
Während Norma seit Jahren ihre kleine Biebricher Dachwohnung bewohnte, bevorzugte er ein Nomadenleben
und zog alle paar Monate in ein anderes, vorübergehend
von den eigentlichen Bewohnern geräumtes Domizil. Er
hatte beste Kontakte zu einer Dienststelle des Bundes-
kriminalamts, die vom Sitz in Wiesbaden aus ihre Mitarbeiter als sogenannte Verbindungsbeamte für mehrere

Wochen oder Monate ins Ausland schickte, um mit den dortigen Behörden zusammenzuarbeiten. Dank seines guten Rufs als Haushüter musste er sich um das nächste Zuhause kaum bemühen. Die Anfragen kamen von allein, und Timon wechselte vergnügt zwischen Gründerzeitvilla und Loft, Reihenhaus und Edeletage.

Norma klaute sich einen Happen vom Panini. »Wann genau geht dein Flug?«

»Übermorgen sehr früh. Wirst du mich vermissen?«

Sie fing seinen Blick auf und sagte mit einem Augenzwinkern: »Bilde dir bloß nichts ein wegen der drei Wochen.«

Kurz darauf fuhr sie über die Eiserne Hand in den Taunus zurück. Das Hotel zum Pharao lag auf halber Höhe mit hübschem Ausblick auf das Röthelbachtal und das Bad Schwalbacher Kurhaus. Passend zum Namen war die Jugendstilvilla, die sich mit verspielten Erkern und einem kleinen Turm schmückte, in ihrem Innern mit allerlei altägyptischen Utensilien ausgestattet. Norma fragte sich, was zuerst da gewesen sein mochte: der ungewöhnliche Name oder die exotische Dekoration? Die acht Zimmer seien für die ersten Monate der Landesgartenschau ausgebucht, hatte Jolanda Bruck während des Gesprächs am ersten Abend glücklich berichtet und im nächsten Atemzug über den Schuldenberg geklagt, der auf den Schultern der jungen Unternehmer lastete. Sie hatten das Hotel von Jolandas Tante, der Schwester von Jolandas Mutter, übernommen und vor der Wiedereröffnung grundlegend sanieren müssen. Jolandas Tante hatte es über Jahrzehnte geführt und vor sechs Jahren beschlossen, den Lebensabend in der Sonne Andalusiens zu verbringen. Entscheidend für den Schritt war gewesen, dass Jolanda kurz zuvor die Hotelfachschule erfolgreich beendet hatte und mit Florenz als Ehemann den Koch gleich mitbringen konnte. Dass er in einer Sterneküche gelernt hatte, war ein weiterer Vorteil in den Augen der Tante. Sie übergab das Haus an das junge Paar, das sich mit Feuereifer daranmachte, Hotelbetrieb und Restaurant aus dem Dornröschenschlaf zu wecken. Nach durchwachsenen ersten Jahren hofften die Brucks nun auf einen Aufschwung – dank der Landesgartenschau in ihrer Stadt.

Norma durchquerte das Foyer, in dem die Rezeption verlassen dalag, und stieg die Treppe hinauf. Haus- und Zimmerschlüssel sollte sie am besten bei sich behalten, hatte Jolanda empfohlen, die ihr den angeblich schönsten Raum, das Nofretete-Zimmer mit verglastem Erker im Türmchen, zugewiesen hatte. Alle Zimmer trugen ägyptische Namen wie Kleopatra, Ramses, Echnaton, Hatschepsut und anderer Herrscherpersönlichkeiten. Norma machte sich umgehend an die Arbeit, schrieb einen kurzen Bericht über die Eröffnung der Tornado-Spur und erwähnte die Leiche in wenigen Sätzen, ohne Silvans Namen und weitere Details zu nennen. Sie äußerte ihr Bedauern darüber, dass nun ein Schatten über der kleinen Bad Schwalbacher Attraktion lag, für die sich viele Leute ehrenamtlich eingesetzt hatten. Andererseits gab sie zu bedenken: Hätte der Forstmann die Stämme ohne Zuschauer fortgeräumt, hätte er den Toten womöglich nicht bemerkt und die Leiche wäre wohl erst viel später und in noch desolaterem Zustand entdeckt worden. Mittlerweile berichteten etliche Online-Redaktionen über den Fund einer bisher nicht identifizierten Leiche in Bad Schwalbach – wenn auch in aller Kürze, weil bisher erstaunlich wenig über die näheren Umstände durchgesickert war. Der junge Zeitungsmann hatte Wort gehalten und kein Bild veröffentlicht.

Als Norma im Bademantel aus dem Bad kam, klingelte das Handy. »Dirk, was gibt es? Wo bist du?«

Wolferts vertrautes Räuspern klang etwas verloren durchs Telefon. »Ich bin noch mit Luigi in Bad Schwalbach. Wir haben gerade eben mit den Eltern gesprochen, Sigrun und Kuno Morgenthaler. Beide waren zu Hause.«

Sofort sah Norma eine Szene lebhaft vor sich: Milano wuchtete seine Masse in einen Sessel, daneben Wolfert, in sehr aufrechter Haltung stehend und mit gefasster Miene, ihnen gegenüber ein älteres Paar auf dem Sofa, sich an den Händen haltend und in banger Erwartung den unverhofften Besuch anblickend.

»Verstehe!«, sagte sie, sich ebenfalls räuspernd. »Wie haben sie es aufgenommen?«

»Die Mutter hatte seit Langem das Gefühl, dem Sohn sei etwas zugestoßen. Allerdings in Neuseeland oder anderswo auf der Welt. Nach der Ankunft in Auckland und in den folgenden Wochen habe er ihr Nachrichten aufs Handy geschickt. Behauptet sie. Nach vier Jahren lässt sich das kaum überprüfen, das Telefon besitzt sie nicht mehr. Auf ihre Anrufe und Nachrichten hat er nicht reagiert, was sie sich damit erklärte, dass er sofort einen Job gefunden hätte und von seiner Arbeit und all dem Neuen zu sehr vereinnahmt gewesen wäre.«

»Du meinst, sie hat sich selbst etwas vorgemacht?«

»Sie wäre nicht die erste verzweifelte Mutter, die sich Lebenszeichen ihres Kindes herbeiträumt.«

»Silvan gehörte zu den Leuten, die alles hinter sich lassen können. Die nur nach vorn schauen und nie zurück.«

»Wer sagt das?«, fragte Wolfert interessiert.

»Lilly, seine Kollegin im Pharao, hat ihn so beschrieben.«

»Vielleicht waren die Eltern deswegen zunächst nicht beunruhigt. Später haben sie allerdings sogar einen Detektiv beauftragt, der Silvan jedoch nicht aufstöbern konnte. Wie auch, nach allem, was wir heute wissen.«

»Aber man hat im Wald tatsächlich kein Handy gefunden?«

»Leider nicht, obwohl die Kollegen das Laub quasi durchkämmt haben. Wenn dort irgendwann ein Handy lag, wurde es gefunden und mitgenommen. Wie das Rad auch.«

»Vom Täter?«

Wolfert seufzte. »Oder von einem Spaziergänger. Wir werden Fotos veröffentlichen – vom Rad, vom Handy. Zum Glück erinnerten sich die Eltern an die jeweiligen Marken.«

»Was machen die Eltern beruflich?«

Der Vater arbeite als Hausmeister in einer Wiesbadener Schule, berichtete Wolfert, und die Mutter sei Frührentnerin. »Zurzeit jobbt sie für die Landesgartenschau bei der Kartenkontrolle. Dass der Sohn bereits vor vier Jahren und zudem in Bad Schwalbach ums Leben gekommen ist, war natürlich ein Schock für beide. Wenigstens kann die Pressestelle jetzt mit der Identität des Toten an die Öffentlichkeit gehen.«

»Ich würde vorher gerne mit Florenz und Jolanda reden«, bot sie an. »Sie sollten nicht durch die Zeitung Gewissheit erhalten.«

»Tu das, Norma«, stimmte Wolfert zu. »Dann sind sie über ihren Koch informiert. Wir kommen später auf sie zu.«

Warum nicht sofort? Kurzentschlossen stieg Norma in ihre Jeans, streifte einen leichten Baumwollpulli über und ging hinunter ins Foyer. Als sich niemand blicken ließ, läutete sie die Tischglocke, die nur unwesentlich neuzeitlicher erschien als die altägyptischen Repliken in den Wandvitrinen. Bisher hatte sich nicht die Gelegenheit ergeben, nach dem Grund für all das Ägyptische zu fragen – was sich für das geplante Gespräch auch nicht empfahl.

Umgehend erschien Jolanda. Ihr mageres, blasses Gesicht wirkte abgespannt und damit noch strenger als ohnehin. Sie sah älter aus als ihr tatsächliches Alter von 30 Jahren. Nach ihren eigenen Worten lagen die Verantwortung für finanzielle Belange und die organisatorischen Aufgaben in ihren Händen, während Florenz sich allem Kreativen und seinen Zukunftsvisionen als Besitzer eines Sterne-Restaurants hingab – eine Arbeitsteilung, die kaum deckungsgleich sein konnte und Norma zu der Vorstellung verleitete, Florenz wäre ein charmanter Luftikus, der unter dem Pantoffel seiner spröden Gemahlin stünde.

»Weißt du etwas Neues über den Toten?«, fragte Jolanda geradeheraus. »Du hast doch einen guten Draht zur Polizei!«

»Deswegen möchte ich mit euch reden«, antwortete Norma. »Mit dir, Florenz und Lilly, wenn das möglich ist. Ungestört.«

Die letzte Bemerkung galt einem älteren Paar, das soeben die Eingangstür öffnete: die Wolters aus Bochum, begeisterte Besucher der Gartenschau, mit denen Norma ein ausführliches Interview für den Blog geführt hatte. Zum Glück waren sie nicht in Redelaune und stiegen nach einem freundlichen Gruß die Treppe zu den Zimmern hinauf.

Auf Jolandas Bitte wartete Norma im Frühstücksraum und setzte sich an einen Tisch in einer Fensternische. Nach wenigen Minuten kam Jolanda mit ihrem Mann und der Servierkraft dazu. Im Gehen trocknete Florenz sich die Hände an seiner Kochschürze ab. Lilly sah aus, als habe Jolanda sie soeben aus dem Bett geworfen.

Mit müden Augen, das braune Haar zerzaust, die Bluse zerknittert, sank sie unaufgefordert auf der Eckbank nieder und fragte angstvoll: »Ist es wirklich Silvan? Kein Zweifel?«

Norma wartete ab, bis auch Jolanda und Florenz Platz genommen hatten. »Es stimmt leider, der Tote ist Silvan Morgenthaler.«

Florenz schüttelte ungläubig den Kopf. »Ich war fest davon überzeugt, er ist in Neuseeland. Stattdessen lag er vier Jahre unter den Blutbuchen. Nicht zu fassen!«

»Kann ich gehen?«, fragte Lilly zaghaft. »In einer halben Stunde fängt mein Dienst an.«

»Mach dich vorher zurecht! So zeigst du dich nicht den Gästen.« Florenz entließ sie mit einem herrischen Winken.

»Habt ihr euch nicht gewundert, weil Silvan sich nie gemeldet hat?«, fragte Norma.

»Warum sollte er?«, lautete seine Gegenfrage. »Wir haben uns gut verstanden, waren aber keine Freunde. Er war unser Angestellter gewesen und hatte gekündigt, weil er nach Höherem strebte.«

»Bringen wir es auf den Punkt«, fügte Jolanda hinzu, »unsere Küche war ihm zu provinziell. Er wollte ganz nach oben. Und er schaute immer nach vorn. Was früher war, kümmerte ihn nicht mehr.« Damit beschrieb sie den jungen Koch ähnlich wie Lilly.

Florenz wandte sich seiner Frau zu. »Silvans Mutter kam ein paarmal zu uns, weißt du noch? Das war kurz nachdem er hier aufgehört hatte zu arbeiten.«

Jolanda nickte. »Ich erinnere mich genau. Ob wir etwas von Silvan gehört hätten, wollte sie wissen. Nach seiner Abreise hat er ihr angeblich mehrere SMS geschickt. Wie soll das gehen? Aus dem Jenseits?«, fügte sie ungläubig hinzu.

»Da hat sich jemand einen bösen Scherz erlaubt«, sagte Florenz düster.

»Wer macht so was?«, fragte Jolanda entsetzt.

Gute Frage!, dachte Norma.

»Was für ein seltsamer Zufall«, fuhr Jolanda beunruhigt fort. »Seine Leiche lag so nah an der Stelle, wo Rose Schwertmann sterben musste.«

Wirklich ein Zufall? Norma fragte nach der Moderatorin. »Habt ihr sie gekannt?«

»Recht gut sogar, sie wohnte hier im Ort«, antwortete Jolanda. »Viele ihrer Livesendungen wurden aus dem Alleesaal übertragen. Das war gut für Bad Schwalbach, eine schöne Werbung für unsere Stadt. Und auch gut für unser Hotel! Rose hat die auswärtigen Gäste oft bei uns einquartiert.«

»Und nach den Shows hat sie die komplette TV-Crew in unser Restaurant eingeladen«, ergänzte Florenz stolz. »Was eine Ehre für unsere Küche war, wenn man weiß, wie anspruchsvoll sich die Dame gab.«

»Ein einfacher Charakter war sie nicht«, stimmte Jolanda ihm zu.

»Hatte sie Feinde?«, fragte Norma.

Jolanda lachte leise. »Viel Feind, viel Ehr, heißt es doch. Sie hatte Haare auf den Zähnen und ging vor laufender Kamera mit ihren Gästen nicht zimperlich um. Wer sich mit ihr anlegte, zog den Kürzeren.«

Außer bei der letzten Begegnung, kam Norma in den Sinn.

Florenz erhob sich. »Ich muss in die Küche. Es ist Feiertag, und wir sind ausgebucht. Isst du heute Abend bei uns?«

Es gehörte zu ihrem Arrangement als Bloggerin, dass sie zusätzlich zur Übernachtung täglich Frühstück und Abendessen erhielt.

»Heute sehr gern«, sagte Norma und stand ebenfalls auf. »Morgen Abend bin ich mit meinem Freund verabredet.«

Sie kehrte aufs Zimmer zurück und nutzte die Zeit bis zum Essen, um online nach Zeitungsartikeln und Berichten über Rose Schwertmann zu suchen. Die Beschreibungen ihrer Persönlichkeit glichen dem, was die Brucks über sie gesagt hatten. Alles sprach für einen recht schwierigen Charakter.

Der knurrende Magen lockte Norma am frühen Abend ins Restaurant, das in einem verglasten Anbau untergebracht war, der aus den 1950er-Jahren stammen mochte. Lilly hatte sich hübsch gemacht und führte sie mit strahlendem Lächeln zu einem Zweiertisch am Fenster. Alle übrigen Tische waren bereits besetzt. Norma studierte die verlockend klingende vegetarische Auswahl, als Lilly die Getränke brachte. Das gewinnende Lächeln war ihr unterwegs abhandengekommen.

»Gibt es ein Problem?«, erkundigte sich Norma.

Lilly schien den Tränen nahe. Ihre Unterlippe bebte. »Florenz wird mich zur Schnecke machen! Er ist so pingelig mit seinen Promi-Gästen! Das ist nur passiert, weil ich wegen Silvan so durcheinander bin. Florenz wird fuchsteufelswild werden.«

Das klang nach einem Heidenrespekt vor Zornesausbrüchen des Chefs. Lillys Finger zitterten und brachten das Tablett gefährlich ins Wanken.

»Stellen Sie erst einmal die Getränke ab, Lilly«, schlug Norma freundlich vor. »Dann reden wir darüber.«

Lilly platzierte eine große Flasche Wasser und einen Schoppen Rheingauer Riesling neben dem Gedeck, bevor sie sagte: »Aus Versehen habe ich diesen Tisch zweimal vergeben. Und jetzt wartet der Herr dort drüben.«

Mit einer leichten Kopfbewegung wies sie zur Eingangstür, vor der ein junger, in weiße Jeans und helles Hemd gekleideter Mann stand. Obwohl für alle Gäste erkennbar war, dass man ihn offensichtlich vergessen hatte, schien er in aller Gelassenheit auf eine positive Lösung des Dilemmas zu warten.

Derweil nagte Lilly aufgewühlt an den Lippen. »Was mache ich bloß?«

»Was ist an ihm so prominent?«, fragte Norma.

Lilly beugte sich vor und raunte aufgeregt: »Das ist Oswald von Wernkamp. Kennen Sie ihn nicht?«

»Ehrlich gesagt …«

»Er will ein Museum für Bad Schwalbach bauen. Wegen der Brunnen, dem Heilwasser und so.«

»Oh, ich verstehe! Das Wassermuseum ist ja Stadtgespräch!«

Dieses Großprojekt eines Mäzens schien die Öffentlichkeit beinahe ebenso intensiv zu beschäftigen wie die Landesgartenschau. Der ehemalige Eigentümer eines erfolgreichen Wiesbadener Software-Unternehmens, der im Bad Schwalbacher Stadtteil Heimbach wohnte, wollte seiner Heimatstadt ein komplettes Museum zum Geschenk machen! Ein hochmodernes Haus, in dem sich alles um das Thema »Wasser« drehte. Der komplizierte Name des Museums war Norma allerdings entfallen. Aufmerksam behielt sie den Grund für Lillys Anspannung im Blick. Der Mann hatte sich nicht von der Stelle bewegt und bewies weiterhin eine Engelsgeduld.

»Florenz frittiert mich«, murmelte Lilly ängstlich.

»Erwartet Herr von Wernkamp noch jemanden?«

»In der Regel isst er allein. Gewöhnlich an diesem Tisch.«

»Bitten Sie ihn her!«, schlug Norma spontan vor.

Mit zweifelnder Miene nahm Lilly das Tablett auf, schritt zögerlich auf den Gast zu und sprach kurz mit ihm, während dieser neugierig herüberschaute. Als Oswald von Wernkamp näher kam, erkannte Norma, dass sie sich von der sportlichen Figur hatte täuschen lassen. Er war wesentlich älter, als sie auf den ersten Blick geschätzt hatte: etwa Mitte 50. Das schiefergraue Haar war aus der Stirn gekämmt und fiel ihm glatt bis auf die Schultern.

Mit offenem Lächeln trat er an ihren Tisch heran und tuschelte vertraulich: »Lilly bangt um ihren Job.«

»Noch schlimmer«, gab sie zurück. »Sie fürchtet, frittiert zu werden.«

Von Wernkamp lachte leise. »Sehen Sie eine Möglichkeit, das zu verhindern?«

Norma wies auf den freien Stuhl. »Wir könnten uns den Tisch teilen.«

»Sehr gern, Frau Tann!«

»Sie wissen, wer ich bin, Herr von Wernkamp?«

Er nahm ihr gegenüber Platz. »Im Aar-Boten stand ein Artikel über Sie. Eine Privatdetektivin schreibt über die Landesgartenschau. Und schon gibt es einen Toten! Ziehen Sie das Verbrechen an?« Im Schein der Tischkerze blitzten seine schmalen, hellen Augen auf. Es könnte ein anregender Abend werden.

»Sie überschätzen meinen Einfluss, Herr von Wernkamp.«

»Aber Sie waren dabei, als der Mann gefunden wurde.«

»Purer Zufall! Ich war zur Eröffnung der Tornado-Spur dort.«

»Also doch keine Nase für das Verbrechen?«, fragte er schmunzelnd. »Das hätte ich anders erwartet.«

Es wurde in der Tat ein anregender Abend. Während sie auf das Essen warteten, drehte sich das Gespräch um von Wernkamps Vorhaben. Er habe seine IT-Firma mit beträchtlichem Gewinn veräußert und wolle nun der Stadt, die ihm Heimat war, etwas Großes schenken, begründete er seine Motivation. Was vor Jahren mit einer Vision begonnen habe, solle endlich Realität werden.

»Die Stadt kann sich auf das neue Museum freuen!«, sagte Norma, die aufmerksam zugehört hatte.

»Nennen Sie das Haus bitte nicht ›Museum‹!«

»Was ist falsch daran?«, wunderte sie sich.

»Museum – das klingt flach. Banal. Altbacken! Mein Haus des Wassers wird ein außergewöhnlicher Ort. Einzigartig, was die Architektur und die Exponate betrifft! Eben das ›Tabernaemontarium‹!«

»Da haben Sie einen komplizierten Namen ausgewählt.«

»Ich wüsste keinen treffenderen«, widersprach er gelassen. »Der Name leitet sich von Jacobus Theodorus ab, einem Arzt und Botaniker, der sich Tabernaemontanus nannte, nach dem latinisierten Namen seiner Heimatstadt Bergzabern. Er praktizierte im 16. Jahrhundert und schrieb Bücher über die Wirkung von Mineralwasser.«

Norma erinnerte sich an eine Tafel mit dem Porträt eines mittelalterlich gekleideten Herrn, die ihr am Weinbrunnen aufgefallen war. »Entdeckte er nicht die Heilkraft der Weinbrunnen-Quelle?«

»So war es! In einem Buch, das um 1581 erschien, lobte er den Weinbrunnen in höchsten Tönen und legte damit den Grundstein für Bad Schwalbachs Popularität als Kurstadt. Und natürlich für den Erfolg unseres Quellwassers! Das Heilwasser war so begehrt, man hat es in Fässern und Krügen in die ganze Welt hinausgeschickt. Ich wüsste keinen besseren Paten für mein Wassermuseum als diesen Mann, dem meine Stadt so viel zu verdanken hat.«

Ich und meine Stadt! Norma fand seine Selbstherrlichkeit anstrengend, doch seine Wortgewandtheit und sein Humor, der immer wieder durchblitzte, machten ihn trotzdem zu einem interessanten Gesprächspartner. Lilly registrierte die angeregte Unterhaltung mit erleichterter Miene, als sie die von Wernkamp bestellte fangfrische Taunusforelle servierte. Norma speiste nach »Art des Chefs«: hausgemachte, mit Spinat und Ricotta gefüllte Panzerotti, die allerdings etwas fad schmeckten.

Nach dem Abräumen überreichte Lilly ihnen die Dessertkarte. »Darf es ein Nachtisch sein?«

»Die Waffeln sind frisch gebacken?«, fragte Norma, die von den Nudeln nicht satt geworden war.

»So steht es in der Karte«, gab Lilly strahlend zur Antwort.

Norma bestellte eine Waffel mit Kirschen und wünschte zusätzlich Sahne dazu.

»Ich schließe mich an«, meinte Oswald von Wernkamp gut gelaunt und orderte eine Flasche Riesling vom Schloss Vollrads, um sie mit Norma zu teilen.

6

Am frühen Vormittag erwischte sie Timon auf dem Handy in der Kantine des LKA. »Gibt es etwas Neues über den Mann unterm Baum?«

»Nichts Neues, aber unsere Annahme hat sich bestätigt. Silvans Wunden stammen von der Spitze des Walkingstocks.«

Er klang unausgeschlafen nach der langen Arbeitsnacht, in der er die Stichverletzungen präzise mit der Spitze des Walkingstockmodells abgeglichen hatte, das auch Rose Schwertmann nach Aussage ihres Mannes besessen hatte. Außerdem hatten seine weiteren Untersuchungen eindeutig ergeben, dass Silvan von den Bäumen erschlagen worden und nicht vorher ums Leben gekommen war.

»Fragt sich, ob Silvan zufällig am falschen Ort war«, fuhr Timon fort, »oder ob es eine Verbindung zwischen ihm und Rose Schwertmann gibt. Wie Dirk sagte, findet sich in der Akte kein Hinweis darauf. Der Name Silvan Morgenthaler taucht dort nicht auf. Aber das ist nicht mein Job. Ihr müsst es herausfinden.«

»Was heißt ›ihr‹? Das ist Aufgabe der Soko. Ich fahnde offiziell für die Landesgartenschau.«

Timons leises Lachen erinnerte sie an Oswald von Wernkamp. »Was nicht bedeutet, dass du die Finger von den Rätseln um zwei Tote lassen könntest!«

Natürlich konnte sie das nicht. Silvans dramatische Todesumstände spukten ihr permanent durch den Kopf – selbst auf dem Weg in den Frühstückssalon. Mittlerweile war es beinahe 10 Uhr. Bis in die Nacht hatte sie mit Oswald von Wernkamp in der urigen Kellerbar gesessen, die das Pharao während der Landesgartenschau für Hausgäste und Gäste von außerhalb geöffnet hielt. Von Wernkamp war ein kluger Kopf und glänzender Unterhalter. Während sie sich von einem Thema zum anderen gehangelt hatten, waren die Stunden wie im Flug vergangen.

Nun brachte Lilly ihr unaufgefordert einen großen Cappuccino und stellte ihn mit müdem Blinzeln auf den Frühstückstisch.

»Haben Sie niemals frei?«, fragte Norma.

»Während der LGS mache ich jede Menge Überstunden. Ich bin froh drum. Hotel und Restaurant sind voll wie nie, und ich bekomme gutes Trinkgeld.«

Aber zweifellos viel zu wenig Schlaf! Wenigstens musste Lilly nicht auch noch nachts hinter der Bar stehen, dachte Norma mitfühlend. Diesen Job hatten zwei Studenten der Wiesbadener Hochschule übernommen, die Norma und von Wernkamp in der letzten Nacht mit Getränken versorgt hatten.

»Bitte, Lilly, setzen Sie sich einen Moment zu mir!«

Lilly schaute sich prüfend um, doch sie waren unter sich. Die Wolters aus Bochum waren die letzten anderen Gäste im Raum und hatten ihr Frühstück soeben beendet. »Wenn Florenz mitkriegt, dass ich Pause mache ...«

»Ich nehme das auf meine Kappe«, versprach Norma.
»Nur ein paar Fragen. Einverstanden?«

Angespannt ließ sich die junge Frau auf der Stuhlkante nieder. »Fünf Minuten.«

»Beginnen wir mit dem Sonntag vor vier Jahren, als der Tornado durch die Stadt fegte. Wie und wo haben Sie den Nachmittag verbracht?«

Lilly überlegte nicht lange. »An den Tag erinnere ich mich genau. Wegen dem Tornado natürlich, aber auch, weil Silvan fortgegangen ist. Ich musste an dem Wochenende ausnahmsweise nicht arbeiten. Das Restaurant war geschlossen.«

»Warum das?«, warf Norma ein.

Jolanda habe das Parkett schleifen und neu lackieren lassen, erklärte Lilly. Sie selbst habe den Nachmittag lesend am Waldsee verbracht, bis sich der Himmel immer mehr zugezogen hatte. »Zum Glück bin ich rechtzeitig zurück ins Hotel. Ich könnte tot sein, wäre ich im Wald geblieben. Wie Silvan!« Sie schüttelte den Kopf, schien das Unglück immer noch nicht fassen zu können.

»Wo waren Florenz und Jolanda an diesem Nachmittag?«

»Jolanda hat aufgepasst, dass die Handwerker ordentlich arbeiten. Ich wette, sie ist ihnen nicht von der Seite gewichen. Sie ist pingelig und die Arbeitszeit teuer. Sonntagszuschlag und so.«

»Und Florenz? Hat er auch auf die Arbeit achtgegeben?«

»Nein«, widersprach Lilly. »Für die Räume und die Ausstattung ist Jolanda allein zuständig. Ist auch besser so, gibt weniger Streiterei. Florenz hatte einen freien Tag.«

»Was hat er unternommen?«

»Er war mit dem Rad unterwegs. Früher sind er und Silvan oft gemeinsam losgezogen, in Silvans letzter Zeit im Hotel allerdings weniger.«

Himmel, Lilly verlangte Geduld! »An diesem Sonntag fuhr Florenz also allein los?«

Lilly legte die jugendliche Stirn in Falten. »Ja, das weiß ich noch genau. Obwohl ich freihatte und zum Waldsee wollte, musste ich ihm vorher helfen, den Wagen auszuladen. Darin waren Wein- und Sektkisten, die er beim Winzer gekauft hatte. Er hat mir eine Flasche Sekt geschenkt, nachträglich zum Geburtstag, hat er gesagt. Mann, war ich sauer!«

»Warum?«, wunderte sich Norma. »Was war so schlimm an dem Geschenk?«

»Mein Geburtstag war drei Tage her. Zuvor kein Wort von ihm, und das Einzige, was ihm zu diesem Thema einfiel, war dieser Sekt, den ich sowieso nicht trinke. Seitdem bekomme ich immer eine Flasche zum Geburtstag. Er macht es sich einfach.«

Geld wäre ihr sicherlich lieber. »Und danach radelte er los?«

»Nein, Florenz packte das Rad ins Auto wie immer, wenn er wenig Zeit hat. Allerdings war er trotzdem ungewöhnlich lange fort. Kam erst nach mir nach Hause, die Klamotten dreckig und pitschnass! Jolanda war genervt und hat rumgemeckert, weil er mit den schlammigen Schuhen über den nagelneuen Boden gelatscht ist. Wie kann man so blöd sein und sich dermaßen nassregnen lassen, hat sie geschimpft.«

»Und seine Antwort?«

»Dass sie keine Ahnung hat! Dass ein Baum auf der Straße quer lag! Dass er den Stamm wegziehen musste, um durchzukommen. Er hat sich umgezogen und ist noch mal für eine halbe Stunde oder so weg. Wohin, weiß ich nicht. Währenddessen musste ich Jolanda dabei helfen, im Frühstücksraum die Gardinen aufzuhängen. Sie hatte alles neu gekauft. Ich erinnere mich gut, weil ich auch deswegen stinkig war. Von wegen freier Tag.« Nervös blickte die junge Frau zur Tür, hielt sich sprungbereit.

»Erzählen Sie mir von Silvan«, bat Norma. »Hat er im Hotel gewohnt?«

Das Thema gefiel Lilly. Sie lächelte gedankenverloren. »Er hatte hier ein Zimmer, war aber im Frühjahr ausgezogen. Wollte seine Ruhe und in der Freizeit nicht andauernd Florenz über den Weg laufen. Seine kleine Wohnung war günstig.«

»Haben sich der Chef und sein Koch nicht gut verstanden?«

»Es war so weit okay, auch wenn es öfter Zoff gab«, sagte Lilly nachdenklich. »Florenz ist schnell gereizt, dafür braucht es nicht viel. Aber in den letzten Tagen hatte Florenz einen richtigen Hass auf Silvan.«

»Wissen Sie, warum?«

Lilly wich ihrem Blick aus. »Nee, keine Ahnung. Ging mich nichts an.«

Sie schien mehr zu wissen, aber Norma spürte, an diesem Punkt käme sie jetzt nicht weiter. »Hat damals noch jemand hier gearbeitet?«

»Eine Küchenhilfe. Immer mal wieder jemand anders.«

»Kennen Sie die Namen?«

Lilly hob abwehrend die Hände. »Die Leute kommen und gehen. Manche halten es keine drei Tage mit Florenz aus. Leute aus dem Ausland, die kaum Deutsch können. Keine Ahnung, wo Florenz die auftreibt.« Sie sprang auf.

»Ich muss weitermachen. Florenz mag es nicht, wenn ich mit den Gästen rede.«

»Keine Sorge, das Gespräch bleibt unter uns«, versicherte Norma.

Lilly hastete aus dem Frühstücksraum und würde später ein Trinkgeld vorfinden, das ihr allen Bedenken zum Trotz Lust auf weitere Unterhaltungen machen sollte.

Die Frühlingssonne leuchtete durch die Fenster. Norma holte ihren Rucksack mit dem Tablet aus dem Nofrete-te-Zimmer, griff sich für alle Fälle eine leichte Jacke und verließ das Haus. Mit leichten Schritten spazierte sie zur Reitallee hinunter. Soeben hatte ein Reisebus einen Stopp eingelegt. Norma legte an Tempo zu und überholte einen gemütlich schlendernden Besuchertrupp. Der hohe Gitterzaun, der das Ausstellungsgelände begrenzte, schloss den Stahlbrunnen-Pavillon mit ein, dessen filigraner weißer Dachkranz Norma an eine fliegende Untertasse denken ließ. Da sich die Landesgartenschau über beide Täler, das Röthelbachtal und das Menzebachtal, erstreckte, gab es zwei Einlassbereiche. Norma ignorierte den Zugang ins Röthelbachtal, der vor der Nordseite des Kurhauses eingerichtet war. Ihr Ziel war der Haupteingang beim Stahlbadehaus. Sie schritt auf das Kurhaus zu und dann die Front entlang. Ihr weiterer Weg führte sie vorbei am Alleesaal, der in seiner Glanzzeit als Hotel bedeutende Gäste aus dem Hochadel beherbergt hatte, wie sie dank Oswald von Wernkamps Gesprächigkeit wusste. Der Ex-Unternehmer hatte mit Anekdoten zur Stadtgeschichte nicht hinterm Berg gehalten. Norma stieg die Treppenstufen zum Stahlbadehaus hinunter und folgte dem Wandelgang vor dem Weinbrunnen. Vor der Eingangskontrolle standen die Leute Schlange. Inmitten einer launig plaudernden Gesellschaft aus dem Schwäbischen schob Norma sich geduldig voran und wurde, noch bevor sie ihre Dauerkarte zücken konnte, von der Kontrolleurin hindurchgewinkt.

Einem fröhlichen »Hallo, Frau Tann!« folgte der Nachsatz: »Schreiben Sie wieder etwas Schönes über die LGS? Ich verpasse keine Zeile von Ihnen!«

So richtig hatte Norma noch gar nicht begriffen, wie aufmerksam ihre kleinen Texte in der Öffentlichkeit verfolgt wurden. Obwohl sich allmählich immer mehr Kommentare einstellten. *Keine Rose ohne Dornen*, hatte ein Leser namens Januarius noch in der Nacht zu einer ihrer Blumenbilder gepostet.

Sie bedankte sich höflich und schlenderte um den Weinbrunnen-Pavillon herum, bis die schwäbischen Gartenfreunde den Eingangsbereich verlassen hatten und die Kontrolleurin allein war. »Können Sie mir sagen, ob und wo Sigrun Morgenthaler Dienst hat?«

»Die Siggi?«, überlegte die Frau laut. »Ich glaube, die Siggi arbeitet heute an der Kasse. Da müssten Sie wieder rausgehen.«

Die Kassen befanden sich vor dem Alleesaal. »Die Siggi« erwies sich als schlanke Mittsechzigerin, die sich alle Mühe gegeben hatte, trotz der schlimmen Nachricht die Fassung zu wahren: die kurzen roten Haare perfekt frisiert, um die grünen Augen ein frisches frühlingshaftes Make-up. Doch der traurige Blick sprach Bände.

»Frau Morgenthaler?«, fragte Norma, als sie an der Reihe war, und nannte ihren Namen. »Ich war dabei, als die Tornado-Spur eingeweiht wurde.«

»Heißt das ...?«, fragte Sigrun Morgenthaler zaudernd, ohne die Frage auszusprechen.

Norma suchte ihren Blick. »Ja, ich habe mit angesehen, wie Ihr Sohn entdeckt wurde.«

Sigrun Morgenthaler schien sich einen Moment zu sammeln, bevor sie misstrauisch fragte: »Sie sind die Privatdetektivin, die den Blog schreibt, nicht wahr? Ich habe in der Zeitung darüber gelesen. Was wollen Sie von mir?«

»Die beiden Polizisten, die bei Ihnen waren, sind meine ehemaligen Kollegen«, antwortete Norma freundlich. »Gute Kriminalisten zweifellos, die aber von Berufs wegen mehr Fragen stellen als Antworten geben. Aus meiner Erfahrung als Kommissarin weiß ich, wie schwer diese Gespräche für die Angehörigen sind. So vieles bleibt offen. Wenn Sie mögen, könnte ich vielleicht einige Fragen klären.«

Sigrun Morgenthaler nickte verstehend und zögerte einen Moment, bevor sie vorschlug: »Warten Sie bitte am Stahlbrunnen. Ich werde in einer halben Stunde abgelöst, da habe ich Feierabend.«

Aufs Neue ließ Norma sich durch die Eingangskontrolle winken und nutzte die Wartezeit, um sich für das Gespräch mit einer Mutter zu wappnen, die erst seit einem Tag Gewissheit über den Tod ihres Sohnes hatte. Der Stahlbrunnen wurde von einem Dutzend Jungen und Mädchen belagert, die sich gewagt über das Metallgeländer aus den 1950er-Jahren beugten und die Treppe blockierten, die auf die untere kreisrunde Ebene des Pavillons führte. Dort floss Quellwasser als dünner Strahl über eine Reihe senkrechter, rostrot korrodierter Metallplatten. Ob man den außerordentlichen Eisengehalt herausschmecken konnte? Auf jeden Fall kribbelte die Kohlensäure auf der Zunge, wie Norma bei einem Probeschluck feststellte, nachdem die jungen Leute weitergezogen waren.

Ein Schild warnte vor gesundheitlichen Folgen, sollte man zu viel von dem Gas einatmen.

Sie stieg die Stufen wieder hinauf und nahm draußen auf einer Bank Platz. Warum nicht über das Bad Schwalbacher Quellwasser, den »eisenhaltigen Säuerling«, schreiben, dessen Heilkraft in der Blütezeit der Kurstadt so viele prominente Gäste in das damalige Langenschwalbach gelockt hatte? Auf dem Tablet entwarf sie ein paar Sätze für den Blog. Mit all den Informationen von Oswald von Wernkamp im Kopf ging ihr das Schreiben leicht von der Hand. Ab und zu blickte sie auf: zweifelnd, ob Silvans Mutter die Verabredung einhalten würde.

Es dauerte 40 Minuten, doch dann kam Sigrun Morgenthaler zögerlich näher und setzte sich an Normas Seite. Bedachtsam, aber aufrichtig schilderte Norma das Geschehen auf dem Waldparkplatz. Sigrun hing an ihren Lippen, und ihre Tränen brachen sich Bahn, als Norma zum Ende gekommen war. Doch das Gespräch schien Sigrun geholfen zu haben, das Unbegreifliche vorstellbarer zu machen. Dennoch schien sie noch zu zweifeln. »Wie soll ich glauben«, fragte sie verzagt, »dass der Tote aus dem Wald wirklich mein Sohn ist?«

»Das ist ein schmerzlicher Gedanke«, antwortete Norma verständnisvoll. »Der Zahnabgleich war leider eindeutig. Zur Sicherheit wird man noch einen DNA-Vergleich machen.«

»Das haben mir die Polizisten auch gesagt. Aber Silvan hat mir doch geschrieben!«, widersprach Sigrun und verhakte aufgeregt die Finger ineinander. »Die erste SMS nach seiner Abreise kam direkt aus Auckland. Das war am Dienstag. Danach hat er sich noch mehrmals gemeldet. Erst zu Weihnachten brach der Kontakt ab.«

»Weihnachten vor vier Jahren?«

Sigrun nickte heftig. »Ich wusste sofort, ihm ist etwas zugestoßen. Eine Mutter spürt so etwas. Aber nicht hier. Es geschah in Neuseeland!«

»Haben Sie dort nach ihm suchen lassen?«

»Am liebsten wären wir selbst hingefahren, aber unser Englisch ... Er wollte von Auckland aus gleich weiterreisen und sich irgendwo im Land um einen Job kümmern. Deswegen haben wir einen Privatdetektiv beauftragt. Einen Deutschen, der extra rübergeflogen ist. Der Mann hat uns unser Erspartes gekostet. Ohne ein Lebenszeichen von Silvan zu finden.«

»Gab es Hinweise darauf, ob Silvan überhaupt eingereist war?«

»Nein, er hat angeblich nicht einmal im Flugzeug gesessen«, räumte Sigrun ein. »*Bin in Auckland, alles super hier, dein Silvan! Mach dir keine Sorgen!* Das hat er geschrieben. Er war kein Lügner. Ich begreife das nicht.«

Sie tupfte sich die Augen ab und bemerkte argwöhnisch, mit einem raschen Blick auf das Tablet: »Frau Tann, Sie berichten im Internet über die LGS. Wollen Sie über Silvan schreiben? Das wäre mir und meinem Mann gar nicht recht.«

»Ganz bestimmt nicht, Frau Morgenthaler«, widersprach Norma entschieden. »Mir geht es nur um Silvan. Um die Umstände seines Todes. Um die Wahrheit.«

Ihre Worte hatten wohl zu pathetisch geklungen und Sigruns Skepsis verstärkt.

»Warum?«, fragte sie mit gerunzelter Stirn.

Norma versuchte sie zu überzeugen. »Das Bloggen ist nur eine Episode. Früher hatte ich als Kriminalkommissarin mit vielen Mordfällen zu tun, und ...«

Sigrun fiel ihr entgeistert ins Wort: »Ist Silvan ermordet worden?«

Was war los? Das Gespräch lief in eine völlig falsche Richtung.

»Der Baum hat ihn getötet, das steht fest«, beeilte sich Norma zu erklären. Von den Einstichen wollte sie nichts sagen, solange sich Milano und Wolfert damit zurückhielten.

Die Gedanken sammelnd, fuhr sie fort: »Dass die Leiche Ihres Sohnes, dass Silvan unter den Baumstämmen gelegen hatte ... Es hat mich tief berührt, ihn dort im Wald liegen zu sehen. So verlassen. So ... einsam. Ich möchte wissen, wer Silvan war und wieso er auf diese Weise sterben musste.«

Sigruns Sorgenfalten gruben sich tiefer in die Stirn. »Das wünscht sich mein Mann genauso sehr wie ich. Aber wir können uns keine weiteren Nachforschungen leisten.«

»Ich versichere Ihnen, Frau Morgenthaler, ich werde weder öffentlich über Silvan schreiben noch will ich einen Auftrag als Privatdetektivin von Ihnen. Ich möchte aus persönlichen Gründen mehr über Ihren Sohn erfahren.«

Sigrun entspannte sich sichtlich. »Ist das wahr? Sie würden das umsonst machen?«

»Es geht mir nicht ums Geld«, versicherte Norma. »Als Bloggerin werde ich sehr großzügig bezahlt.«

»Ich muss zuerst mit meinem Mann reden«, sagte Sigrun. »Das verstehen Sie doch?«

»Selbstverständlich. Erlauben Sie eine Frage: Wieso haben Sie sich heute nicht freigenommen?«

»Was soll ich allein zu Hause? Das macht mich verrückt. Kuno ist ebenfalls arbeiten gegangen, weil er es bei uns nicht aushält.«

»Wann haben Sie Ihren Sohn zuletzt gesehen, Frau Morgenthaler?«

Stockend schilderte Sigrun den Sonntag des Tornados. Demnach hatte Silvan mit den Eltern zu Mittag gegessen. Kuno hatte gekocht und Silvan ausnahmsweise ein nettes Lob für den Hobbykoch übrig gehabt. Am frühen Nachmittag hatte er sich verabschiedet, um vor dem Abflug ein letztes Mal seine Lieblingsstrecke abzuradeln und danach mit dem Bus zum Flughafen zu fahren.

»Sie und Ihr Mann wollten ihn nicht zum Flughafen begleiten?«, wunderte sich Norma.

»Das hätte ich nicht ertragen«, lautete Sigruns Erklärung. »Mir ist der Abschied zu Hause schwer genug gefallen. Das Mountainbike wollte er nach der Tour einem Bekannten verkaufen, bei dem ist Silvan aber nicht aufgetaucht, wie wir später durch Zufall erfahren haben. Er wird wohl auf die Schnelle einen anderen Käufer gefunden haben, der mehr bezahlte.«

»Darf ich fragen, wie Sie den Nachmittag dieses Sonntags verbracht haben?«

Sie habe gearbeitet – als Bedienung im Gasthaus auf der Eisernen Hand. »Ich springe auf Abruf ein, wenn Leute fehlen. Mal hier, mal dort.«

Norma steckte das Tablet in den Rucksack und erhob sich. »Danke für Ihre Offenheit, Frau Morgenthaler. Eine Frage noch: Hatte Silvan eine Freundin?«

Sigrun erinnerte sich mit einem gedankenverlorenen Lächeln. »Er war ein hübscher Bub, der Silvan. Die Kleine aus dem Hotel …« Sie schaute fragend auf.

»Ich wohne im Pharao. Sie sprechen von Lilly?«

»Lilly, genau! Das Mädchen war bis über beide Ohren in ihn verknallt. Aber Silvan wollte sie nicht, so niedlich sie auch ist. Er hat es mir nicht direkt verraten, nur angedeutet, aber er hatte eine Beziehung. Die Frau war älter als er. Deutlich älter.«

Prompt sank Norma auf die Bank zurück. »Wer war sie? Was wissen Sie über die Frau?«

»Ich weiß nicht, wer sie war. Silvan stand auf reifere Frauen. Uns hat es nicht gefallen, aber was hätten wir tun sollen?« Dabei schüttelte sie den Kopf, als stünde ihr der Sohn wie ein ungezogenes Kind vor Augen.

Das deckt sich mit dem, was Lilly auf dem Waldparkplatz erzählt hat, überlegte Norma. »Erinnern Sie sich an irgendein Detail? Wo sie wohnte vielleicht?«

»Ich weiß nichts darüber, wirklich nicht! Er hat ein großes Geheimnis um die Frau gemacht. Sie wollte partout nicht, dass ihre Beziehung bekannt wurde.«

Norma fielen auf Anhieb diverse Gründe für eine solche Geheimniskrämerei ein. »Was ist aus Silvans Wohnung geworden?«

»Er hatte Glück und fand schnell einen Nachmieter. Seine Habe hat er weitgehend verkauft oder verschenkt. Am Sonntagmorgen hatte mein Mann ihm geholfen, das wenige, was er behalten wollte, in unseren Keller zu bringen.«

Norma straffte sich unwillkürlich. »Dürfte ich einen Blick auf die Sachen werfen?«

»Wenn Sie wollen. Aber erwarten Sie nicht zu viel. Kommen Sie in einer Stunde zu uns.«

Sie ging, und Norma blieb. Ein Tagpfauenauge hatte sich auf ihrem Handrücken niedergelassen und seine Flügel ausgebreitet. Sie hielt still, bis der Falter weiterflatterte, und beschloss spontan, einen Blogartikel über ihre Lieblingsblumen zu verfassen. Was blühte nicht alles so wunderbar und duftend im Mai? Vergissmeinnicht und Akelei, Waldmeister und Bärlauch, Schwertlilien und Trollblumen. Kaum waren die Sätze im Blog zu lesen, ploppte der erste Kommentar auf.

Vergiss die Rose nicht, schrieb Januarius und fügte einen Smiley an. *Die Rose als Zeichen der Liebe.*

7

Silvans Eltern wohnten in der Hardtstraße am nördlichen Stadtrand. Sie machte sich wenig Hoffnung auf
eine heiße Spur in den zurückgelassenen Habseligkei-
ten des Sohnes, die in zwei Umzugskartons und einer
geräumigen Sporttasche untergebracht waren, wollte
aber nichts unversucht lassen. Kuno Morgenthaler, ein
schmaler, kraftlos wirkender Mann, hatte Norma in den
Keller des Mehrfamilienhauses geführt, nachdem sie
auch ihm versichert hatte, dass ihr Motiv nicht finan-
zieller Natur war.

»Bitte verstehen Sie meine Frau und mich«, sagte Kuno
Morgenthaler entschuldigend, als sie nun im Kellerver-
schlag vor Silvans Sachen standen, die zwischen einem
Satz Winterreifen und einer Werkbank aufeinandergesta-
pelt waren. »Natürlich liegt uns das Schicksal des Bubs
sehr am Herzen. Aber wir haben völlig umsonst sehr
viel Geld in einen Detektiv investiert.«

»Immerhin hat der Mann herausgefunden, dass Silvan
erst gar nicht nach Neuseeland eingereist ist«, entgegnete
Norma in dem Bemühen, die Ehre des unbekannten Kollegen zu verteidigen.

»Was wir damals nicht glauben konnten«, räumte Kuno
Morgenthaler ein. »Silvan hatte uns diese SMS geschickt.
Wie kann das angehen, wenn er zu dem Zeitpunkt angeblich schon tot war?« In seinem Blick lag die Verzweiflung
eines Vaters, der sich damit abfinden musste, den Sohn
überlebt zu haben.

»Das wird sich hoffentlich aufklären. Ist Ihnen mitgeteilt worden, dass man kein Handy bei der Lei...«, schnell verbesserte sie sich, »... bei Silvan gefunden hat?«

Kuno Morgenthaler nickte bedächtig. »Wenn Silvan mit dem Rad unterwegs war, wollte er das Smartphone immer im Blick haben und hatte dafür eine spezielle Gepäcktasche, die hinter dem Lenker am Rahmen festgemacht war. Silvan war fanatisch, was seinen Sport betraf, und hat alle Fahrzeiten und Trainingsstrecken aufgezeichnet.«

Mit fragendem Blick griff Norma nach der Sporttasche. »Darf ich?«

»Bitte, wie Sie meinen. Schließen Sie ab und kommen Sie hoch, wenn Sie fertig sind«, sagte er knapp und ließ sie allein.

Sie lauschte seinen schleppenden Schritten, die sich über den Gang und die Treppe entfernten, und schaute mit flinken Fingern die Sportkleidung in der Reisetasche durch. Ob die beiden Kartons mehr hergaben? Der erste enthielt ein Sammelsurium von Dingen, die sich wohl nicht hatten verkaufen lassen, ihrem Besitzer aber zu schade zum Wegwerfen gewesen waren. Modellautos, veraltete Handys, Biker-Magazine und anderes mehr, mit dem Norma sich nicht weiter aufhielt. Mittendrin eine blecherne, abgestoßene Keksdose der Art, wie sie Kinder als Schatztruhe lieben. Beim sachten Schütteln hörte Norma ein metallisches Klappern. Norma ruckelte an dem klemmenden Deckel, bis er sich endlich auftat und ein Schmuckstück freigab: eine silberne Kette mit einem Schwert als Anhänger. Auf dem Griff des Schwerts saß eine zierlich geformte Rosenblüte. Unter der Kette lag eine Briefkarte, die Norma gespannt aufklappte. In einer schwungvollen Handschrift stand dort zu lesen:

Tausend Dank für dein Abschiedsgeschenk, mein Geliebter! Leider kann ich die Kette unmöglich tragen. Was hast du dir dabei gedacht, liebster Kindskopf? Bewahre sie für mich auf. Tausend Dank für alles. Wir sehen uns am Sonntag ein letztes Mal. R.

Kein Schmuck von bedeutendem Wert, aber sicher eine größere Investition für einen Jungkoch. Das klang nicht nach einem Abschied unter Tränen, eher nach dem kalkulierten Ende einer zukunftslosen Affäre. Sie zückte das Handy, fotografierte Brief und Schmuck, legte beides in die Blechdose und die Dose selbst zurück in den Karton.

In der zweiten Kiste befanden sich Berichtshefte, Mappen, Bücher und weitere Schriftsachen aus Ausbildung und Berufsschule. Ein Abschlusszeugnis fand sich nicht darunter, aber das hatte Silvan sicherlich auf die Reise mitnehmen wollen.

Als sie die Sachen wieder eingeräumt und die Kartons zurück auf ihre Plätze gestellt hatte, schlug sie sich gegen die Stirn. »Ich Hornochse! Wieso fällt mir das erst jetzt ein?«

Eilig schloss sie die Kellertür hinter sich und stieg die Treppen zur zweiten Etage hinauf. Die Wohnungstür war angelehnt. Norma klopfte leise an den Türrahmen.

»Kommen Sie rein, Frau Tann!«, rief Sigrun und eilte ihr aus der Küche entgegen. »Der Polizist hat angerufen, Kommissar Wolf.«

»Wolfert!«

»Wolfert, genau. Er und der Mann mit dem italienischen Namen sind auf dem Weg zu uns, um Silvans

Sachen durchzusehen. Sie haben doch nichts mitgenommen?«, wollte sie verunsichert wissen.

»Keine Sorge, alles ist, wie es war! Eine Frage: Silvan hatte für eine lange Reise gepackt. Wo könnte sein Gepäck geblieben sein?«

Kuno Morgenthaler trat aus dem Wohnzimmer und stellte sich neben seine Frau.

Beide starrten Norma verwirrt an, bis er antwortete: »Das haben wir uns bisher gar nicht gefragt! Warum auch? Er hatte einen großen Rucksack gepackt, der im Flur an der Wand lehnte, als wir die Kartons und die Sporttasche aus seiner Wohnung holten.«

Sigrun schien einen Moment zu zögern, bevor sie sagte: »Sie wohnen im Pharao, Frau Tann. Wenn Sie meinen Rat wollen, nehmen Sie die Leute dort unter die Lupe. Florenz Bruck ist ein Choleriker. Silvan konnte recht gut damit umgehen. Aber in den letzten Tagen vor Silvans Verschwinden war irgendetwas vorgefallen.«

Das passte zu Lillys Behauptung, Florenz sei ziemlich sauer auf seinen Jungkoch gewesen, fiel Norma ein. »Was könnte passiert sein?«, hakte sie nach.

»Silvan wollte schon seit Langem ins Ausland, aber ihm fehlte das Geld dafür«, erzählte Sigrun aufgeregt. »Was er verdiente, steckte er in Fahrräder, er wechselte andauernd auf das neueste Modell. Anfang August ging es dann plötzlich ganz schnell. Er buchte den Flug und kündigte im Pharao.«

»Soll das heißen, er ist quasi von einer Woche auf die andere aus dem Job ausgestiegen? Und die Kündigungsfrist?«

»Florenz Bruck hat ihn eher gehen lassen«, erklärte Sigrun mit einem Achselzucken. »Silvan stand noch Urlaub zu – und dann die Überstunden … Bruck lag nichts daran, Silvan zu halten.«

»Haben Sie Ihren Sohn gefragt, wer die Reise finanzierte? Seine Freundin vielleicht?«

»Welche Freundin?«, warf Kuno Morgenthaler verblüfft ein und schaute seine Frau verständnislos an.

»Das erkläre ich dir später, Kuno!« Sigrun wandte sich wieder Norma zu. »Nein, er hat das Geld von Florenz bekommen. Was mir dabei Sorgen machte …« Ihr Blick streifte ihren Mann, der zu überlegen schien, wie viele Mutter-Sohn-Geheimnisse an ihm vorbeigegangen sein mochten.

»Was hat Silvan getan?«, wollte Kuno Morgenthaler erschrocken wissen.

»Er sagte wörtlich«, begann Sigrun mit einem nervösen Räuspern, »Florenz ist ein Schwein, und dafür muss er zahlen.«

Norma zischte unwillkürlich durch die Zähne. »Silvan hat seinen Chef erpresst.«

»Was fällt Ihnen ein, Frau Tann?«, polterte Kuno. »Warum sind Sie nicht auf unserer Seite?« Und an seine Frau gewandt: »Wie kannst du so was behaupten?«

Sigrun griff nach seinem Arm. »10.000 Euro, Kuno! Und es ging nicht um eine Lohnnachzahlung oder Abfindung.«

»Ihnen ist klar, dass Sie darüber mit Hauptkommissar Wolfert sprechen müssen?«

Auf Normas Frage schüttelte Kuno Morgenthaler perplex den Kopf, seine Frau jedoch nickte mit aller Entschlossenheit.

»Wir sagen, was wir wissen«, versprach sie, als Norma sich kurz darauf verabschiedete. »Ich muss verstehen, was unserem Sohn zugestoßen ist.«

Nun müssten auch die Kommissare Klartext reden und die Verletzungen ansprechen. Womit im Raum stünde, dass Silvan der Mörder von Rose Schwertmann sein könnte. Oder hatte Florenz Bruck seinen Erpresser in den Wald gejagt und dabei eine Zeugin beseitigt? Rose Schwertmann wird kaum zufällig an Silvans Seite gewesen sein, sofern Norma das R in der dem Schmuckstück beigelegten Karte richtig interpretierte.

Rose und Schwert!

8

Auf dem Weg zum Wagen schickte Norma einen stillen Dank an Gertraud Meering, die sie im Pharao einquartiert hatte. Was allerdings weniger eine glückliche Fügung war als eine naheliegende Wahl. Die Sponsorin hatte damit auch den jungen Bad Schwalbacher Hoteliers, deren Unternehmergeist ihr imponierte, unter die Arme greifen wollen. Eilig fischte Norma ihr rumorendes Handy aus dem Rucksack. Die Nummer sagte ihr nichts, aber die volle, tiefe Stimme am anderen Ende der Leitung erkannte sie umgehend.

»Sie haben mir einen Besuch versprochen! Heute Abend auf ein Glas Wein?«

»Bedauere, da bin ich bereits verabredet.«

»Der Freund, der morgen früh in die Staaten fliegt?«

»Ach, das wissen Sie?«

»Dank meiner hervorragenden Kontakte!«

»Ich tippe auf Lilly!«

Sein Lachen drang leise an ihr Ohr. »Seit wir Lilly vor dem Frittierfett bewahrt haben, kann sie mir nichts abschlagen.«

Sie hatte Lilly zwar auf dem Waldparkplatz von ihrem Freund beim LKA erzählt, Timons Fortbildung aber gewiss nicht erwähnt. Die Reise nach New Orleans war nicht unbedingt ein Geheimnis, wurde von Timon jedoch nicht an die große Glocke gehängt. Von Wernkamp musste mit jemandem aus Timons nahem Umfeld gesprochen haben. Ihre Laune schlug um. Was gingen ihn Timons Reisepläne an?

»Würden Sie mir morgen Abend die Ehre erweisen, Norma?«, säuselte er.

»Damit ich im Blog über das Wassermuseum berichte?«, fragte sie mit leichter Schärfe in der Stimme.

»Sie denken, ich bin auf Lobhudelei aus? Unsinn! Ich würde einfach gern mit Ihnen plaudern.«

Norma gab sich einen Ruck. Immerhin war Oswald von Wernkamp ein bestens informierter Bad Schwalbacher, der zudem seit Jahren im Pharao ein und aus ging und dort jeden zu kennen schien.

»Einverstanden! Bis morgen also!«

Auf der Fahrt zum Hotel spürte sie ein Kribbeln. Jagdfieber! Mit einer Flasche Wasser setzte sie sich auf den winzigen Balkon ihres Zimmers und listete auf, was sie an Fakten hatte. Mit Papier vor sich und einem Stift in der Hand, weil sie so am besten denken konnte. Im Augenblick drehte sich ihre Kreativität allerdings weniger um Antworten als um spannende Fragen wie: Was mochte Silvan in der Hand gehabt haben, um seinen Chef zu erpressen?

Hinsichtlich Rose Schwertmann könnte ihr sicherlich das Internet auf die Sprünge helfen. Sie legte das Schreibmaterial zur Seite und holte sich die Technik in Gestalt des Tablets an das Tischchen.

... verlieren wir mit dem entsetzlichen Tod der Journalistin Rose Schwertmann eine engagierte, streitbare Kollegin, lautete der vier Jahre alte Nachruf auf der Webseite von Limes-TV. *In ihrer Talksendung »Rose fragt nach« schreckte sie vor keinem brandheißen Thema zurück und diskutierte mit ihren Gästen schonungslos und kontrovers. Ihr untadeliger Lebenswandel entsprach den eigenen hohen moralischen Ansprüchen. Rose Schwertmann*

hinterlässt einen Ehemann, den Bad Schwalbacher Land-
schaftsarchitekten Cornelius Schuster-Schwertmann, und
vier erwachsene Kinder ...

Unterzeichnet war der Nachruf von Kevin Kupffer, nach eigenen Angaben engster Mitarbeiter der Moderatorin und mittlerweile, wie weiterführende Links zeigten, Moderator der Nachfolgesendung »Kevin fragt nach«. Seinem Text schlossen sich diverse Lobgesänge an, aber es fanden sich auch kritische Stimmen bis hin zu Hasstiraden. Rose Schwertmann hatte sich zu Lebzeiten offensichtlich nicht nur Freunde gemacht. In den Ausschnitten ihrer Sendungen, die sich auf der Webseite des Senders befanden, nahm sie ihre Gäste mit akribischer Unbarmherzigkeit regelrecht auseinander. Das traf neben Prominenten, die sich besser zur Wehr setzen konnten, auch Menschen, die vollkommen überfordert damit wirkten. Ein Paar, das sich nachträglich zu einem jahrelangen Liebesverhältnis bekannt hatte, war aufgrund seines »lügenhaften Lebens« von der Moderatorin vor der Kamera komplett demontiert worden. Wer weidet sich an solchem Psychoterror?, fragte sich Norma angewidert und hoffte beim Anblick dieser eingeschüchterten Delinquenten, es mit Schauspielern zu tun zu haben, die sich durch eine passable Gage hatten trösten können. Dass zahlreiche Zuschauer an der Krawallmasche Gefallen fanden, zeigten die vom Sender aufgelisteten Quoten.

Was, wenn die Ikone des moralischen Lebenswandels tatsächlich eine Affäre mit dem jungen Koch gehabt hatte, die drohte, ans Licht zu kommen? Eine gewagte Spekulation schoss Norma durch den Kopf: Rose, die einen Killer engagiert, ihren jungen Freund in eine Falle lockt und dabei selbst ums Leben kommt ...

Hirngespinste! Auch Roses Ehemann konnte es – leider – nicht gewesen sein. Dagegen sprach dessen Alibi, wie sie von Wolfert wusste: ein Beratungsgespräch mit einem Kunden am Sonntagabend – aber ein Freiberufler war immer im Dienst. Wer wusste das besser als Norma selbst? Ob sich dem Ehemann Informationen über Rose Schwertmann – und womöglich sogar über ihren mutmaßlichen Freund – entlocken ließen? Ein Blick in das Veranstaltungsprogramm der Landesgartenschau zeigte, dass der Zeitpunkt nicht besser passen könnte, sofern sie sich ranhielt. Die offizielle Präsentation der Schaugärten war für 15 Uhr angesetzt. Und einer der Gartengestalter war Cornelius Schuster-Schwertmann.

Mit zehn Minuten Verspätung folgte Norma dem Hauptweg im Menzebachtal, eilte am Kurweiher vorbei und hielt auf den Bereich zu, in dem neun Landschaftsarchitekten der Region ihr Können auf vorgegebenen Arealen demonstrierten. Cornelius Schuster-Schwertmann hatte einen Wellnessgarten mit Saunahäuschen, holzbeplankter Ruheterrasse und einem von Bambusbüschen umkränzten Tauchbecken verwirklicht. Der gediegene Luxusgarten war Norma bereits am Eröffnungstag einen Besuch wert gewesen. Nun stand sein Schöpfer inmitten einer aufmerksam lauschenden Besucherschar: ein hochaufgeschossener Mann, ein jungenhafter Rotschopf in den Fünfzigern, der mit ruhigen, weit ausholenden Gesten sein Konzept erläuterte.

Norma machte sich Notizen, schoss Fotos mit dem Smartphone und wartete, bis die Besuchergruppe zum Nachbargarten weiterzog, um dessen Architekten anzuhören, bevor sie Schuster-Schwertmann ansprach und sich als »die Bloggerin« vorstellte. Der Gartenarchitekt begrüßte sie zuvorkommend, was sicher weniger ihrer Person als der Hoffnung auf einen hübschen Bericht geschuldet war. Eine Höflichkeit, die sie als Privatdetektivin selten genießen durfte, als Bloggerin hingegen jedes Mal. Korrupte Welt, dachte sie, ohne Schuster-Schwertmann die ausgesuchte Freundlichkeit übel zu nehmen. Wer weiß, vielleicht war er grundsätzlich ein netter Typ? Sympathisch wirkte er jedenfalls. Er gewährte ihr eine Privatführung und stellte sich ihr zwischen Bambusgrün und Pampasgras für ein souveränes Interview, das sie mit ihrem Smartphone aufnahm.

Norma bedankte sich und rückte damit heraus, sie habe ihn nicht nur als Bloggerin sprechen wollen. »Ich möchte ganz offen sein, Herr Schuster-Schwertmann. Mich interessiert der Augustabend vor vier Jahren, als Ihre Frau zu Tode kam.«

Sofort verdüsterte sich seine Miene. »Warum sollte ich mit Ihnen darüber reden? Damit ich unser Gespräch morgen in Ihrem Blog wiederfinde?«

Norma entschuldigte sich höflich, sie habe nicht indiskret erscheinen wollen, und widersprach seinen Bedenken. »Ich bin nicht nur Bloggerin, sondern hauptberuflich Privatdetektivin. Wissen Sie von dem Toten im Wald?«

»Freunde haben davon gehört und mich sofort angerufen. Der junge Mann starb wie Rose während des Tornados und nur wenige Schritte von der Stelle entfernt, wo man sie gefunden hat. Roses Mörder hat man nicht gefasst, wie Ihnen bekannt sein dürfte.« Er hielt kurz inne und fügte in bitterem Ton an: »Können Sie sich vorstellen, wie mich das aufwühlt?«

»Ich bin auch im Namen der Eltern des jungen Mannes gekommen«, erklärte Norma freundlich. »Sie leiden unter der Ungewissheit und möchten mehr über die Umstände wissen, unter denen ihr Sohn zu Tode kam. Wer könnte besser als Sie, Herr Schuster-Schwertmann, erahnen, wie es den Angehörigen in dieser Lage ergeht?«

Der Appell schien ihn nicht unberührt zu lassen. Doch es kostete Norma noch einige Mühe, ihn von ihren redlichen Absichten und ihrem Versprechen zu überzeugen, alle Antworten vertraulich zu behandeln. Sie war erleichtert, weil er sie nicht einfach stehen ließ. »Kannten Sie Silvan Morgenthaler? Er war Koch im Pharao.«

Schuster-Schwertmann hob mit einer unentschiedenen Geste die Schultern. »Möglicherweise habe ich ihn dort gesehen. Ich war oft gemeinsam mit Rose im Pharao. Wenn viel los war, half das Küchenpersonal beim Servieren. Der Name sagt mir jedoch nichts.«

Ermutigt von seiner Bereitschaft, das Gespräch fortzusetzen, fragte sie nach Rose. »Wieso war Ihre Frau damals trotz des unsicheren Wetters im Wald unterwegs?«

Sie habe ihre Walkingrunden geliebt, erklärte er. »Dabei konnte sie den Stress im Sender hinter sich lassen. Schlechtes Wetter gab es für sie nicht. Abgesehen davon war alles ruhig, als sie am späten Nachmittag aus dem Haus ging. Das Unwetter hat sich überraschend schnell zusammengebraut. Sie muss unversehens hineingeraten sein.«

Und sie wollte wohl Silvan bei ihrem letzten Rendezvous nicht versetzen, schloss Norma im Stillen. Bisher nur eine Vermutung … Wer wagt, gewinnt!, dachte Norma entschlossen und nahm das Smartphone hervor, um das Foto der Briefkarte zu öffnen. »Diese Karte befindet sich in seinen Sachen. Das ist die Handschrift Ihrer Frau!«

Bestürzt starrte er auf die Zeilen und widersprach ihrer dreisten Behauptung nicht.

»Das darf nicht in die Hände der Presse fallen!«, stieß er entsetzt hervor.

»Sie haben mein Wort«, beruhigte sie ihn. »Es stimmt also? Silvan und Ihre Frau hatten eine Liebesbeziehung?«

Er nickte stumm.

»Die Kommissare könnten dieselben Schlüsse ziehen, wenn sie den Brief unter Silvans Sachen finden«, gab Norma zu bedenken. »Was wäre so schlimm daran, wenn die Affäre bekannt wird?«

»Roses Ruf wäre posthum ruiniert«, erwiderte er mit einem erregten Räuspern. »Rose spielte sich immer als Moralapostel auf, als untadelige Ehefrau und Mutter. Sie legte größten Wert auf ihr Renommee. Unsere Kinder kämen nicht im Traum darauf, dass ihre Mutter ...« Er brach verunsichert ab.

»... immer wieder junge Liebhaber hatte?«, vollendete Norma den Satz.

Nervös fuhr er sich durch die wirren Haare. »Das darf meine Familie nicht erfahren, und es geht die Öffentlichkeit erst recht nichts an!«

»Was sollen diese Lügen?«, bohrte Norma nach. »Warum gehen Sie nicht offen damit um, dass Ihre Frau auf jüngere Männer stand? Ihre Kinder sind erwachsen, sie werden es wegstecken. Warum wollen Sie unbedingt die heile Welt aufrechterhalten?«

»Unterschätzen Sie das nicht, Frau Tann! Die Talkshow lebte davon, dass Rose vehement auf der Seite dessen stand, was sie als ehrbar bewertete: eheliche Treue, Aufrichtigkeit, Tugendhaftigkeit. Nennen Sie es altmodisch, aber die Menschen liebten sie dafür. Ich will dieses Bild von Rose nicht zerstören.«

Ging es ihm dabei ausschließlich um Roses Ansehen? Oder auch darum, das eigene Ego weiterhin im Glanz der angeblich so mustergültigen Ehefrau und namhaften Moderatorin zu sonnen?

»Und wie passt es zur Tugendhaftigkeit, die eigenen Gäste mit Psychoterror fertigzumachen?«

Er schüttelte sachte den Kopf. »Rose hat die Bösen gemaßregelt, damit sich die Guten noch besser fühlten. Das nennt man Mobbing. So war das Konzept, und es hat bestens funktioniert.«

»Wussten Sie damals von dem Verhältnis zwischen Rose und Silvan?« Sie schaute ihn auffordernd an.

»Nicht direkt«, begann er zögernd. »Ich merkte immer, wenn sie was laufen hatte. Sie war dann so … handzahm. Unsere Ehe bestand nur noch wegen der Kinder, die nach und nach aus dem Haus gingen. Rose wechselte ihre Jungs alle paar Monate. Vor dem Koch hatte sie was mit ihrem Assistenten und davor …« Er machte eine wegwerfende Handbewegung.

Norma horchte auf. »Ihr Assistent war Kevin Kupffer?«

Schuster-Schwertmann lächelte grimmig. »Kevin war auf Karriere aus. Genutzt hat ihm die Affäre nichts. Rose hat ihn trotzdem nicht vor die Kamera gelassen.«

»Seit ihrem Tod moderiert er die Sendung.«

»Aber bei Weitem nicht mit demselben Erfolg wie Rose. Sie war und bleibt der Star von Limes-TV!«

Ein junges Paar kam näher und drückte sich abwartend beim Saunahäuschen herum. »Nur eine kurze Frage«, rief die Frau, als Schuster-Schwertmann herüberschaute.

Der Gartenarchitekt bat um einen Moment Geduld und wandte sich wieder Norma zu. »Hören Sie, Frau Tann! Der Tod meiner Frau war ein Schock für die ganze Familie. Ihnen ist bekannt, auf welch grausame Weise Rose ums Leben kam. Als wäre das nicht entsetzlich genug, hat man mir einen Mord aus Eifersucht unterstellt, mich verhört und verdächtigt.«

»Man hätte Sie eher in Ruhe gelassen, wenn Sie Ihr Alibi nicht verschwiegen hätten. Gab es dafür einen besonderen Grund?«

Die Sommersprossen zuckten über die Wangen, als der Architekt verärgert die Augen zusammenkniff. »Warum hätte ich mit der Polizei reden sollen? Ich war unschuldig.«

»Sie haben die Ermittlungen unnötig behindert.«

Unwirsch strich sich Schuster-Schwertmann die roten Strähnen aus der Stirn. »Ich sah keinen Grund, mich zu rechtfertigen. Ich hatte nichts Böses getan. Es war Oswald, der aus eigenem Antrieb zur Polizei ging, um mich zu entlasten.«

Norma horchte auf. »Oswald? Doch nicht Oswald von Wernkamp?«

Ihren abweisenden Blick ignorierend rückte das Paar unerbittlich näher.

»Ich bin gleich bei Ihnen«, rief er den Leuten zu und sagte, die Stimme gesenkt: »Frau Tann, ich kenne Oswald von Wernkamp seit der Schulzeit. Trotz seines Erfolgs hat er seine Wurzeln nie vergessen. Wir haben an jenem Abend Ideen für seinen Garten entwickelt. Er wünschte sich einen besonderen Rückzugsort. War's das?«

Norma bedankte sich und überließ den Architekten den aufdringlichen Gartenfreunden.

9

Als sie zum Pharao zurückkehrte, entdeckte sie Jolanda im Kräutergarten, der an den Hotelparkplatz angrenzte und von einem hohen, nostalgischen Lattenzaun umrundet wurde.

Ausgestattet mit Arbeitshandschuhen und einer kurzstieligen Hacke grub Jolanda in der Erde und winkte ihr einladend zu, als sie sie bemerkte. »Nur herein! Das Tor ist offen.«

Norma trat durch die Pforte, in deren Schloss ein Schlüssel steckte, und bestaunte die gepflegten Hochbeete mit ihrer reichen Vielfalt an Heil- und Küchenkräutern, von denen sie selbst wohl kaum die Hälfte identifizieren könnte. Bienen umschwirrten den Lavendel, dessen Duft außerdem vielfarbige Schmetterlinge anlockte.

»Florenz verwendet eine Menge von dem, was hier wächst, in der Küche«, erklärte Jolanda vergnügt und knipste beiläufig welke Blätter von einer Staude. »Aber das ist nicht der eigentliche Grund für den Garten, sondern eher ein Nebeneffekt. Mir macht das Gärtnern ungemeine Freude.«

Norma schaute einer pelzigen Hummel zu, die unbeholfen wirkend über dem knospenden Thymian taumelte. »Ein Hobby also!«

Jolanda lächelte selig. »Eher eine Leidenschaft!«

Endlich konnte Norma die Gelegenheit nutzen, um zu fragen, woher der Name »Zum Pharao« stammte, und erfuhr von der schmunzelnden Jolanda, dass sich dahinter ein lang gehütetes Familiengeheimnis verbarg. Im Sommer 1902 fuhr ein technikbegeisterter englischer Lord mit einem der ersten Automobile, die überhaupt auf den Straßen unterwegs gewesen waren, nach Bad Schwalbach, dem damaligen Langenschwalbach. Und das aus gutem Grund: Lord Carnarvon war seiner Frau Lady Alina, die sich hier zur Kur aufhielt, nachgereist. Auf die Einheimischen, die an prominente Gäste aus Adel und Geldadel gewöhnt waren, machte wohl nicht allein das ungewöhnliche Gefährt, sondern ebenso der schneidige Lord gehörigen Eindruck. Während seines Aufenthalts in der Kurstadt unternahm der Lord Autofahrten in die Umgebung. Bei einer solchen Ausfahrt packte ihn der Übermut. Er verwies den Chauffeur auf den Beifahrersitz, übernahm das Lenkrad und steuerte den Wagen in sportlicher Selbstüberschätzung über eine Kuppe, hinter der ein gemächliches Ochsengespann vor sich hin trottete. Das Ausweichmanöver misslang, der Wagen überschlug sich. Der Chauffeur kam ohne größere Blessuren davon, der Lord jedoch wurde schwer verletzt. Vor allem die Folgen eines Lungenrisses sollten ihm in Zukunft zu schaffen machen.

»Der Unfall geschah hinter der Ausfahrt in Richtung Heidenrod, wir nennen das Straßenstück die ›Heimbacher Delle‹, die bis heute nicht ungefährlich ist«, erklärte Jolanda. »Der Lord kehrte zur Genesung nach England zurück, aber weil ihm das Atmen schwerfiel, empfahlen ihm die Ärzte Kururlaube im trockenen und heißen Klima. So kam er nach Ägypten und traf dort auf Howard Carter.«

»Der berühmte Ausgräber?«, überlegte Norma. »Aha, die Graböffnung von Tutanchamun. Der ›Fluch des Pharao‹!«

Jolanda nickte vergnügt. »Genau der! Ein Besessener und ein Lebenskünstler verbündeten sich. Mit dem Vermögen, das der Lord in die Ausgrabungen steckte, konnte Carter die Grabkammern im Tal der Könige aufspüren. 1922 legte er das Grab von Tutanchamun frei. So hat unser Städtchen die Geschichte der Archäologie mitbestimmt. Ohne den Unfall hätten die beiden niemals zueinandergefunden.«

»Und euer Familiengeheimnis?«

Wieder das verschmitzte Grinsen, nun noch breiter. »Der Lord war nicht nur reich, er war außerdem ein Playboy. Die hübschen Langenschwalbacher Mädchen ... George Herbert, der 5. Earl von Carnarvon, war der Vater meiner Urgroßmutter, wie sie von ihrer Mutter erfuhr, kurz bevor diese starb. Meine Uroma soll, wenn auch in aller Heimlichkeit, sehr stolz auf ihren Erzeuger gewesen sein.«

»Haben Vater und Tochter sich kennengelernt?«

»Dazu kam es nie«, meinte Jolanda bedauernd. »Dennoch nannte meine Uroma das Hotel, das sie 1930 gründete, ›Zum Pharao‹, und sie fing an, es mit allem Ägyptischen auszustatten, das ihr unter die Finger kam. Offensichtlich hatte sie dem Lord nichts übel genommen.«

»Eine außergewöhnliche Geschichte«, meinte Norma und schaute sich im Garten um. »Wie man sieht, hast du eindeutig einen grünen Daumen. Mit diesem Stück Natur könntest du der Landesgartenschau Konkurrenz machen. Willst du die Pflanzen vor Vandalen schützen, oder warum der hohe Zaun?«

»Ach was, eher sorge ich mich um die Gäste und vor allem um die Kinder. Komm, sieh dir meine Prachtstücke an!«

Sie führte Norma zu einem sonnenbeschienen Beet, auf dem vor einer locker aufgeschichteten Bruchsteinmauer kniehohe, mit kräftigen, gezahnten Blättern bestückte Pflanzen wuchsen. An den Köpfen hatten sich die ersten Blüten geöffnet: zarte Trichter mit dunkelviolettem Grund, dessen satte Farbe sich in feinsten Äderchen über die gelblichen Blütenblätter zog.

Norma beugte sich darüber und zögerte instinktiv, die Blätter zu berühren. »Wild und schön! Und seltsam fremdartig. Diese Pflanze habe ich nie zuvor gesehen.«

»Das ist Schwarzes Bilsenkraut«, erklärte Jolanda mit warnendem Unterton. »Neben dem Eisenhut, der dort drüben wächst«, sie deutete mit weitem Armschwung in Richtung eines angrenzenden Beets, »ist das Bilsenkraut so ziemlich das Giftigste, was unsere Hausgärten zu bieten haben. Besonders die Wurzeln und Samen sind gefährlich.«

Norma nahm die Pflanzen aus respektvollem Abstand näher in Augenschein. Blätter und Stängel waren mit kleinen, klebrig wirkenden Härchen überzogen. »Bilsenkraut … Hat das nicht etwas mit Hexen zu tun?«

»Stimmt, man nannte es früher Hexenpflanze, weil das Gift berauschend wirkt. Mit der Dosierung kann man sich leicht vertun. Viel braucht es nicht, und dein Atem steht für immer still.«

Auf den Parkplatz war ein Wagen eingebogen, aus dem nun ein junges Paar ausstieg, das sich suchend umschaute. Jolanda entschuldigte sich, um sich um die neuen Gäste zu kümmern. Sie verließ den Garten hinter Norma, die noch einen beeindruckten Blick auf die Giftpflanze geworfen hatte, und versäumte es nicht, den Schlüssel im Pfortenschloss vor dem Herausziehen zweimal herumzudrehen.

10

Die letzten Stunden des Nachmittags verbrachte Norma auf Nofretetes Balkon, um pflichtschuldig den Blog zu füttern. Nach dem Gespräch mit Schuster-Schwertmann war sie durch die anderen Schaugärten geschlendert, doch der Wellnessgarten hatte ihr weiterhin am besten gefallen. Der Gerechtigkeit halber schmückte sie den Artikel mit Fotos aller Schaugärten aus und setzte das Liveinterview mit Schuster-Schwertmann ans Ende. Zufrieden betrachtete sie ihr Werk im Web und wartete insgeheim auf einen Kommentar des treuen Lesers Januarius, der jedoch ausblieb.

Gegen 18 Uhr stieg sie in den Kombi und hielt auf der Bäderstraße, die sich entlang der Ortschaften Wambach, Schlangenbad und Rauenthal zog, auf das Rheintal zu. Hinter Walluf legte sie einige Kilometer auf der Autobahn zurück und folgte dem Rheinufer zum Wiesbadener Stadtteil Biebrich. Als die filigrane rot-weiße Fassade des Barockschlosses in Sicht kam, schlug ihr Herz höher: Heimatgefühle einer Wahlbiebricherin, erkannte sie ein wenig rührselig gestimmt. Von der Weser an den Rhein! Sie war auf einem Bauernhof in der Nähe von Bremen aufgewachsen und »ein echtes Kind der norddeutschen Maisebene«, wie Timon sie zu necken pflegte. Auf ihren Vorschlag, den Abend in ihrer Wohnung zu verbringen, war er dankbar eingegangen. So konnte er das Penthouse geputzt und aufgeräumt hinter sich abschließen. Norma hatte versprochen, dort alle paar Tage nach dem Rechten zu sehen.

Nun parkte sie den Kombi im Hof des Biebricher Fachwerkhauses, das im Dachgeschoss ihre Wohnung und im Erdgeschoss, in den Räumen eines ehemaligen Blumenladens, ihr Büro beherbergte. Die mittlere Etage war das Reich ihrer Vermieterin Eva Vogtländer, einer Lehrerin, die sich im vergangenen Sommer als Innenarchitektin betätigt und dem alten Haus durch eine Reihe aufwendiger Renovierungen neuen Glanz verliehen hatte. Dabei war Eva das Kunststück gelungen, das Haus auf einen zeitgemäßen Stand zu bringen, ohne ihm den nostalgischen Charme zu nehmen. Die Veränderung zeigte sich auch im Treppenhaus, das dank der neuen Fenster hell und einladend wirkte. Als Norma die Wohnungstür öffnete, verstellte Timons Reisetasche den Durchgang durch den schmalen Flur der Dachwohnung. Als wäre sie extra für ihn dort platziert, thronte Kater Leopold obenauf und fuhr zur Begrüßung fauchend die stahlgraue Pranke aus. Reaktionsschnell brachte Norma ihre Hand in Sicherheit, die sie nach ihm ausgestreckt hatte.

Einen Kochlöffel schwenkend erschien Timon in der Küchentür. Die Schürze reichte ihm bis zu den Knien. »Oh, da ist jemand verstimmt. Poldi fühlt sich vernachlässigt!«

»Er hat keinen Grund, sich zu beklagen«, bemerkte Norma mit einem tadelnden Blick auf den Kater. »Immerhin bleibt sein Frauchen auch am Wochenende zu Hause, solange ich in Bad Schwalbach bin. Und Evas Freund kommt extra wegen Poldi hierher.«

Den Kater kümmerte es wenig, dass er offiziell der Hausbesitzerin gehörte, und er hielt sich gern bei Norma auf, nicht nur, wenn Eva die Wochenenden und Ferien bei ihrem Freund in Köln verbrachte. Norma liebte den

Kater, der Kater liebte Norma. Sie gab nichts darauf, dass der gereizte Empfang einen anderen Eindruck vermittelt hatte. Im drallen Katzenkörper steckte nun einmal eine kapriziöse Persönlichkeit. Bei ihrem zweiten Annäherungsversuch ließ er sie gnädig gewähren und schnurrte sogar wohlig, als sie durch seinen stahlgrauen Pelz strich. Zeitgleich begann ihr Magen zu knurren, zumal ihr der verführerische Duft von gebratenem Wurzelgemüse mit reichlich Knoblauch in die Nase drang. Timon schüttete das Nudelwasser ab, während sie den Tisch in der Küche deckte. Als sie vor den gefüllten Tellern am Tisch Platz nahmen, kam das Gespräch auf die Liebesbeziehung zwischen Silvan Morgenthaler und Rose Schwertmann.

Überrascht ließ Timon die Gabel sinken. »Das ist also die Verbindung zwischen den beiden Toten! Weiß die Soko Waldparkplatz davon?«

Auch Wolfert und Milano hatten Silvans Schatzkiste entdeckt und dieselben Schlüsse gezogen, wie Norma erfahren hatte, als sie Wolfert per Telefon erreicht und ihm diese Information mühsam entlockt hatte.

»Sieh dich bei deinen Privatermittlungen vor Riebler vor«, warnte Timon. »Er kann fuchtig werden, wenn er Konkurrenz wittert.«

»Dann hat er sich nicht geändert«, sagte sie und schöpfte eine weitere Kelle mit Gemüse aus dem Wok. »Ich werde mich lieber wie immer an Dirk und Luigi halten.«

»Der Brief und der Schmuck«, meinte Timon nachdenklich, »das klingt nach einer Beziehungstat.«

»Durchaus möglich. Aber Silvan hatte offensichtlich mit der Affäre abgeschlossen und seine Abreise vorbereitet. Warum hätte er Rose töten sollen?«

»Du geht also von einem anderen Täter aus?«

»Ja, und der muss es nicht unbedingt auf Rose abgesehen gehabt haben. Es spricht einiges dafür, dass Silvan seinen Chef erpresst hat.«

Er beugte sich aufmerksam vor. »Wie kommst du darauf?«

»Seine Mutter hat so etwas angedeutet. Er hat 10.000 Euro von ihm erhalten für die Reise.«

Sie diskutierten das Für und Wider der beiden Theorien und aßen schließlich schweigend weiter. Norma aß mit großem Appetit, und auch Timon langte herzhaft zu. Er kochte vorzüglich und ihretwegen ausschließlich vegetarisch. Beim Espresso schwärmte er von den Fachgebieten und Themen, die ihn in New Orleans erwarteten, und wie sehr er sich auf die Kollegen freute, mit denen er seit Jahren in Kontakt stand. Mit strahlenden Augen fieberte er der Reise entgegen, und sie fühlte sich peinlich berührt wegen ihrer kindischen Verlassensangst. Läppische drei Wochen!

»Hörst du mir überhaupt zu, Norma?«

Sie schreckte aus ihren Grübeleien auf. »Aber ja, du bist hin und weg von Professor Galinski. Ein Anthropologe und eine Koryphäe für die Identifizierung von Brandleichen aus Massengräbern. Und du freust dich sehr auf die Zusammenarbeit mit ihm.«

»Mit *ihr*!«, stellte er richtig. »Professorin Sheila Galinski. Sie ist klug, sie ist schön, sie ist … einfach eine tolle Frau. Wir kennen uns seit Langem und sind gute Kollegen. Und *nur* Kollegen. Ich wollte, dass du das weißt, Norma.«

So sprach ein gebranntes Kind. Ihre teuflische Eifersucht! Er kannte ihre größte Schwäche nur zu gut. Beinahe wäre ihre Beziehung an ihren irrationalen Eifersüchteleien zerbrochen. Erneute Ausbrüche würde er nicht hinnehmen, das war der Deal. Als äußerst aufrichtiger Mensch schenkte er ihr sein unbedingtes Vertrauen und erwartete dies ebenso von ihr.

Angespannt vergrub sie die Fingernägel im Pelz des Katers, der es sich auf ihren Knien bequem gemacht hatte, und schluckte gegen den Kloß im Hals an.

»Alles gut, Timon«, hauchte sie in der Befürchtung, ihre Stimme könnte kippen. »Aber vermissen darf ich dich doch?«

»Aber nicht so sehr wie ich dich!« Mit übermütigem Grinsen überspielte er die angespannte Stimmung und zog einige zusammengefaltete Blätter aus der Hosentasche, die er ihr über den Tisch zuschob.

»Liebesbriefe?«, fragte sie lächelnd und klang schon wieder wie die toughe Norma.

Sie löste die Hand von Leopold und faltete die Papiere gespannt auf: Etliche Seiten mit Vernehmungsprotokollen im Fall Rose Schwertmann. Davon hätte sie nicht zu träumen gewagt. Wolfert steckte bei aller Freundschaft zu sehr in beamtenhafter Korrektheit fest, um ihr datengeschütztes Material zu überlassen. Milano legte solche Dinge großzügiger aus. Doch wenn er etwas herausrückte, dann selten ohne nervende Spielchen und Hinhaltetaktiken, auf die sie sich nur einlassen wollte, wenn es unabdingbar war. Sie setzte den Kater behutsam auf die Eckbank, stand auf und drückte Timon kurz und kräftig an sich, was er sich grinsend gefallen ließ.

»Mein Abschiedsgeschenk!«, meinte er salopp. »Kopien aus den Akten der Soko Waldparkplatz.«

Als Spezialist für die Spurensicherung des LKA arbeitete er eng mit den Sonderkommissionen des Wiesbadener Polizeipräsidiums zusammen. Trotzdem fragte sie sich, wie er an diese Papiere herangekommen sein mochte. Fest stand: Wenn das herauskäme, drohte ihm richtig Ärger.

»Von mir erfährt keiner was«, versprach sie und setzte sich wieder. Leopold erhob sich grummelnd, machte einen Buckel und ließ sich an ihrer Seite nieder.

»Die Protokolle betreffen Personen aus Rose Schwertmanns näherem Umfeld«, erklärte Timon, sichtlich zufrieden über seinen kleinen Coup. »Der Ehemann war damals der Verdächtige Nummer eins der Soko, zumal er sich schweigsam wie ein Mönch gab. Sein Alibi …«

»… verdankt er einem ehemaligen Geschäftsmann, mit dem ich gestern im Pharao gegessen habe.«

Sie hatte seine Antwort vorweggenommen und freute sich über sein verblüfftes Gesicht.

»Oswald von Wernkamp hat dich zum Essen eingeladen?«, staunte Timon. »*Der* Oswald von Wernkamp?«

»Ganz so war es nicht.« Norma erzählte von Lillys Missgeschick. »Was weißt du über ihn?«

»Persönlich kenne ich ihn nicht. Er gilt als edler Spender, der sein Vermögen in allerhand Hilfsorganisationen steckt, heißt es.«

»Allerdings! Den Bad Schwalbachern will er sogar ein komplettes Museum schenken. Wobei ihm die Bezeichnung ›Museum‹ viel zu altbacken klingt. Ich fand ihn charmant«, sagte sie neckend.

»Ach ja?«, brummte Timon und schenkte Wein nach.

Nach einem genießerischen Schluck durchstöberte sie die Protokolle. »Hör mal! Hier steht, dass auch Kevin Kupffer vernommen wurde. Er war Roses Assistent, der laut Cornelius lieber vor als hinter der Kamera stehen wollte.«

»Kupffer? Ja, ich erinnere mich. Kupffer profitierte vom Tod seiner Chefin. Aber ihm war nichts nachzuweisen und die Soko war zudem nicht von seiner Schuld überzeugt.«

»Ist er verheiratet, beziehungsweise war er es damals? Cornelius Schuster-Schwertmann behauptet, Kevin hatte eine Beziehung mit seiner eigenen Frau«, sinnierte Norma. »Könnte seine liebe Gattin nicht Rose aus Eifersucht …?«

»Er hatte eine Frau, ja!«, bestätigte Timon. »Daisy Kupffer. Doch ihr Alibi ist – wie soll ich sagen … wasserdicht!«

»Wie meinst du das?«

Er seufzte bedauernd. »Der Klassiker: Stromschlag in der Badewanne. Als Daisy starb, war die Moderatorin noch putzmunter.«

Norma beugte sich abrupt vor, sodass Leopold beinahe abgerutscht wäre und sie ihn lieber festhielt, bevor er mit den Krallen an ihren Knien Halt suchte. »Ach du meine Güte! Wann genau war das?«

»Wenige Tage vor dem Tornado. Ein Altbau vor der Renovierung, die Wanne aus Gusseisen und nicht geerdet, die Sicherungen von anno Tobak. Keine Chance, wenn in einem dermaßen antiquierten Bad das Smartphone samt Ladegerät ins Badewasser plumpst.«

»Plumpst oder geplumpst wird?«

Timon antwortete mit einem Achselzucken. »Der Fall wurde als Unglück ohne Fremdverschulen abgeschlossen.«

»Du hast die Tote selbst obduziert?«, fragte Norma gespannt.

»Nein, sie landete nicht auf meinem Tisch. Die Frankfurter Rechtsmedizin war zuständig. Allerdings habe ich damals gerade an einem Fachartikel zum Thema Stromtod gearbeitet.«

»Und die Frankfurter deswegen um den Obduktionsbericht gebeten?«

Timon nickte zustimmend. »Ich kannte den damaligen Chef sehr gut. Der Bericht liegt noch in meinem Archiv.«

Er füllte die Gläser großzügig auf. Norma schaute auf die Wanduhr über der Tür, klassisch rund und mit analogen Zeigern: Timons Geschenk zum Wiedereinzug. Über einige Wochen im vergangenen Sommer hatte auch Norma ein Nomadenleben führen und in fremden Wohnungen leben müssen. Die Umbauarbeiten waren ein Kraftakt gewesen, der sie und Eva Nerven und Eva zudem viel Geld gekostet hatte. Aber wie eben gehört, hatte eine nigelnagelneue Elektrik durchaus ihr Gutes! Die Zeiger rückten auf 21 Uhr vor. In wenigen Stunden würde Timons Flugzeug starten. Ausgerechnet jetzt!

»Ein unaufgeklärter Mord, ein rätselhafter Todesfall«, zählte sie auf. »Nicht zu vergessen, der angebliche Badeunfall. Da steigen mir sofort kriminelle Bilder in den Kopf!«

»Das blühende Vorstellungsvermögen einer Privatdetektivin«, entgegnete er gelassen.

»Gesundes Misstrauen schadet nicht«, widersprach sie. »Ach, wenn du nur bleiben könntest, und wir beide zusammen … Wir sind doch ein super Ermittlerteam!«

»Nicht nur ein super Ermittlerteam«, versicherte er mit zärtlicher Miene, »und noch bin ich ja nicht weg.«

Sie räumten ab und gingen nach nebenan. Der schmollende Kater blieb auf der anderen Seite der Schlafzimmertür zurück.

In den frühen Morgenstunden erreichten sie nach einer halbstündigen Autofahrt den Flughafen. Der Abschied verlief herzlich und unbeschwert. Norma schaute zu, wie Timon sich in die Schlange zur Sicherheitskontrolle einreihte, und fing, als er sich noch einmal umdrehte, seinen warmen Blick auf. Ein kurzes Winken, und sie wandte sich zum Gehen. Auf dem Weg zum Parkhaus kaufte sie einen Wiesbadener Kurier und fuhr zurück nach Biebrich.

Nachdem sie die Küche aufgeräumt hatte, machte sie sich einen Cappuccino und schlug am Tisch die Zeitung auf. Ein groß aufgemachter Artikel schilderte auf einer kompletten Seite das Auffinden der Leiche des Silvan Morgenthaler. Eine Verbindung zum Mord an der bekannten Moderatorin Rose Schwertmann vier Jahre zuvor am selben Ort sei nicht auszuschließen, hieß es. Die Polizei bitte um »sachdienliche Hinweise«. Worin die Verbindung bestanden haben könnte, überließ der Text der Fantasie des Lesers. Ein Porträt zeigte Silvans offenes, hübsches Gesicht, eine Fotomontage daneben einen jungen Mann mit Silvans Kopf, der ein gelbes Trikot, eine eng anliegende schwarze Hose und auffällige blaue Radlerschuhe trug. Wer kann Angaben zum Verbleib machen?, lautete die Bildunterschrift unter den Abbildungen von einem Mountainbike, einem Smartphone und einem Reiserucksack. Der Bericht endete mit Fragen an die Bevölkerung: Wer hatte wann was beobachtet? Auch ein aktuelles Foto des Waldparkplatzes war zu sehen, wie das Tor zur Tornado-Spur im Hintergrund bewies. Norma ging davon aus, dass im Aar-Boten ein ähnlicher Artikel erschienen war. Die rätselhaften Todesumstände von Silvan Morgenthaler und Rose Schwertmann waren sicher das Tagesgespräch in der kleinen Kurstadt.

Ihre Gedanken kreisten um Daisy Kupffer. War sie tatsächlich bei einem tragischen Unfall ums Leben gekommen? Oder war ihr Ableben womöglich der Beginn einer kleinen Reihe rätselhafter Todesfälle in Bad Schwalbach? Dass der harmlose Bloggerjob detektivische Dimensionen annehmen würde, daran hätte sie im Traum nicht gedacht.

11

Ob die Fernsehleute am frühen Vormittag schon im Sender waren? Es konnte nicht schaden, den smarten Kevin Kupffer leibhaftig kennenzulernen. Seine nächste Talkshow wurde live von der Landesgartenschau gesendet, hatte Norma erfahren. Warum nicht als Bloggerin ein paar Fragen dazu stellen? Was sie aber vor allem interessierte, waren komplette Aufzeichnungen von Sendungen mit Rose. Sie hatte im Internet nur kurze Szenen gefunden und wollte sich nach allem, was sie über die Moderatorin gehört und gelesen hatte, ein umfassenderes Bild über deren Persönlichkeit machen. Ohne einen konkreten Plan und auf ihr Glück vertrauend fuhr sie über die Biebricher Allee auf den Ersten Ring und umrundete das Zentrum. Nach 20 Minuten erreichte sie das Areal »Unter den Eichen«, ein am nördlichen Waldrand Wiesbadens gelegenes Gelände, auf dem sich nach dem Wegzug des Zweiten Deutschen Fernsehens, das in den 1980er-Jahren über den Rhein auf den Mainzer Lerchenberg gewechselt war, eine Reihe kleiner, unabhängiger Medienfirmen angesiedelt hatte. Auch der Fachbereich Medientechnik der Hochschule RheinMain war hier zu Hause, wie Norma auf der Suche nach den Räumlichkeiten von Limes-TV feststellte. Zu Fuß streifte sie um die Gebäude herum, überwiegend schlichte, mehrgeschossige Zweckbauten. Warum hatte sie nur versäumt, den Akku des Tablets aufzuladen? Die Online-Karten mit der Navi-Funktion hatten ihr so manche Suche erleichtert. Darüber verfügte auch ihr Mobiltelefon, das allerdings vergessen in der Biebricher Wohnung lag. Früher ging's auch ohne GPS und WWW, dachte sie geduldig und erreichte nach kurzem Irrmarsch endlich den richtigen Eingang.

»Kevin ist im Meeting«, murmelte die blutjunge, mürrische Empfangsdame und streifte die Besucherin mit flüchtigem Blick, um sich umgehend wieder ihrem Smartphone zuzuwenden.

»Und wann wäre Herr Kupffer zu sprechen?«, entgegnete Norma höflich.

Die Daumen des Mädchens glitten, tappten und wischten wie gehetzt über das Display. Bei der nächsten Antwort blieb sogar das knappe Kopfheben aus. »Keine Ahnung! Bin die Praktikantin!«, brummte das Mädchen in sich hinein.

»Wie lange wohl noch?«, fragte Norma spitzfindig. »Und ich spreche nicht von der Dauer des Meetings.«

»Wie?« Glotzäugige, mit fettem Kajal umrahmte Augen schauten verblüfft hoch. Immerhin, eine Regung!

Eine Tür flog auf und ersparte Norma einen weiteren Wortwechsel mit der hoffnungsvollen Nachwuchskraft. Den dunkelhaarigen Mittdreißiger, der inmitten einer kleinen Personengruppe den Flur durchschritt, kannte sie aus Ausschnitten der Talksendungen, die sie sich auf der Webseite von Limes-TV angeschaut hatte.

Bevor er durch die nächste Tür entschwinden konnte,

trat sie ihm entgegen. »Herr Kupffer, dürfte ich Sie einen Augenblick sprechen? Es dauert nicht lange.«

Die Gruppe löste sich auf, nur Kupffer blieb stehen. »Ja, bitte?«

»Ich berichte in einem Blog über die Gartenausstellung und Veranstaltungen rundherum. Sie planen doch eine Livesendung aus dem Bad Schwalbacher Alleesaal, nicht wahr? Würden Sie mir bitte etwas zu Ihrem Konzept verraten?«

»Die Privatdetektivin also!« Er fixierte sie mit geneigtem Kopf wie ein Border Collie ein renitentes Schaf. »Ich habe von Ihnen gehört, Frau Tann. Wir sind immer auf der Suche nach ungewöhnlichen Menschen. Möchten Sie nicht Gast in meiner nächsten Sendung sein?«

Damit hatte Norma nicht gerechnet. Sie fühlte sich überrumpelt. »Lieber würde ich selbst über Ihre Gäste und Themen schreiben.«

»Überlegen Sie es sich! Ich würde mich freuen, wenn Sie mitmachen. Eine Privatdetektivin hatten wir noch nicht.«

»Worauf würde ich mich einlassen? Ihre Sendung hat den Ruf, dass nicht besonders freundlich mit den Gästen umgegangen wird.«

Er bleckte die Zähne. »Ein Ruf, den meine geschätzte Vorgängerin Rose mit allen Mitteln gepflegt hat. Ich dagegen bin die Harmlosigkeit in Person.«

Norma packte die Gelegenheit beim Schopf. »Was zu beweisen wäre. Dürfte ich mir verschiedene Aufzeichnungen ansehen? Von Ihren und von Roses Sendungen?«

»Warum nicht?«, befand er leichthin. »Meine Assistentin wird Ihnen die Kopien heraussuchen. Und auch was das Konzept der Gartenschausendung betrifft, fragen Sie am besten Barbara. Wir bleiben in Verbindung, Frau Tann.«

Mit lässigem Winken entfernte er sich. Norma blieb zurück und wartete auf die Assistentin, beiläufig beobachtet von der Praktikantin hinter dem Tresen, die ins Handy lauschte, das wie festgewachsen zwischen Ohr und Schulter klemmte, und ab und zu ein »Cool!«, »Supercool!« und »Sag ich doch!« von sich gab. Die Assistentin entpuppte sich als liebenswürdige Mittvierzigerin, die Norma in ein Büro im oberen Stockwerk führte, dessen Fenstern die Waldbuchen ihre maigrünen Äste entgegenstreckten. Keine Viertelstunde später war Norma im Besitz eines DVD-Stapels und hatte einige Informationen zur geplanten Talkshow erhalten. Fotos der Sendung wollte Barbara per Mail nachreichen.

Sehr zufrieden mit der Ausbeute bedankte Norma sich, behielt aber ihren Platz an dem Besuchertisch, an den Barbara sie gebeten hatte. Die Assistentin saß ihr gegenüber. »Darf ich Sie etwas Persönliches fragen? Wie lange arbeiten Sie schon für Limes-TV?«

Barbara lächelte gedankenverloren. »Eine kleine Ewigkeit! Angefangen habe ich als Sekretärin für Rose, na ja, eher als Mädchen für alles. Damals hatte Kevin meinen jetzigen Job. Ich nehme an, Sie wissen, dass Rose ermordet wurde? Grauenhaft.« Sie schüttelte sich, als wollte sie ihren Worten Nachdruck verleihen.

Norma gab sich arglos. »Es geschah in Bad Schwalbach, nicht wahr?«

»Rose liebte den Wald und ihre Walkingrunden. Der Mörder ist immer noch nicht gefasst. Das macht mir Angst!«

»Hatte Rose Feinde?«

»Mehr als genug, würde ich sagen. Es war eines ihrer vielen Talente: die Leute gegen sich aufzubringen. Genau das machte die Faszination ihrer Sendungen aus. Rose ging immer aufs Ganze.«

»Und Kevin Kupffer?«

»Kevin hat nicht Roses Biss. Es ist kein Geheimnis, dass seine Quoten bei Weitem nicht an ihre Erfolge heranreichen.«

»Ich war flüchtig mit Kevins Frau bekannt«, log Norma frech. »Daisy.«

»Schlimm, was ihr passiert ist«, murmelte Barbara bedrückt. »Kevin hat sie gefunden, gemeinsam mit Daisys Schwester. Was für ein Schock für beide!«

»Daisys Schwester?«

Barbara schaute verwundert auf. »Ach, Sie wissen nichts von der Schwester? Daisy hing doch so sehr an ihr.«

»Natürlich, ich komme gerade nicht auf den Namen …«

Barbara kicherte mädchenhaft. »Ivy! Die Eltern waren Gartenliebhaber. Daisy wie Gänseblümchen und Ivy wie Efeu. Daisy hat ihren Namen gehasst.«

»Ivy, na klar!«, rief Norma und überlegte laut: »Wie war gleich noch der Nachname?«

»Rafeldt. Ivy Rafeldt. Sie wohnt in Bad Schwalbach, wie Daisy damals auch. Daisy hatte dort dieses niedliche alte Häuschen von der Großmutter geerbt. Wunderbar, um sich zum Schreiben einzuigeln, sagte sie immer.«

»Sie hat geschrieben? Davon wusste ich gar nichts.«

»Doch, sie hat in ihrer Freizeit an einem Krimi gearbeitet, einem garantierten Bestseller, wenn man Kevin glauben wollte«, plauderte die Assistentin in vertraulichem Ton. »Über den Inhalt hat Daisy allerdings nur mit Rose gesprochen. Daisy hat Kevin im Ungewissen gelassen.

Sie befürchtete, er würde sich einmischen. Was ihn sehr geärgert hat, denn die Story soll brandheiß gewesen sein, wie Daisy behauptete. Wie besessen hat sie daran gearbeitet und den Laptop sogar mitgebracht, wenn sie Kevin abholen und auf ihn warten musste. Dann saß sie an diesem Tisch und schrieb, ohne aufzublicken.«

»Inwiefern brandheiß?«

Barbara drehte sich kurz zur Zimmertür um, als befürchtete sie einen heimlichen Lauscher, und richtete den Blick wieder aufmerksam auf ihren Gast. »Es ging um irgendein hohes Tier. Mehr hat sie nicht verraten.«

»Eben haben Sie erzählt, dass nur Rose den Inhalt der Story kannte. Auch den Namen des Prominenten?«

»Wissen Sie, Rose hatte so eine Art nachzubohren … Wenn sie es darauf anlegte, bekam sie alles aus einem Menschen heraus«, erklärte Barbara mit gesenkter Stimme. »Mit ihrer Hartnäckigkeit konnte sie Daisy den Namen entlocken und war sofort Feuer und Flamme. Rose verpflichtete Daisy dazu, weiterhin alles für sich zu behalten, damit sie die Sache auf ihre Art ganz groß rausbringen konnte.«

»Auf ihre Art, das heißt im Fernsehen?«

»Ja, und sogar live! Daisy sollte Auszüge aus dem Manuskript vortragen, was ihr allerdings nicht geheuer war. Als sie mit der Zustimmung zögerte, hat Rose Kevin vorgeschickt, der Daisy massiv unter Druck gesetzt hat. Daisy sollte einen Skandal auslösen, von dem er profitieren könnte. Daraufhin geriet sie regelrecht in Panik.«

»Und trotzdem hat Kevin sie dazu gedrängt?«, fragte Norma verwundert. »Daisy war seine Frau. Hätte sie nicht seine Unterstützung verdient?«

»Von wegen!«, entgegnete Barbara kopfschüttelnd. »Für einen Mann mit Kevins Ehrgeiz stehen die Einschaltquoten über allem. Und er wollte es sich nicht mit Rose verderben.« Flüsternd fuhr sie fort: »Zu Daisys Auftritt kam es nicht mehr. Zwei Tage vor der Sendung geschah der Unfall. Ihr Tod warf alles über den Haufen. Zum Trost hat Rose den Vertreter einer Bad Schwalbacher Bürgerinitiative eingeladen und diesen Mann öffentlich zur Schnecke gemacht. Rose hat alle Register gezogen, als hätte sie geahnt: das wird ihre letzte Sendung.«

Norma war beeindruckt: Von dem Gehörten wie von dem Scharfblick der Dame mit der gepflegten Erscheinung. »Was ist aus Daisys Manuskript geworden? Wurde das Buch gedruckt?«

»Das Manuskript ist verschwunden, soweit ich weiß. Und jetzt entschuldigen Sie mich bitte, ich muss zu einem Meeting.« Barbara erhob sich hastig.

»Eine Frage noch«, bat Norma und stand ebenfalls auf. »Wissen Sie Genaueres, was Daisy beruflich gemacht hat?«

»Sie hat Firmen beraten und war viel unterwegs, das hat sie erwähnt. Mehr weiß ich nicht.«

»Und ihr Arbeitgeber?«

Barbara hob ratlos die Schultern. »Bedauere, keine Ahnung. Sie kommen doch in die Sendung zur Gartenschau, Frau Tann?«

»Lassen Sie mir bitte etwas Zeit für die Entscheidung. Ich habe keine Erfahrung mit Livesendungen.«

»Keine Sorge«, meinte Barbara mit aufmunterndem Blick. »Sie haben das nötige Standing, Frau Tann, und Sie sind telegen. Dafür habe ich einen Blick, glauben Sie mir!«

Vermutlich warb sie mit solchen Sprüchen um jeden Gast. Wider besseres Wissen fühlte Norma sich geschmeichelt, als sie zum Wagen ging. Sie fuhr nach Biebrich, um das vergessene Smartphone zu holen, und griff sich bei der Gelegenheit den alten Laptop, der über ein DVD-Laufwerk verfügte. Leopold empfing sie maunzend im Hausflur. Sie nahm ihn auf den Arm – immer ein kleiner Kraftakt bei diesem Schwergewicht – und genoss für einige Minuten die Wärme seines muskulösen Körpers und sein vibrierendes Schnurren. Wieder auf dem Boden, trollte er sich durch die Katzenklappe in Evas Wohnung.

Eine Stunde später kehrte Norma ins Nofretete-Zimmer zurück. Der Balkon hatte sich in der Mittagssonne auf eine angenehme Temperatur erwärmt. Sie nahm den Laptop mit hinaus und arbeitete sich über die Nachmittagsstunden durch verschiedene Ausgaben der Krawallshow. Roses Geschick, mittels hinterlistiger Komplimente und stichelnder Provokation ungeahnte Aggressionen bei ihren Opfern herauszukitzeln, wirkte gemessen an Kevins halbherziger Nachahmung wie Blutrache gegen Kindergartengeplänkel. Immerhin hatte von Kevins Gästen keiner unter Tränen und vor laufender Kamera die Flucht ergriffen – was während Roses Moderation mehrfach vorgekommen war, darunter auch Prominente und gestandene Geschäftsleute.

Einer der panisch Geflüchteten hieß Boris Valendiek, Vorsitzender des Vereins RAarDler e.V. Norma war wegen des Datums der Livesendung aufmerksam geworden: Freitag, der 8. August vor vier Jahren – exakt zwei Tage vor dem Tornado. Und vor Roses Ermordung! Der Ablauf war typisch für die Show gewesen. Boris Valendiek, Typ rastloser Rentner, dessen drahtige Physiognomie von einer langen Karriere als Freizeitmarathonläufer und Triathlet zeugte, berichtete in der Sendung frohen Mutes von einer Mission, die ihm am Herzen lag.

Im Laufe der Aufzeichnung wurde er dank Rose unsicherer und nervöser und geriet zunehmend unter Druck, bis er aus der Haut fuhr und bis aufs Blut gereizt seinen Frust ins Mikrofon brüllte. Völlig demontiert verstummte er schlagartig, schien zu erkennen, dass er brutal aufs Glatteis geführt worden war, sprang auf und rauschte – von der Kamera genüsslich im Großformat eingefangen – aus dem Alleesaal. Es waren seine wie in Eis gehauenen Gesichtszüge, die bei Norma für Gänsehaut sorgten: das Antlitz eines zutiefst gekränkten, wenn nicht gar traumatisierten Menschen.

12

Oswald von Wernkamp wohnte in Heimbach, einem Bad Schwalbacher Stadtteil, zu dem eine Landstraße führte, die sich parallel zum gleichnamigen Flüsschen und entlang des Waldrands bergauf wand. Noch steiler führten die Wohnstraßen hinauf. Von Wernkamps Anwesen lag nah am Wald und von Mauern abgeschottet weit abgelegen von den Nachbarhäusern. Ein übermannshohes, schmiedeeisernes Tor verwehrte den Zugang zum parkähnlichen Garten. Ein livrierter Butler hätte Norma kaum überrascht, doch es war von Wernkamp persönlich, der ihr das Tor öffnete und sie einwies, als wäre es von irgendeiner Bedeutung, auf welchem Stück der weitläufigen Kiesfläche sie den Kombi zum Stehen brachte.

Auf dem Weg zum Eingang nahm sie die Villa in Augenschein, eine kühle, aus weißen Kuben und viel Glas zusammengefügte Komposition. Im Haus war es still. Nicht einmal ein Hund trottete heran, als sie ihrem Gastgeber durch Flure und Räume in den Wintergarten folgte, durch dessen weit geöffnete Schiebetüren das stimmgewaltige Flöten einer Amsel hineindrang. Der Blick von hier aus war umwerfend und reichte über den Garten bis zum Waldrand. Norma schaute sich im Wintergarten um. Erlesene, mit hellen Leinenkissen bestückte Rattanmöbel befanden sich dort, ein offener Kamin – ohne Feuer – und ein Glastisch zwischen zwei ausladenden Sofas nebst Sessel, der eine entkorkte Flasche Rioja, zwei Gläser und einen Teller mit Häppchen bereithielt.

»Leben Sie allein?«, fragte Norma. »Reichlich Platz für eine Person.«

Mit bedauernder Miene bekannte von Wernkamp: »Meine Frau hat es nicht länger mit mir ausgehalten und ist vor fünf Jahren mit beiden Söhnen in die Schweiz gezogen. Bitte, nehmen Sie Platz!«

Bedachtsam sank Norma in die präzise dekorierte Kissenlandschaft eines der Sofas nieder. Er setzte sich gegenüber in einen Sessel, füllte die Gläser auf und schob ihr den Häppchenteller zu. Ungezwungen kamen sie ins Plaudern. Als höflicher Gastgeber ging er auf sie ein, ohne sich anzubiedern. Während sie ihn beobachtete und seine Angewohnheit bemerkte, die Worte mit reduzierten Gesten zu unterstreichen und stets auf Blickkontakt bedacht zu sein, wurde ihr bewusst, wie geübt er als Gesprächspartner war – beinahe manipulativ. Trotzdem ertappte sie sich dabei, freier und offener über sich selbst zu sprechen als gewöhnlich gegenüber einem Fremden. Mit dem nächsten Glas langten sie beim Du an. Seine gezielten Fragen zur Spurensicherung und Fahndung bewiesen einen für dieses Gebiet so beachtlichen Wissensstand, dass sich Norma erkundigte, ob er beruflich mit der Polizeiarbeit zu tun gehabt hatte.

Er antwortete mit einem offenen Lächeln. »Nicht unmittelbar. Mein Unternehmen hat Software gegen Cyberkriminalität entwickelt und verkauft. Ein weites Feld für einen expandierenden Markt, nebenbei bemerkt. Wir zählten zu den renommiertesten Anbietern auf diesem Gebiet.«

»Oh, klingt spannend! Wer gehörte zu deinen Kunden?«

Er wies mit weiter Geste um sich herum. »Bedeutende Firmen, aber auch Krankenhäuser und Kommunen.

Cyberkriminalität wurde und wird immer noch unterschätzt. Hackerbanden operieren vom Ausland aus, und die betroffenen Unternehmen zahlen horrende Lösegelder, um ihre befallenen Programme wieder freizubekommen. Was oftmals nicht gelingt. Stell dir eine Klinik vor, die keinen Zugriff auf die Krankendaten hat. Keine Röntgenbilder, keine Blutanalysen, keine Operationen. Da ist an einen reibungslosen Betrieb nicht zu denken.«

»Und deine Firma brachte die gehackten Computer wieder zum Laufen?«

»Das war eine Aufgabe meiner Spezialisten. Sinnvoller ist es natürlich, den Viren und Trojanern die Eingangstore von vornherein zu verschließen. Die Software, die ich entwickeln ließ, war sozusagen die Grenzpolizei.«

»Ein lohnendes Geschäft, nehme ich an?«

Mit einem Nicken bestätigte er ihre Vermutung. »Der Verkauf der Firma hat sich ausgezahlt. Ich habe mehr als genug zum Leben und darf mich ganz meiner neuen Leidenschaft widmen.«

»Du spielst auf das Tabernaemontarium an?«

»Bad Schwalbach ist eine Stadt des Wassers. Wo sonst strömt aus so vielen Quellen kohlensäurehaltiges Heilwasser ins Freie? Das Thema ist seit Jahrhunderten da. Es fehlte nur noch das Haus dafür.«

Norma zeigte sich informiert. »Das Tabernaemontarium wird Millionen kosten. Ein großzügiges Geschenk an die Stadt!«

»Zugegeben, ein bisschen Eigennutz ist auch dabei«, gab er bereitwillig zu. »Glaube mir, dieses Projekt wird Architekturgeschichte schreiben! Die Ehre und die Preise, die der Bau bekommen wird, da bin ich sicher, sind allen Aufwand wert.«

Als Norma sich nach dem Standort erkundigte, lehnte Oswald sich entspannt zurück, als wollte er sein Lieblingsthema mit allen Sinnen auskosten. »Das Grundstück befindet sich in allerbester Lage. Direkt am Kurpark! Du kennst sicherlich das Moorbadehaus?«

Norma nickte. »Aber klar, das Moorbadehaus ist sehr charakteristisch. Um 1905 gebaut, wenn ich das richtig im Kopf habe. Aber steht es nicht unter Denkmalschutz?« Sie mochte das Gebäude mit seiner ausgewogenen Symmetrie und der von großen Sprossenfenstern geschmückten Fassade.

Er winkte ab. »Keine Sorge, das Moorbadehaus will ich nicht abreißen lassen. Mir geht es um das Moorpackungshaus, das ein paar Schritte schräg hinter dem Moorbadehaus steht: eine Bausünde aus den 1970er-Jahren. Die Bad Schwalbacher werden mir dankbar sein, wenn der hässliche Koloss endlich aus dem Stadtbild verschwindet.«

Norma nippte am Rotwein, der schwer und samtig auf der Zunge haften blieb. »Was hältst du von der Landesgartenschau?«

Dank seiner Dauerkarte nutze er jede Gelegenheit für einen Besuch, erklärte Oswald zufrieden und schaute, das Glas schwenkend, wie gedankenverloren zum Garten hinaus. »Die Pläne haben mich sofort fasziniert. Endlich kommt wieder Leben in die Stadt! Wir haben neulich darüber gesprochen, dass unser früheres Langenschwalbach dank seiner Heilquellen schon im 16. Jahrhundert als Kurstadt berühmt war. Die letzten Jahrzehnte waren schwierig. Heute zählt vor allem die Natur. Unser Städtchen ist umgeben von Wald. Steckt nicht in uns allen noch der urzeitliche Auswanderer aus Afrika? Tief im Herzen sehnen wir uns nach dem Ursprünglichen. Wir brauchen das Grün und die Pflanzenwelt um uns herum wie Sauerstoff in der Atemluft. Norma, die wahre Heilerin ist die Natur! Sie teilt ihre Macht mit mir, wenn ich in meinem Meditationsgarten schweige oder im Wald an einem Kraftort meditiere.«

Norma griff nach dem Weinglas und wechselte das Thema. »Die ganze Stadt scheint in Aufruhr, seit der zweite Tote im Wald gefunden wurde. Hast du die beiden gekannt? Rose Schwertmann und Silvan Morgenthaler?«

Den durchdringenden Blick nun auf sie gerichtet, sagte er: »Der Junge war Koch im Pharao und kam ein paarmal an meinen Tisch. Rose Schwertmann kannte ich persönlich nur flüchtig. Hast du ihre verrückte Talkshow damals gesehen?« Er grinste, als hätte ihm der Psychoterror gefallen.

Norma erzählte von ihrer Nachmittagsbeschäftigung. »Ich habe mir unter anderem Roses letzte Sendung angesehen. Einen ihrer Gäste an jenem Tag hat sie auf entwürdigende Weise vorgeführt.«

»Ist mir bekannt, ich saß im Publikum«, antwortete Oswald. »Wie so viele Bad Schwalbacher, der Alleesaal war proppenvoll. Eine unglaubliche Blamage für Boris Valendiek!«

»Kennst du ihn näher?«

Er lächelte breit und zeigte seine ebenmäßigen Zähne. »Fast jeder Bad Schwalbacher hat von ihm und seinem Radlerverein gehört. Vor vier Jahren hat sich Valendiek extrem in Sachen Aartalbahn engagiert. Allerdings nicht, um die Bahn wieder auf die Schiene zu bringen. Das Gegenteil war sein Ziel.«

Aufgrund der Sendung wusste Norma Bescheid. »Soweit ich Valendieks Pläne verstanden habe, wollte er die Bahnstrecke zwischen Dotzheim und Bad Schwalbach zum Radweg umbauen lassen. Deswegen wurde er von Rose aufs Korn genommen.«

Mit seiner irrwitzigen Idee, bemerkte Oswald amüsiert, habe Boris Valendiek abgesehen von wenigen Vereinsgetreuen allein auf weiter Flur gestanden. »Bedenke bitte, dass die Trasse zum Ende des 19. Jahrhunderts als geniale Ingenieursleistung galt. Eine so steile Strecke hatte man nie zuvor bewältigt. Die Langenschwalbacher schafften es, den Kurgästen diese bequeme Anreise zu bieten. Service zählte schon damals.«

Die Aartalbahn war in den 1990er-Jahren stillgelegt worden, und seitdem wogten die Diskussionen über eine Reaktivierung auf und ab. Während Oswald sich über das immerwährende Hin und Her lustig machte, ließ Norma sich Boris Valendieks Initiative durch den Kopf gehen. Der Gedanke, eine Schienenstrecke als Radweg auszubauen und zum Touristikmagnet zu befördern, war so neu nicht. Im Vogelsberg, in der Rhön und anderswo hatte man ähnliche Vorhaben bereits erfolgreich umgesetzt. Aber ausgerechnet die steile Aartal-Trasse? Sie malte sich aus, wie sich junge dynamische Männer mit durchtrainierten Radlerwaden schweißgebadet zur Eisernen Hand hinaufquälten, angestachelt von der Vorfreude auf die rasante Abfahrt zurück nach Wiesbaden. Was Zusammenstöße provozieren würde – Sicherheitsbedenken hatte Rose Schwertmann als Hauptargument gegen den Umbau aufgeführt. Genüsslich hatte sie Valendieks »schlichtes Urvertrauen« in die Vernunft der Radler zerpflückt und der Senioren-E-Biker-Gruppe seines Vereins RAarDler e.V. den Erschöpfungstod prophezeit.

»Übrigens hatte Rose mich damals auch als Talkgast eingeladen«, bemerkte Oswald süffisant. »Als erfolgreicher Unternehmer war ich öfter im Fernsehen präsent.«

»Und weshalb bist du stattdessen im Publikum gelandet?«

»Spontaner Themenwechsel! Kurzfristig war den Fernsehleuten die Aartalbahn wichtiger.«

»Das ist nicht sehr nett. Warst du nicht verärgert über die kurzfristig Ausladung?«

Mit einem hintergründigen Lächeln bekannte er: »Welcher Geschäftsmann stellt seinen Laden nicht gern in der Öffentlichkeit vor? Insofern hat es mich schon gefuchst, aber zu wenig, um mich darüber aufzuregen.«

Sie bat um ein Glas Wasser zum Wein, und als er mit zwei Gläsern und einer Flasche Mineralwasser zurückkehrte, fragte er: »Darf ich dich auf etwas Persönliches ansprechen, Norma? Warum bist du nicht bei der Polizei geblieben?«

Die Frage überraschte sie nicht. Viele Leute stellten sie, und in der Regel wich sie mit einer Phrase als Antwort aus. Die tatsächlichen Beweggründe kannten nur wenige ehemalige Kollegen und Timon. Zurückhaltend stellte sie eine Gegenfrage. »Was denkst du?«

Er zwinkerte ihr vielsagend zu. »Du bist ein freier Geist. Probleme mit Hierarchien?«

»So sah es vordergründig aus.«

»Und was steckte dahinter?«

Ob es am Wein lag? An der friedlichen Abendstimmung? Oder am Gastgeber, der ihr auffordernd zunickte? Zur eigenen Verwunderung ging sie auf seine Frage ein. »Mein Mann Arthur war Kunst- und Antiquitätenhändler. Ich habe ihn nach Kolumbien begleitet, wo er einen jungen Maler besuchen wollte. Dabei sind wir von Rebellen der Farc entführt worden. Es ging gut aus, aber ich bekam später Panikattacken und war, wie soll ich sagen, nicht mehr teamfähig.«

»Und dein Mann?«

»Er ist gestorben. Sein Tod hatte aber nichts mit Kolumbien zu tun.«

»Die einsame Wölfin also.«

So ähnlich hatte sich ihre Therapeutin ausgedrückt. Die Therapie lag viele Monate zurück. Norma war längst aus dem Polizeidienst entlassen gewesen, als sie endlich den Mut aufbrachte, sich den Erinnerungen zu stellen: der Durst und die qualvolle Hitze des Dschungels, Arthurs verzweifelte Miene, der Schweißgeruch des Comandante, der ihr die Pistole an die Schläfe setzte. Das Warten auf den Schuss, das leise Klicken des Schlagbolzens und die Stille danach schienen sich für immer in ihr Gedächtnis eingebrannt zu haben. Seit dem Ende der Therapie hatte sie nur noch mit Timon über die Entbehrungen und Ängste gesprochen. Sie verspürte das Bedürfnis, Oswald mehr von der Entführung und ihrem Trauma zu erzählen. Eine flüchtige Verlockung, die sich auflöste, als er spontan vorschlug, ihr den Meditationsgarten zu zeigen, der im hinteren Teil seines Grundstücks lag.

Entzückt bestaunte sie den Bambushain, das schimmernde Wasserbecken und die Streifen aus blütenweißem Kies drum herum.

»Hat Cornelius Schuster-Schwertmann diese kleine Oase entworfen?«, fragte sie, als sie neben Oswald auf der Bank saß, die von zwei in Stein gehauenen Löwen bewacht wurde. Dicht daneben gurgelte Wasser in einem kleinen Springbrunnen. »Sein Schaugarten in der Ausstellung erinnert an diesen hier.«

»So ist es! Cornelius hat ein Händchen für das Spirituelle. Wir haben am Abend des Tornados in meinem Haus die ersten Pläne entwickelt.«

»Es war der Abend, an dem seine Frau ermordet wurde. Du hast Cornelius ein Alibi gegeben. Warum hat er der Polizei nicht selbst gesagt, dass er bei dir war? Mit seinem Schweigen hat er sich verdächtig gemacht.«

Oswald zupfte sich ein vertrocknetes Bambusblatt vom Hosenbein. »So war er schon als Schüler. Hat sich niemals gerechtfertigt, sondern einfach erwartet, dass man ihm glaubt. In unserer Stadt brodeln die Gerüchte schnell. Als ich mitbekam, dass man ihn vernimmt, habe ich mich sofort bei der Polizei gemeldet. Mit dem Fund der zweiten Leiche scheint sich nun ja alles aufzuklären.«

»Wie meinst du das?«, fragte Norma gespannt.

»Ich nehme an, der junge Mann hat Rose getötet, ist in Panik in den Wald geflohen und wurde von den Bäumen erschlagen. Das klingt für mich schlüssig.«

»Und sein Motiv, Oswald?«, fragte sie ohne jede Absicht, die Affäre zu erwähnen.

»Ein Mensch tötet vor allem aus einem Grund.«

Sie störte sich an seinem ungewohnt schneidenden Tonfall. »Aus welchem?«

Die Antwort kam prompt. »Weil er es kann.«

»Eine Einschätzung, die einem positiven Menschenbild widerspricht«, wandte sie skeptisch ein.

Er lachte leise. »Du glaubst an das Gute im Menschen? Ausgerechnet du als ehemalige Mordermittlerin? Bist du naiv, Norma?«

»Wenn es naiv ist, an Mitmenschlichkeit und Vertrauen zu glauben, bin ich es gern«, antwortete sie unbekümmerter, als ihr zumute war.

Eine Weile plauderten sie noch über den Garten, bis Norma sich mit einem Dank für den Abend verabschiedete. Auf der Rückfahrt sehnte sie den Anruf von Timon herbei, der mittlerweile in New Orleans angekommen sein musste.

13

Sie erwachte zeitig und fühlte sich ausgeruht, trotz einer von Träumen bewegten Nacht. Während des Frühstücks dachte sie an Timon, der bei seinem späten Anruf euphorisch von den ersten Eindrücken berichtet hatte. Dann kreisten ihre Gedanken um Oswald von Wernkamp und sein abgeschiedenes Leben in dem übergroßen Haus. *Der Mensch tötet, weil er es kann.* Was für ein zynischer Satz, der sich in ihrem Kopf festgesetzt hatte.

Zurück im Zimmer startete sie das Tablet in der Hoffnung, etwas über Daisy Kupffers Schwester zu finden. Tatsächlich stieß die Suchmaschine auf eine Frau namens Ivy Rafeldt, die in der Kundenberatung eines Wiesbadener Maschinenbau-Unternehmens arbeitete. Bis Ende der Woche befinde sich Frau Rafeldt in Mailand auf einer Messe, lautete die Auskunft einer Kollegin, man erwarte sie am Dienstag zurück. Ob Norma die Telefonnummer wünsche? Heikle Gespräche führte man besser von Angesicht zu Angesicht, das wusste Norma aus Erfahrung. Deshalb wollte sie sich lieber gedulden, bis Daisys Schwester wieder zu Hause wäre, bat aber darum, ihre Nummer mit der Bitte um Terminvereinbarung weiterzuleiten.

Als Nächstes fütterte Norma den Blog mit Informationen zur Talkshow, die am kommenden Dienstag im Bad Schwalbacher Alleesaal vor Publikum stattfinden sollte. »Die LGS in der Kurstadt: Blütenpracht oder Rauschen im Blätterwald?«, lautete das bildreich formulierte Thema des Abends, an dem Kevin Kupffer mit geladenen Gästen der hiesigen Prominenz eine erste Bilanz zur Gartenausstellung ziehen wollte. Norma kündigte die Bürgermeisterin an und unterschlug, hin- und hergerissen zwischen Zu- und Absage, ihre eigene Einladung. Etwas Farbe könnte dem Artikel nicht schaden, entschied Norma und wählte aus den Fotos, die Barbara geschickt hatte, ein Bild des attraktiven Kevin aus, das sie im Text platzierte. Zufrieden mit ihrem Tagwerk, scrollte sie durch die Blogseite.

Blitzschnell kommentierte Januarius den Eintrag mit: *Schweigen ist Silber. Reden ist Tod.*

Seltsamer Spaßvogel! Mochte wohl keine Talkshows?

Sie bekam Lust auf einen Kaffee, nahm ihren Rucksack auf und ging hinunter. Die Frühstückzeit war vorüber, und Lilly hatte damit zu tun, das Büfett abzuräumen. Ob sie ihr trotzdem einen Cappuccino bringen könnte?, bat Norma.

»Aber gern! Warum gehen Sie nicht nach draußen?«, schlug Lilly gut gelaunt vor. »Ist herrlich in der Sonne.«

Kein weiterer Gast befand sich auf der Terrasse, die an den Kräutergarten angrenzte. Der Duft von Lavendel hing in der Luft, und ein bunter Schwarm Schmetterlinge umtanzte die Brennnesseln, die vor dem Lattenzaun blühten. Mit dem Gesicht zur Sonne setzte Norma sich an einen Tisch und genoss die Stille, die nur von Tauben unterbrochen wurde, die in den Dachgauben gurrten. Und wenig später von Lilly, die den duftenden Kaffee herantrug.

»Möchten Sie noch etwas? Dann müssten Sie bitte jetzt bestellen. Ich habe frei bis zum Mittag, und die Chefs wollen zum Großmarkt nach Mainz-Kastel.«

Norma orderte einen weiteren Cappuccino – ein doppelter konnte nicht schaden. Nachdem Lilly die leere Tasse gegen die volle getauscht und sich in die Pause verabschiedet hatte, nahm Norma einen Schreibstift und einen Schreibblock aus dem Rucksack. Zeit für eine Zwischenbilanz.

Drei Menschen starben im August vor vier Jahren innerhalb weniger Tage: Daisy Kupffer (am Mittwoch, den 6. August), Rose Schwertmann und Silvan Morgenthaler (beide am Sonntag, den 10. August). Ein tödlicher Unfall, ein Mord und ein Angriff, dem ein tödlicher Unfall gefolgt war. Nachdenklich reihte sie die Namen der Toten und die der Lebenden aus deren Umfeld auf dem Zettel auf. Irgendwie war jeder mit jedem bekannt gewesen. Florenz und Jolanda Bruck hatten die Moderatorin gekannt und sicherlich auch Kevin Kupffer, den Rose gemeinsam mit dem gesamten Team oft ins Restaurant eingeladen hatte. Vermutlich war Daisy, die laut Barbara ungern von Kevins Seite gewichen war, an diesen Abenden öfter dabei gewesen. Man konnte davon ausgehen, dass die Leute von Limes-TV bei diesen Gelegenheiten dem jungen Koch begegnet waren.

Intensiv kreisten ihre Gedanken um den Mord an Rose. Oswalds Schlussfolgerung, Silvan habe Rose im Streit getötet und sei danach in sein Verderben gelaufen, hatte etwas von einer alttestamentarischen Vorstellung im Sinne von: Die Strafe folgt auf dem Fuße. Aber warum nicht? Ein handfester Streit, Rose greift Silvan mit den Walkingstöcken an, er wehrt sich, die Situation eskaliert … So hätte es durchaus stattfinden können, zumal Silvans Stichverletzungen auf diese Version hindeuten. Und doch wollte sie nicht an diese naheliegende Schlussfolgerung glauben. Sein Abschiedsgeschenk, ihr Brief! Normas Instinkt sprach für eine gegensätzliche Vermutung: Rose und Silvan hatten im Frieden auseinandergehen wollen.

Weitere Verdächtige? Cornelius, der betrogene Ehemann, war aus dem Schneider. Oswald von Wernkamp hatte ihm ein Alibi geliefert, und welchen Grund hätte Oswald haben sollen, für den Gartenarchitekten zu lügen? Besonders eng schien die Freundschaft zwischen den ehemaligen Schulkameraden nicht zu sein.

Ein anderes Bild schob sich vor ihr inneres Auge: Der bestürzte Ausdruck von Boris Valendiek, der während der Sendung aufspringt und am Publikum vorbei aus dem Alleesaal stürmt. Wie verhasst musste ihm die Moderatorin in diesem Augenblick gewesen sein! Selbstverständlich war die Soko Waldparkplatz damals auch dieser Spur nachgegangen und hatte Boris Valendiek ins Polizeipräsidium Wiesbaden geladen, nachdem der Eklat in der Sendung zum Stadtgespräch geworden war. Bastian Riebler hatte die Vernehmung geführt. Laut des Protokolls, das sich unter Timons Diebesgut befand, hatte Boris Valendiek angegeben, am Sonntagnachmittag zur Tatzeit die Bahntrasse rund um die Eiserne Hand inspiziert und fotografiert zu haben. Er habe für ein Vereinstreffen, das für den Montagabend kurzfristig anberaumt gewesen war, aktuelle Aufnahmen der Bahntrasse benötigt und den drohenden Sturm völlig unterschätzt, lautete seine Begründung. Während des Unwetters habe Boris Valendiek im dortigen Gasthaus Schutz gesucht, hatte eine Servicekraft ausgesagt. Norma stutzte, als sie deren Name nachschaute: Ausgerechnet Sigrun Morgenthaler hatte an jenem Sonntag auf der Eisernen Hand gearbeitet. Für weitere Vernehmungen und Verdächtigungen gegen Boris Valendiek gebe es keinen hinreichenden Tatverdacht, lautete das Fazit der Ermittler. Damit war der gebeutelte Talkgast raus aus dem Spiel, und diese Spur verlief im Nichts wie alle anderen, der die Soko nachgegangen war. Norma konnte sich gut vorstellen, mit welch großer Enttäuschung und Frustration, begleitet von dem Gefühl des Versagens, die ermittelnden Beamten diesen ungelösten Fall hatten aufgeben müssen. Und nun, vier Jahre später, warf die Entdeckung von Silvans Leiche weitere Fragen auf!

Nun spukte ihr ein neuer Ansatz durch den Kopf. Was, wenn der Angriff nicht der Moderatorin, sondern Silvan gegolten und Rose einfach Pech gehabt hatte: zur falschen Zeit am falschen Ort? Ein Verdächtiger präsentierte sich umgehend: Florenz Bruck, der laut Lilly wütend auf seinen Koch gewesen und nach dem Tornado durchnässt und verdreckt nach Hause gekommen war. Hatte Florenz sich gegen seinen erpresserischen Koch zur Wehr gesetzt?

Nachdenklich trat sie auf den Rasen hinaus. Über den Lattenzaun hinweg konnte man den Parkplatz überblicken, auf dem die Brucks damit beschäftigt waren, leere Getränkekisten in den Wagen zu laden. Jolanda winkte freundlich herüber.

Dirk oder Luigi?, überlegte Norma und wählte spontan die private Handynummer von Wolfert, der ihre

Begrüßung erfreut erwiderte. Er mochte sie. Mehr noch: Sie war sicher, er hegte so etwas wie eine zarte heimliche Liebe zu ihr.

»Wie geht es in der Soko Waldparkplatz voran?«, flüsterte sie mit einem aufmerksamen Blick auf die Brucks, die weiterhin mit den Einkaufsvorbereitungen beschäftigt waren. Bevor er die Frage mit seinen üblichen Bedenken zurückweisen konnte, fügte sie hinzu: »Du musst nicht aus dem Nähkästchen plaudern. Mir genügt eine Tendenz.«

Wider Erwarten zeigte er sich aufgeschlossen. »Wie du dir denken kannst, prüfen wir, ob Silvan als Täter infrage kommt.«

»Glaubst du daran, Dirk?«

»Ich halte mich an die Fakten. Immerhin ist Silvan die erste heiße Spur nach all den Sackgassen der letzten Jahre.«

»Habt ihr inzwischen mit Florenz und Jolanda Bruck gesprochen?«

»Das steht erst für heute Nachmittag an. Hoffentlich erfahren wir von ihnen mehr über Silvan. Für einen jungen Mann seines Alters hatte er einen kleinen Bekanntenkreis.«

»Das liegt am Beruf«, warf Norma ein. »Ein Koch arbeitet, wenn andere frei haben.«

»Wie bei der Polizei! Und dein Eindruck von dem Jungen, Norma?«

Unwillkürlich senkte sie wieder die Stimme. »Möglicherweise lief da so etwas wie Erpressung bei Silvan und Florenz.«

»Weißt du das auch schon!«

»Von seiner Mutter. Kennt ihr Einzelheiten?«

»Bisher wissen wir nur das, was Sigrun Morgenthaler ausgesagt hat. Bruck wird sich dahingehend kaum selbst belasten. Wir müssen das Thema behutsam angehen und dürfen nicht mit der Tür ins Haus fallen.«

Was beiden Kommissaren bestens gelingen würde, da war Norma sich sicher. Wenn es darauf ankam, konnte sich sogar Milano einfühlsam zeigen.

Ihre nächste Frage galt dem Zeitungsartikel. »Gab es verwertbare Hinweise auf Silvans Sachen?«

Der Kommissar verneinte. »Bisher nichts. Was mich nicht wundert nach vier Jahren.«

Sie wollte sich verabschieden, aber Wolfert war noch nicht fertig. »Da ist noch etwas, Norma. Von mir hast du es nicht!«

»Ich kann schweigen, Dirk, das weißt du!«

Was er enthüllen wollte, musste entweder ziemlich belanglos oder äußerst wichtig sein. Sonst würde er es ihr niemals aus eigenem Antrieb verraten. Sie wartete gespannt, drängte ihn aber nicht.

Schließlich rückte er damit heraus. »Als Silvan verschwand, war Florenz Bruck auf Bewährung.«

»Das ist ein Ding!«, staunte sie. »Was hatte er angestellt?«

»Kleinere Betrügereien, aber verurteilt hat man ihn wegen Körperverletzung. Er war mehrfach handgreiflich geworden. Unter anderem hat er mit einer Pfanne auf einen Kollegen eingeprügelt. Nur seine gute Sozialprognose bewahrte ihn vor dem Knast. Dazu zählten der berufliche Start im Pharao und die Heirat mit der grundsoliden Jolanda.«

»Wahre Liebe!«

»Oder eine Zweckehe«, kommentierte Wolfert trocken.

»Sie hatte gerade das Hotel übernommen. Der Koch ist als Ehemann billiger zu haben.«

»Der Spruch hätte von Luigi sein können, mein lieber Dirk.«

»Es ist, wie es ist. Geh Bruck aus dem Weg, Norma!«

»Keine Sorge, ich passe auf mich auf«, versprach sie und behielt währenddessen den Wagen im Blick, der mit Florenz am Steuer und Jolanda daneben in diesem Augenblick vom Parkplatz rollte. Ein Puzzleteil fügte sich zum anderen.

14

Kaum war der Pharao-Jeep außer Sicht, trug sie die Tasse in den Frühstücksraum, der still und verlassen dalag wie auch das Foyer, das sie anschließend eilig durchquerte, um den Rucksack nach oben zu bringen. Bevor sie wieder hinunterging, nahm sie die dünnen Fingerhandschuhe heraus sowie das Lockpicking-Set, das sie für den Fall der Fälle stets im Rucksack bei sich hatte. In einem Seitenfach befand sich ein handlicher Elektroschocker, den Timon ihr zum Selbstschutz aufgedrängt hatte, und den sie seitdem unbenutzt mit sich herumtrug. Sie zögerte kurz, ließ ihn dann aber stecken. Warum sich zusätzlich damit belasten? Die Brucks würden für mindestens anderthalb Stunden unterwegs sein. Allein die Hinfahrt nach Mainz-Kastel am Rhein dauerte eine halbe Stunde, überlegte sie. Von Lilly, die in ihrer Mansardenbude schlummerte, ging kaum eine Gefahr aus, überrascht zu werden.

Ihr Ziel war die Küche, die im selben Anbau wie die Gaststube lag: der Ort, an dem sich Florenz die meiste Zeit aufhielt und der vielleicht etwas über den Koch verraten konnte. Auf Zehenspitzen schlich sie über den schmalen Flur und auf die Küchentür zu, die wie zu erwarten abgeschlossen war. Als Norma sich am Schloss zu schaffen machte, war sie froh, dass sie sich an langen Abenden die Zeit vertrieb, indem sie sich ausgiebig mit dem Knacken ausgebauter Türschlösser beschäftigte. Innerhalb weniger Sekunden hatte sie den Riegel zurückgeschoben und drückte die Klinke nieder. Die Arbeitsflächen waren penibel aufgeräumt, und die Edelstahlfronten schimmerten wie unberührt. Eine zweiflügelige Schwingtür führte in eine Vorratskammer, in deren Regalen neben anderen Lebensmitteln eine reichhaltige Auswahl an Dosensuppen und -soßen lagerte. Norma konnte es kaum fassen: Flüssigei im Tetrapak! Stammte das Frühstücksrührei gar nicht von den »frischen Bioeiern glücklicher Bad Schwalbacher Hühner«, wie das handbeschriftete Schildchen auf dem Büfett weismachen wollte? In Tiefkühltruhen lagerten verdächtige Tüten mit Aufklebern des Gastro-Großhandels: Kartoffelgratin und Bratkartoffeln »nach Hausfrauenart« sowie Fleisch- und Fischgerichte und sogar – kaum zu glauben – eine Packung mit fix und fertig gebratenen Spiegeleiern! Daneben tiefgefrorene Panzerotti der Art, die Norma bestellt hatte. Von wegen eine eigenhändige Kreation des Küchenchefs! Die auf der Karte als fangfrisch angepriesenen Taunusforellen, von denen sich Oswald einen Fisch hatte schmecken lassen, froren als Schwarm im Eis vor sich hin. Und die »frisch gebackenen« Waffeln, ihr Dessert, lagerten in einem Karton, der griffbereit neben einem Toaster stand. Welcher Gast würde sich bei diesen Entdeckungen nicht verschaukelt fühlen? Als sie danach den Kohlensäuresprudler und die leeren Flaschen für italienisches Edelwasser bemerkte, die offensichtlich darauf warteten, mit Leitungswasser aufgefüllt zu werden, wunderte sie diese Entdeckung schon nicht mehr. Florenz hatte aus der Bewährungsstrafe allem Anschein nach keine Lehre gezogen und konnte die Finger nicht von den Mauscheleien lassen. War das lediglich eine Frechheit gegenüber den Gästen? Oder handfester Betrug?

Sie schlüpfte aus der Kammer, um in den Küchenschränken zu stöbern. In einer Schublade lag unter allerlei Krimskrams ein offensichtlich ausgemustertes Küchenbeil mit fleckigem Holzstiel und einer tiefen Kerbe in der Klinge, die geeignet schien, einen Ochsenknochen spielerisch zu spalten. Was für eine archaische Waffe! Norma wog das gefährliche Werkzeug in der Hand. War es das Adrenalin im Blut, das sie zum Übermut anstachelte? Weil der Touchscreen durch den Stoff nicht zu bedienen war, zog sie die Handschuhe aus, schwenkte das Beil über den Kopf und schoss ein Selfie. Entzückt betrachtete sie das rabiate Bild, das sie am liebsten umgehend an Timon geschickt hätte. Als kleine Warnung für eine zu enge Zusammenarbeit mit Sheila Galinski, von der er so hingerissen war. Dass die begnadete Professorin gut 20 Jahre älter war als er, hatte schließlich nichts zu bedeuten, wie man an Silvan und Rose sehen konnte. Obwohl sie sich fest vorgenommen hatte, sich niemals wieder von der zerstörerischen Eifersucht mitreißen zu lassen, bahnte sich der Zweifel viel zu oft einen Weg in ihr Bewusstsein. Doch Timon, der unter ihren Szenen reichlich hatte leiden müssen, würde den makabren Scherz womöglich missverstehen. Vielleicht zeigte sie ihm das Foto besser persönlich nach seiner Rückkehr.

Ein Geräusch schreckte sie auf. Rasch legte sie das Beil an seinen Platz zurück. Aber es war nur die Kühltruhe in der Speisekammer, die sich brummend und klirrend in Gang gesetzt hatte. Sie steckte das Smartphone in die Hosentasche, streifte die Handschuhe wieder über und öffnete vorsichtig die Tür zum Flur. Niemand zu sehen! Vor dem Ende ihrer Pause würde Lilly bestimmt nicht hier aufkreuzen. Zwischen den beiden Toilettentüren lag eine weitere Tür mit der Aufschrift »Kein Zugang«. Nachdem sie die Küchentür von außen verriegelt hatte, nahm sie sich das zweite Schloss vor, das ebenso wenig Widerstand leistete, und gelangte in den Keller. Mit dem Smartphone als Taschenlampe tastete sie sich die Treppe hinunter. Unten erwartete sie ein enger Flur, von dem mehrere Gänge abzweigten. Norma pirschte voran und geriet in ein scheinbares Labyrinth aus Gängen, bis sie verstand, dass sie sich eigentlich in zwei Kellern befand. Man hatte das Untergeschoss des Anbaus mit dem Keller der Villa verbunden, wie die urigen Gewölbedecken bewiesen, unter denen Norma nun vorwärts schlich. Der schwache Schein der Handylampe glitt über grob verputzte Wände und rohe Lattentüren. War da ein Schatten im Gang? Hatte sie leise Schritte in ihrem Rücken gehört? Ein stockendes Atemgeräusch in einer Nische? Wenn sie entdeckt worden war, wollte sie dem anderen wenigstens in die Augen sehen. Hastig glitten ihre Hände über die Wand. Irgendwo musste doch ein Lichtschalter sein? Ihre Finger stießen gegen Plastik, doch bevor sie den Schalter umlegen konnte, war jemand hinter ihr. Sie hörte scharfe Atemzüge, roch muffige Küchenausdünstungen aus zu lange getragener Kleidung.

Hätte sie bloß den Elektroschocker dabei! Noch während sie ihren Fehler verfluchte, wurde ihr Kopf von etwas Hartem getroffen. Der Schmerz war gewaltig. Die Dunkelheit wechselte in ein tiefes Schwarz. Sie spürte nichts mehr. Das Bewusstsein entglitt ihr.

Aus.

15

Rauer Betonboden, über den ihre Fersen schleiften.
Unter ihren Achseln angespannte Arme, die sie rücklings
mit sich zerrten. Starke Hände, die sich vor ihrer Brust
zusammenkrallten. Gehetzte Atemzüge. Norma nahm
alles zur Kenntnis, wundersam unberührt, als ginge es
nicht um sie selbst, sondern um ein Stück Wild, das von
seinem Jäger zum Lager geschleppt wurde. Als sie wieder ins Dunkel abtauchte, träumte sie friedvoll von einem
weichen Bett aus Tierfellen, von den fürsorglichen Händen eines Schamanen, die federleicht über ihr Gesicht
strichen, und dem archaischen Singsang von Jägern im
warmen Schein eines Lagerfeuers. Der Feuerschein entpuppte sich, als sie unwillig die Augen aufschlug, als eine
billige Schreibtischleuchte mit kegelförmigem Blech-
schirm, die am Kopfende der Matratze stand, auf der
sie lag. Die fürsorglichen Hände stellten sich als nasses Handtuch auf ihrer Stirn heraus. Und die Jäger? Ein
junges Paar in Jeans, das mit bangen Mienen an ihrer
Seite kniete. Das Einzige, was mit ihrem Traum über-
einstimmte, war das aufgeregte Getuschel in einer Sprache, die Norma noch nie gehört hatte. Enttäuscht ließ
sie sich ins sorglose Dunkel zurückfallen.

Als sie wieder aufwachte, war nur die junge Frau da.
Aus halb geschlossenen Augen musterte Norma die
dunkle, zartgliedrige Gestalt, die geduldig neben der Matratze kniete. Eritrea? Somalia? Dankbar stellte sie fest,
dass ihr Verstand zu funktionieren schien. Die archai-

sche Sehnsucht nach einem Schamanen hatte sich wie ein Spuk davongestohlen.

Die junge Frau rührte sich. »Sie sind wach. Alles okay?«

Mit erleichterter Miene musterte sie Norma, um im nächsten Augenblick erschrocken zusammenzuzucken, als habe sie die Erkenntnis getroffen, dass die Probleme mit einer Gefangenen bei Bewusstsein nicht unbedingt weniger wurden. Man musste kein Detektiv sein, um mit einem raschen Blick zu erfassen, wohin Norma geraten war. Wenige schäbige Möbel, zwei Matratzen auf dem Fußboden, eine Elektrokochplatte auf einem Tischchen, deutsch-englische Wörterbücher, eine deutsche Grammatik und billige Kleidungsstücke über einem Stück Schnur hängend: dieser Kellerraum war ein Versteck. Geduldet oder gar initiiert von Florenz Bruck, der – darauf hätte Norma gewettet – das junge Paar heimlich für sich schuften ließ. Wie sonst hätte sich der Küchendunst in deren Kleidern festsetzen können?

Es täte ihr furchtbar leid, erklärte die junge Frau und verhaspelte sich aufgeregt in einer Kombination von deutschen und englischen Satzbrocken. Hamdi habe sie für einen Einbrecher gehalten.

»Woher willst du wissen, dass ich kein Dieb bin?«, fragte Norma und betastete ihren Hinterkopf, an dem sich eine dicke Beule gebildet hatte.

Die junge Frau ließ die Worte auf sich wirken, wartete einen Augenblick, als müsste sie den Satz in Gedanken in ihre Sprache übersetzen, und antwortete in der ihr eigenen Sprachmischung, sie und Hamdi würden alle Gäste des Hotels kennen, da sie sie unbemerkt durch das Kellerfenster beobachteten. Verhängnisvollerweise habe Hamdi Norma im Dunkeln nicht erkannt.

»Dein Hamdi hat einen harten Schlag«, schimpfte Norma, ohne den Kopf loszulassen. Die Beule pochte stark.

Die junge Frau fuhr ängstlich zusammen. Ihre Lippen zitterten, und sie kämpfte gegen Tränen an.

»Halb so wild«, versuchte Norma zu trösten und nannte ihren Namen. »Wie heißt du?«

»Ich heiße Maram«, antwortete die junge Frau und fügte, konzentriert nach Worten suchend, hinzu: »Müssen wir hier fort? Ich gehe nicht zurück nach Somalia. Die Menschen hungern, dort ist keine Zukunft.«

»Keine Sorge, ich verrate euch nicht. Versprochen! Ist Hamdi dein Mann?«

»Ja, Ehemann. Wir fliehen zusammen von Mogadischu.«

»Wie alt bist du?«

Maram neigte verständnislos den Kopf.

»Dein Alter? Wie viele Jahre?«

Jetzt verstand sie. Sie lächelte. »Ich bin 19 Jahre. Hamdi ist 25.«

Beide kamen ins Gespräch, und allmählich fasste Maram Vertrauen. Hamdi habe als Journalist für eine Zeitung gearbeitet und sei auf dem Weg in die Redaktion gewesen, als diese von Islamisten überfallen wurde, die alle seine Kollegen ermordeten. Nur durch Zufall habe er überlebt und wäre im Land geblieben, um weiter über das Geschehen in seiner Heimat zu berichten, wenn die Islamisten nicht … Wie versteinert brach sie mitten im Satz ab.

»Er hat es für dich getan?«, vermutete Norma.

Maram nickte stumm.

»Was ist dir zugestoßen?«

Dafür gebe es keine Worte, hauchte Maram tonlos.

Norma ließ ihr Zeit, sich zu fassen, bevor sie fragte: »Warum sitzt ihr in diesem Keller fest? Ihr könntet Asyl beantragen.«

Das sei unmöglich, widersprach Maram entschlossen. Mit fremden Männern zusammen im Flüchtlingsheim zu wohnen, das ginge nicht. Und die Ämter mit all den Fragen, auf die sie nicht antworten konnte. Nur in diesem Keller sei sie sicher, zwischen dicken Mauern, versteckt vor der Welt dort draußen.

»Wie lange wohnt ihr hier unten? Wie viele Monate?«

Maram nahm die Finger zu Hilfe und zählte sie in ihrer Sprache ab. Auf Deutsch sagte sie: »Fünf. Seit es kalt war. Neues Jahr.«

Seit Januar also. »Seid ihr die Einzigen? Oder leben im Keller noch andere Leute?«

Nur sie beide, versicherte sie.

»Und Florenz?«, fragte Norma. »Behandelt er euch gut?«

»Ist okay. Florenz lässt uns wohnen und gibt manchmal Geld.«

»Und Jolanda?«

Die Chefin ließe sich selten blicken. »Obwohl wir in der Küche arbeiten und nachts dort sauber machen.«

Die blitzenden Edelstahltüren: Marams und Hamdis Werk. Norma erfasste ein tiefer Zorn. Zwar erfüllte der Hotelier ihren Wunsch und hielt sie versteckt, was jedoch nur scheinbar zu ihrem Vorteil war. Maram brauchte dringend psychologische Unterstützung. In diesem Keller würden sich ihre Ängste auf Dauer verfestigen, befürchtete Norma.

Hamdi schlüpfte durch die Tür und betrachtete Norma, die sich aufgesetzt hatte, mit verzweifelter Miene. Nachdem Maram in ihrer Sprache auf ihn eingeredet hatte, entspannte er sich ein wenig, kniete sich neben seiner Frau auf den Boden und bat Norma auf Englisch um Verzeihung. Er sei in Panik geraten, habe Angst um Maram bekommen und deswegen zugeschlagen, erklärte er mit entschuldigenden Gesten. Norma wiegelte ab. Warum musste sie auch im Dunkeln durch den Keller schleichen?

Was sie hier unten gesucht habe?, erkundigte sich Hamdi.

Etwas, was Silvan benutzt haben könnte, um Florenz zu erpressen, dachte sie im Stillen. Ihr seid bestimmt nicht die ersten Flüchtlinge, die unter diesem Gewölbe hausen müssen. Nicht Flüssigei und Eisforellen waren der Pferdefuß des Hoteliers. Sondern Menschen wie Hamdi und Maram, die Florenz ausgeliefert waren, womöglich immer wieder seit Jahren.

Sie wich der Antwort aus und fragte stattdessen: »Wie habt ihr hierher gefunden? Woher kennt ihr Florenz?«

Als Hamdi zögerte, nahm Maram seine Hand und sagte ein paar schnelle Sätze. Ihre Worte mochten so viel bedeuten wie: Wir sollten der Fremden vertrauen. Jedenfalls fasste er sich ein Herz und berichtete von einer Frankfurter Organisation, die Essen und Kleidung sammelte und an Flüchtlinge verteilte, die sich illegal im Land aufhielten. Auch Florenz brachte hin und wieder Spenden vorbei und war gut mit einem der Betreuer bekannt, der den Illegalen Jobs vermittelte. Über den Freund eines Freundes hätte sich der Kontakt ergeben. Hamdi war dankbar gewesen und erleichtert, Maram über den Winter sicher und warm untergebracht zu wissen.

»Wie soll es weitergehen?«, fragte Norma beklommen. »Ihr könnt hier nicht bleiben!«

Hamdi hob ratlos die Schultern. »Inschallah.«

Bevor Norma ging, fragte sie, ob sie etwas tun könnte. Mit materiellen Dingen seien sie versorgt, und sie beide bräuchten nicht viel, erklärte Maram bescheiden. Und den einen Herzenswunsch, den sie habe – dabei legte sie mit anmutiger Geste die Hand auf ihr Herz –, könne ihr auch Norma nicht erfüllen.

»Was wünscht du dir so sehr?«

Sie würde wahnsinnig gern in den Park gehen und all die schönen Blumen sehen, verriet Maram schüchtern. Das unglaubliche Grün der Bäume! Aber sie dürfe tagsüber nicht ins Freie und nachts auch nur sehr selten. Würden sie und Hamdi entdeckt, gäbe es schlimmen Ärger mit Florenz. Und Florenz könne furchtbar wütend werden.

»Wie wütend?«

»So wütend!«, sagte Maram und prügelte mit erhobener Faust auf einen imaginären Gegner ein. »Verrate uns nicht, Norma!«, bat sie.

Norma versprach, nichts über ihre Köpfe hinweg zu unternehmen, und fing einen Blick Hamdis auf, in dem sich Resignation und Hoffnung zu verweben schienen.

16

Nachdem Norma die Kellertreppe hinaufgestiegen war und die Tür hinter sich abgeschlossen hatte, schwankten ihre Gefühle zwischen der Erleichterung, das Verlies einfach hinter sich lassen zu dürfen, und dem Zorn über die grausamen Umstände, die zwei junge Menschen in den Untergrund getrieben hatte. Allerdings wäre den beiden nicht geholfen, wenn sie nun kopflos reagieren und umgehend Alarm schlagen würde. Sie kannte sich zu wenig mit Asylrecht aus, und eine Abschiebung wäre fatal. Hamdi und Maram hatten sich im Keller passabel genug eingerichtet, um dort noch eine Weile auszuharren.

Dummerweise kam es unmöglich infrage, Wolfert und Milano darüber in Kenntnis zu setzen, was sicher der Hintergrund für Silvans Erpressung gewesen war. Betrügereien in der Edelküche, illegale Flüchtlinge im Keller, die schwarzarbeiteten, und ein cholerisches Gemüt, das ihn nicht vor Handgreiflichkeiten zurückschrecken ließ: Die Liste war vermutlich schon vor vier Jahren lang genug gewesen, um den verurteilten Küchenchef in Bedrängnis zu bringen. Bei einer erneuten Verhandlung wäre Florenz nicht wieder mit einer Bewährungsstrafe davongekommen, sondern im Gefängnis gelandet. Plötzlich erschien sein beherztes Auftreten vor der Forstmaschine in einem ganz neuen Licht.

Grübelnd kehrte Norma ins Nofretete-Zimmer zurück und legte sich mit einem feuchten Tuch auf dem Hinterkopf aufs Bett: Balsam für die Beule. Während das Pulsieren langsam nachließ, stellte sie Theorien über den Tag des Tornados auf. Eine Radtour vortäuschend war Florenz mit dem Fahrrad im Wagen hinauf in den Wald gefahren. Silvans Mountainbike-Strecken kannte er von den gemeinsamen Touren. Hatte er den Wagen versteckt, um dem Jungkoch auf dem Waldparkplatz aufzulauern? Nicht ahnend, dass Silvan dort mit seiner Geliebten verabredet war? Als Silvan den Helm abnahm, um mit Rose zu reden, schlug das Wetter um. Die Windböen wurden heftiger. Plötzlich störte Florenz die Zweisamkeit. Jähzornig und zu allem entschlossen stürzte er sich in den Kampf, in dessen Verlauf die Zeugin Rose sterben musste und Silvan verletzt in den Wald floh, wo die Bäume sein Schicksal besiegelten. Jagte Florenz, begleitet vom Heulen des Windes, ihm hinterher durch den Wald, sich panisch nach den brechenden Stämmen umsehend, um festzustellen, dass sein Opfer bereits tot war? In der Gewissheit, dass Silvan ihm nicht mehr gefährlich werden könnte, kehrte er schließlich zum Parkplatz zurück und zerrte Roses Leiche in den Graben. Er lud Silvans Rad mit dem Handy in der Gepäcktasche in den SUV und vergaß nicht, seinen Helm mitzunehmen. Zurück im Hotel spielte er vor Jolanda und Lilly Theater, um seine verschmutzte Kleidung zu erklären, und fuhr anschließend zu Silvans Wohnung. Die Schlüssel befanden sich vermutlich ebenfalls in der Fahrradtasche. Das Reisegepäck ließ er samt Rad und Helm verschwinden und behielt nur das Handy, um der Mutter auf perfide Art die sichere Ankunft ihres Sohnes in Auckland vorzugaukeln.

So könnte es gewesen sein.

Florenz läuft uns nicht weg, schloss Norma ihr Resümee. Denn wie hätte sie den Verdacht gegen ihn begründen sollen, ohne die jungen Flüchtlinge zu verraten? Zuerst brauchten Maram und Hamdi eine neue Unterkunft und möglichst eine Perspektive für die Zukunft. Beide mussten nicht zwangsläufig persönlich gegen Bruck aussagen. Um den Hotelier wegen der Beschäftigung illegaler Arbeitskräfte unter Druck zu setzen, sollte das Kellerversteck genügen. Trotz dünner Indizienlage leisteten selbst hartgesottene Verbrecher den geschickten Vernehmungen von Milano und Wolfert nicht dauerhaft Widerstand. Florenz Bruck würde seine Taten gestehen – über kurz oder lang. Das schien so sicher wie die Blütenpracht im Kurpark. Sofern Bruck tatsächlich der Mörder war!

Schon zu ihrer Zeit im Kommissariat war Norma mit folgender Einstellung am besten gefahren: eine Spur ist keine Spur, und ein zweiter Verdacht, der ihr nicht aus dem Kopf ging, führte zu Boris Valendiek. Auf welche Weise könnte sie dem Vereinsvorsitzenden unauffällig auf den Zahn fühlen? Die Lösung erwies sich als einfacher als gedacht. Ein Blick auf die Website der RAarD-ler präsentierte die Gelegenheit dafür. Mit dem Slogan »Natur erleben. Natürlich radeln.«, der auf das Motto der Landesgartenschau »Natur erleben. Natürlich leben.« gemünzt war, lud der Verein die Bad Schwalbacher Bürger und Gartenschaugäste zu einer Radtour rund um den Waldsee ein. An diesem Nachmittag! Unter der angegebenen Mobilnummer erreichte sie den Ersten Vorsitzenden persönlich, dem ihr Vorschlag, die Aktion im LGS-Blog vorzustellen, zu schmeicheln schien. Sie verabredeten ein Treffen für 17 Uhr an der Moorhütte.

Endlich ließ der Kopfschmerz nach, und Norma beschloss, die Zeit bis zu ihrer Verabredung für einen

Spaziergang zu nutzen. Nach dem Erlebnis im Keller brauchte sie frische Luft. Vorsichtshalber packte sie eine leichte Jacke in den Rucksack und stapfte in Wanderstiefeln die Treppe zum Foyer hinunter. Hinter dem Empfangstresen stand Jolanda und telefonierte. Als sie ihren Gast erblickte, verabschiedete sie den Gesprächspartner mit höflichem Gruß und bat Norma um einen Augenblick.

»Das war ein Kleingärtnerverein aus Kassel«, erklärte sie mit glücklichem Lächeln und schwenkte aufgekratzt das Telefon in der Hand. »Sie kommen im Juni mit acht Leuten und wollen zwei Nächte bleiben. So gut könnte das Geschäft immer laufen!«

Norma, die an Maram und Hamdi dachte, die vier Meter unterhalb ein menschenunwürdiges Dasein fristeten, zügelte ihr Verlangen, Jolanda eine patzige Bemerkung um die Ohren zu hauen.

Doch auch so schlug Jolandas Stimmung um. Sie legte das Telefon auf den Tresen und flüsterte beunruhigt: »Für nachher haben sich zwei Kommissare angemeldet, die mit uns über Silvan sprechen wollen.«

Die Polizei wolle so viele Informationen wie möglich sammeln, um sich ein Bild zu machen, erklärte Norma und fragte: »Kannst du mir einen schönen Wanderweg empfehlen?«

Jolanda überlegte kurz. »Mein Lieblingsort ist der Sissi-Tempel, aber es gibt viele herrliche Ecken bei uns. Warst du schon beim Justinusfelsen?«

Als Norma verneinte, zog Jolanda eine abgegriffene Wanderkarte unter dem Tresen hervor. »Am besten fährst du ein Stück und lässt das Auto in der Bahnhofstraße stehen.«

Wenig später parkte Norma den Kombi in Sichtweite der grünen Fassade der Schwälbchen-Molkerei. Bevor sie ausstieg, aktivierte sie im Smartphone die Standortfunktion und rief Maps auf, um sich auf der Karte zu orientieren. Ohne anstrengende Steigungen führte der Weg auf der Westseite des Aartals auf Adolfseck zu, dem kleinsten Stadtteil Bad Schwalbachs an der Aarstraße, dessen Burg zur Ruine verfallen war, wie Norma gelesen hatte. Als sie den Tunneleingang der Aartalbahntrasse passierte, kehrten ihre Gedanken unweigerlich zu Boris Valendiek zurück. Noch hatte sie keine Strategie für das Gespräch am Nachmittag und würde sich notfalls von ihrer Intuition leiten lassen, womit sie meistens gut gefahren war. Hinter den letzten Häusern folgte sie dem Wanderzeichen nach links, überquerte über eine Brücke das Flüsschen und freute sich auf den schattigen Wald, der sich vor ihr auftat. Die Sonne wärmte tüchtig. Anstelle der Jacke hätte sie besser eine Kappe einstecken sollen. Die Beule meldete sich mit beharrlichem Pochen zurück.

Bald dämpfte das zarte Blätterdach der maigrünen Buchen die intensiven Sonnenstrahlen, und Norma tauchte in Ruhe und Abgeschiedenheit ein. Bis auf einen Hundebesitzer war ihr auf der gesamten Strecke niemand begegnet. Auf einem kleinen, grasbewachsenen Plateau, zu dem sie über einen Pfad gelangt war, entdeckte sie schließlich jemanden: einen Mann, der inmitten der Wiese im Lotussitz saß, die Handrücken locker auf den Oberschenkeln platziert, und in Meditation versunken schien. Das stahlgraue Haar fiel ihm glatt bis auf die Schultern. Sie wollte am Waldrand still weitergehen, als er sich mit einer geschmeidigen Bewegung erhob.

»Entschuldige bitte, Oswald!«, rief sie herüber. »Ich wollte nicht stören.«

Mit großen Schritten kam er näher. »Macht nichts, Norma! Ich war am Ende meiner Gedankenreise angekommen.«

»Was ist das hier?«, fragte sie und ließ den Anblick der Lichtung auf sich wirken. Das Gelände war leicht gewellt und von vereinzelten Nadelbäumen bestanden. Hinter einer hohen Hainbuchenhecke, die das Areal umsäumte, erkannte sie die Häuser von Adolfseck, das etwa einen halben Kilometer entfernt lag.

»Das ist eine ehemalige Befestigungsanlage mit Wällen und Gräben aus dem 30-jährigen Krieg, sagt die Allgemeinheit«, erklärte er.

»Und was sagst du?«

»Für mich ist es ein Ort der Kraft. Darf ich dich ein Stück begleiten?«

»Warum nicht? Ich wollte mir den Justinusfelsen ansehen.«

Sie kehrten zum Weg zurück und spazierten durch den Laubwald, bis der Pfad nach einem kurzen steilen Anstieg auf eine glatte Felswand zuführte, deren Front senkrecht aus dem Abhang hervorragte. Auf der Kuppe hatten sich junge Buchen angesiedelt.

»Enttäuscht?«, fragte Oswald, als sie am Fuß der schmalen Schieferwand standen, die gerade mal doppelt so hoch war wie sie selbst.

»Nun ja, den Felsen hatte ich mir deutlich mächtiger vorgestellt.«

»Das geht vielen so«, tröstete Oswald sie mit einem Lächeln. »Die eigentliche Attraktion ist nicht der Fels, sondern seine Inschrift. Siehst du?«

Die auf Augenhöhe in den Stein gehauenen Buchstaben waren mit roter Farbe ausgefüllt. Eine Maßnahme zur Konservierung, äußerte Oswald seine Vermutung. Immerhin waren die Zeichen etwa 1.800 Jahre alt. »Hier hat sich ein römischer Legionär verewigt. Es passierte wohl wenig Spannendes während der Wache am Limes, und so hat er sich damit die Zeit vertrieben.«

»Ein antikes Graffiti also?«

Der Limes habe keinen Kilometer weiter unten das Tal durchschnitten, referierte Oswald, und in der Nähe seien die Überreste eines Kastells gefunden worden. »Der Ort war strategisch hervorragend ausgewählt. Dir ist sicherlich aufgefallen, wie eng das Aartal bei Adolfseck ist. Wer dorthin wollte, wo heute Taunusstein liegt, musste durch diesen Engpass hindurch.«

Aufmerksam studierte Norma die Buchstaben, jeder mit der Größe einer Streichholzschachtel, die in zwei Zeilen formiert waren.

IANVARIVS IVSTINVS

Laut las sie vor: »Ianuarius Iustinus. Sieh mal an: Ianuarius!«

Er horchte auf. »Was ist daran so bemerkenswert?«

»Wenn man das I als J liest, kommt ›Januarius‹ heraus. Und jemand mit diesem Namen kommentiert meinen Blog.«

»Sieh an, und was schreibt er so?«

»Sonderbare Sachen!«, antwortete sie leichthin. »Ein Spinner.«

Ohne ein weiteres Wort nahm Oswald den Pfad in Angriff, der sich steil ansteigend um den Felsbrocken herumwand. Norma folgte ihm, rutschte auf einem Moos bewachsenen Stein aus und fing den Sturz mit den Händen ab. Oswald schaute sich um, wartete ab, bis sie sich aufgerappelt hatte, und stieg schließlich weiter bergauf.

Als der Weg ebener verlief, blieb er stehen und wartete auf sie. »Du bist blass. Ist etwas nicht in Ordnung?«

Norma fasste sich an den Hinterkopf. »Ich habe eine Beule, die wehtut.«

»Darf ich mal sehen?«

»Wenn du magst.« Sie wandte ihm den Rücken zu und teilte die Haare über der schmerzenden Stelle.

»Ein ganz schönes Ei! Mit wem hast du dich angelegt?«

Sie drehte sich um. »Man hat mich für einen Einbrecher gehalten.«

»Und?«, fragte er mit einem spöttischen Schimmer in den grauen Augen. »Hat sich der Einbruch gelohnt?«

»Er war nicht vergebens, das kann man sagen!«

»Setz dich dort auf den Baumstamm, Norma«, bat Oswald.

Verwundert über die eigene Folgsamkeit, kam sie seiner Aufforderung nach. Timon gegenüber hätte sie sich zickiger verhalten. Nun duldete sie Oswald dicht bei sich, der ihr das Haar im Nacken glatt strich, um anschließend mit beiden Händen ein Dach über ihrem Kopf zu formen. Als er auch noch zu summen begann, fühlte sie sich an den Schamanen ihres Kellertraums erinnert. Hoffentlich sieht und hört uns keiner, hoffte sie irritiert, hätte es aber Oswald gegenüber peinlich gefunden, sich umzuschauen. So hielt sie still, bis er verstummte und die Hände wegnahm. Abgesehen von dem sanften Druck auf ihre Haare hatte er sie nicht berührt. Und doch hatte sie das Gefühl, etwas war geschehen.

»Es pocht nicht mehr«, staunte sie.

»Was spürst du stattdessen?«, fragte er aufmerksam.

»Ein leichtes Kribbeln. Nicht unangenehm. Danke!«

»Danke der Natur«, erklärte er in ungewohnter Bescheidenheit. »Ich bin nur das Medium.«

Reiner Zufall, dachte sie skeptisch. Die Beule hatte immer wieder mal Ruhe gegeben, er hatte einfach zufällig den richtigen Zeitpunkt getroffen. Fast hoffte sie, der Schmerz käme zurück, um den Hokuspokus auffliegen zu lassen.

Trotzdem fragte sie: »Was hast du dabei gemerkt?«

»Einen warmen Energiestrom zwischen dir und mir und ein leichtes Schmerzgefühl, das sich verflüchtigte.«

»Machst du das öfter? Heilen durch Handauflegen?«

»Ich könnte ein Geschäft daraus machen«, erklärte er ernsthaft. »Im Moment lässt mir das Tabernaemontarium aber keine Zeit dafür.«

Womöglich wäre er als Geistheiler erfolgreich. Denn als sie sich an der Alten Schanze von ihm verabschiedete, blieb die Beule immer noch still.

17

Die Moorgruben lagen außerhalb des Ausstellungsgeländes hinter dem Kurpark und zogen sich als schmale Reihe durch das Gerstruthtal bis zum Wald hinauf. Die Neugier hatte Norma schon vor Tagen zu diesem Ort getrieben, der düster klang, aber einen profanen, auf das Heilbad ausgerichteten Ursprung hatte. Nachdem das hiesige Hochmoor Anfang des vorigen Jahrhunderts verbraucht worden war, hatte man Moor aus anderen Landstrichen heranschaffen lassen und in den elf rechteckigen Gruben eingelagert, bis der Naturstoff im Moorbadehaus schließlich zur Anwendung kam. Gemahlen, gesiebt und mit Heilwasser angereichert wurde daraus eine Paste hergestellt, die man erhitzte und zum Wohl der Kurgäste verwendete. Heutzutage lagerte nur noch wenig Moor in den Gruben. Wucherndes Gras und niedriges Buschwerk bot den Wildschweinen dort Unterschlupf. Die Warnschilder »Lebensgefahr! Betreten der Moorgruben verboten« weckten die Fantasie der Wanderer.

Gespannt auf das Gespräch mit ihrem Verdächtigen marschierte Norma entlang der Schienen, auf denen die Moorbahn einst den kostbaren Rohstoff und nun Ausflügler und Gartenschaugäste kutschierte. Die schlichte Moorhütte stand an der Kante der ersten Moorgrube. Die Aktion der Aar-Radler wurde offensichtlich bestens angenommen, wie die Männer und Frauen aller Altersklassen sowie Jugendliche und Kinder bewiesen, die auf den Waldwegen umherradelten. Mehr oder wenige sportliche ältere Herrschaften zogen auf Fahrradtypen aller Varianten sanfte Schlangenlinien und übten sich in Kurven, um mit geröteten Wangen und konzentrierten Mienen der Aufforderung »Senioren aufs Rad!« nachzukommen. Diesen Slogan verkündete ein Banner, das am Dach der Hütte wehte. Ein Plakat erläuterte die Einladung des RAarDler e.V. zur kostenlosen Fahrt rund um den Waldsee. Vor der Moorhütte, die nicht mehr darstellte als ein von Holzstützen getragenes Schindeldach, standen Tourenräder, Mountainbikes und Elektroräder zum Ausleihen bereit. Mehrere Männer und Frauen, die Westen mit dem Vereinslogo trugen, berieten interessierte Passanten und gaben Räder aus oder nahmen sie zurück. Inmitten des geschäftigen Treibens hielt Norma nach dem frustrierten Gesicht aus der Talkshow Ausschau und entdeckte schließlich einen sehr entspannt wirkenden Boris Valendiek, der damit beschäftigt war, einem weißhaarigen Paar die Funktion eines Elektrofahrrads zu erklären und alle Fragen geduldig und ausführlich zu beantworten.

Sie wartete, bis das Gespräch beendet war, und trat zu ihm. »Wie schön, dass Sie sich die Zeit für mich nehmen, Herr Valendiek. Norma Tann! Darf ich ein E-Bike ausprobieren und darüber auf meinem Blog berichten? Wir hatten telefoniert.«

»Das kann nicht sein, Frau Tann.«

»Erinnern Sie sich nicht?«, entgegnete sie verdutzt. »Wir haben heute Mittag miteinander gesprochen!«

»Sie haben mit meinem Bruder Boris geredet!«, erklärte er mit nachsichtigem Lächeln. »Mein Name ist Klaus Valendiek.«

»Entschuldigen Sie, aber Sie sind Ihrem Bruder wie aus dem Gesicht geschnitten. Sind Sie Zwillinge?«

Er sei zwei Jahre jünger, erklärte er. »Solche Verwechslungen passieren ständig. Die Gene unseres Vaters haben voll durchgeschlagen. Suchen Sie sich ein Rad aus, Frau Tann. Darf ich Ihre Fahrt filmen? Als kleinen Beitrag für Ihren Blog?«

Überrascht, aber erfreut stimmte sie zu. »Warum nicht?«

Mit geübten Handgriffen passte er den Sattel entsprechend ihrer Körpergröße an. Schnell noch ein paar Tipps, und sie schwang sich aufs Elektrorad und rollte für ein kurzes Video, das Klaus Valendiek mit seiner Videokamera filmte, entlang der Moorgruben hin und her.

»Action!«, rief er mit ausholenden Armschwüngen. »Schneller! Jetzt die Kurve! Gut so! Lächeln nicht vergessen!«

Belustigt befolgte sie seine Regieanweisungen und legte sich ins Zeug, bis andere Testfahrer anhielten und interessiert zuschauten.

»Zufrieden?«, fragte er, als sie das Ergebnis auf seiner Kamera begutachtete.

»Sieht professionell aus!«, rief sie überrascht.

»Ach was, das ist doch nur die Arbeit eines Hobbykameramanns und -fotografen«, entgegnete er bescheiden. »Warten Sie ab, bis ich das Material bearbeitet habe! Ich maile es Ihnen später zu. Meinen Bruder finden Sie unten am Waldsee. Behalten Sie das Rad so lange.«

Vergnügt sauste Norma los. Timon redete ihr seit Längerem zu, sie möge sich ein Mountainbike zulegen und ihn auf seine Touren begleiten. Was sie davon abhielt, war die Sorge, nein, die Gewissheit, auf den bergigen Taunusstrecken nicht hinterherzukommen. Timon war topfit. Mit einem Elektrorad wäre sie für Berg und Tal gewappnet, und Timon würde begeistert sein. Ob sie ihn damit überraschen sollte? Die Überlegung beschäftigte sie, als zwischen den Bäumen der Wasserspiegel des Waldsees aufblinkte.

An dessen südlichem Ende stieß sie auf den zweiten Valendiek. Unter dem Schirm des Waldseetempels, der wie ein dünnstieliger Pilz aus dem hohen Wiesengras emporwuchs, verteilte er in neonfarbener Sportmontur Getränke an die Radler. Der Vereinskamerad, der diese Aufgabe eigentlich hätte übernehmen sollen, sei kurzfristig abgesprungen, entschuldigte sich Boris Valendiek. Beflissen räumte er eine Kühltasche beiseite und lud Norma auf die vom Dachschirm beschattete Bank ein.

»Diese Aktion heute liegt mir sehr am Herzen«, begründete er die Initiative. »Die Gartenschau lockt die Leute in unser wunderschönes Tal, und wir holen sie aufs Rad. Der Mensch ist ein Bewegungstier, was viele vergessen haben, vor allem die Älteren. Wir bringen die Senioren in Bewegung und zurück in die Natur. Und nicht nur Senioren, auch die Familien müssen raus ins Grüne. Kinder lieben es, aktiv zu sein. Man muss sie nur lassen! Sehen Sie die Familie dort!«

Wie zum Beweis radelten ein Mann und zwei Kinder im Grundschulalter ins Blickfeld; das Mädchen eifrig vorwegstrampelnd, der Junge seelenruhig hinterherfahrend. Norma stellte ein paar Fragen zu den Aufgaben und Zielen des Vereins sowie der aktuellen Aktion und schoss Fotos vom Ersten Vorsitzenden, der sich dafür extra aufs Mountainbike schwang. Anschließend kehrten beide zur Bank zurück. Valendiek füllte zwei Becher mit bitterem Kaffee aus einer Thermoskanne, den sie aus Höflichkeit entgegennahm.

»Sie investieren sehr viel Zeit und Herzblut in Ihren Verein. Ich kann mir vorstellen, dass es bisweilen ein Kampf gegen Windmühlen ist. Gab es Zeiten, in denen Sie aufgeben wollten?«

Valendiek stemmte die krummen, durchtrainierten Beine ins Gras und nickte bedeutungsschwer. »Vor vier Jahren waren die Umstände besonders entmutigend. Wissen Sie von meinen früheren Plänen? Die Aartalbahn stand seit Langem still, und ich habe alles darangesetzt, aus der Trasse einen Radweg zu machen.«

Unterstrichen von ausgreifenden Gesten, die denen seines Bruders glichen, ging er mit seinen Plänen ins Detail. Aufgebracht ereiferte er sich über verpasste Finanzierungskonzepte, unterlassene Anträge und insgesamt eine unglaubliche Schlamperei der Behörden, die mit den kriminellen Machenschaften weiterer Gegner seines zukunftsweisenden Vorhabens konkurriert habe. Norma vernahm vor allem das Wort »ich« in zahlreichen Wiederholungen nach dem Credo »L'état c'est moi«, in diesem Fall »Der Verein bin ich«. Während Norma die Helfer an der Moorhütte und der zuvorkommende Bruder in den Sinn kamen, erwähnte Valendiek seine Mitstreiter nicht ein einziges Mal. Der Sonnenkönig des Aartals. Unwillkürlich hatte sie das Bild Boris Valendieks im Kopf, wie er über der verzweifelt kämpfenden Moderatorin kniete und den Walkingstock mit seinen sehnigen Armen gegen ihre Kehle presste, bis Roses gequältes Röcheln für alle Zeiten verstummte … Die Fantasie ging mit ihr durch. Betreten rückte sie von Valendiek ab.

»Man wirft mir Aktionismus vor, Frau Tann!«, entrüstete er sich. »Aber wenn ich daran denke, wie eiskalt man meine Pläne damals abgeschmettert hat! Dazu noch diese Fernsehsendung, in der mich die Moderatorin zum Narren machte. Das alles lässt mich bis heute nicht schlafen.«

»Haben Sie Rose Schwertmann gehasst?«

Sein zorniger Blick sprach Bände. »Was denken Sie? Die Frau hat das reinste Gift versprüht und nicht allein meine Person der Lächerlichkeit preisgegeben. Auch mein Projekt!«

»Die Moderatorin wurde zwei Tage nach der Sendung ermordet.«

Boris Valendiek sprang auf. »Was soll das, Frau Tann? Ich dachte, Sie sind gekommen, weil Sie über meinen Verein schreiben wollen! Stattdessen wühlen Sie in altem Morast?«

»Ich bin hier, um Informationen für meinen Blog zu sammeln«, sagte sie beschwichtigend. »Sie selbst haben die Auseinandersetzungen um die Aartalbahn angesprochen. Bitte, Herr Valendiek!«

Nachdem er seinen Platz wieder eingenommen hatte, fuhr sie fort: »Selbstverständlich interessiert mich auch das Verbrechen auf dem Waldparkplatz. Sie haben vielleicht gehört, dass ich früher Polizistin war?«

Mit ernster Miene entschuldigte er sich. »Bitte verstehen Sie meine Aufregung. Diese ungeheuren Verdächtigungen gehen mir bis heute nahe. Kaum hatte man Rose Schwertmanns Leiche aus dem Graben geborgen, behaupteten zwei Kommissare im Pat-und-Patachon-Format, ich hätte die Dame aus Rache getötet. Was völlig hanebüchen war!«

Norma verscheuchte das Pat-und-Patachon-Bild aus ihren Gedanken. »Sie hatten ein Alibi?«

»Wofür ich Gott danke, Frau Tann! Vor allem der

Dicke hatte mich auf dem Kieker! Ich brauchte aktuelle Fotos von der Eisernen Hand für eine Vereinssitzung. Zum Glück hat sich die Bedienung im Gasthaus an mich erinnert.«

»Warum von der Eisernen Hand? Was macht den alten Bahnhof so besonders?«

»Nun, er war ein beliebtes Ausflugsziel zu den Hochzeiten der Aartalbahn«, sagte er in ruhigerem Tonfall, »also zum Ende des 19. Jahrhunderts. Die Lok dampfte hinauf auf den höchstgelegenen Taunusbahnhof, und die Fahrgäste stiegen aus und genossen unbeschwerte Stunden im Biergarten dort oben. Anhand der Fotos wollte ich zeigen, dass mit der Trasse als Radstrecke wieder richtig Leben auf der Eisernen Hand einkehren würde.«

»Als der Sturm losging, haben Sie sich in die Gaststätte dort geflüchtet?«

Das Gewitter sei unerwartet schnell und heftig ausgebrochen, und er habe Schutz suchen müssen, bestätigte er und schaute einer Gruppe Radler entgegen, die sich eilig näherte und lautstark ihren großen Durst kundtat. Norma verabschiedete sich und stieg aufs Rad, um es bei der Moorhütte abzugeben. Als Augenzeugin seines aufbrausenden Wesens malte sie sich die tiefe Enttäuschung aus, die Wolfert und Milano – Pat und Patachon, verbesserte sie sich mit einem Grinsen – empfunden haben mussten, als sie Valendiek als Verdächtigen streichen mussten. Auch sie war nicht viel schlauer als zuvor, hatte aber immerhin genügend Futter für den Blog gesammelt.

18

Timons Stimme klang warm und nah, als stünde er neben ihr und wäre nicht 13 Flugstunden entfernt. Sie freute sich auf das Frühstück – und bei ihm war es 1 Uhr in der Nacht. Um ein Haar hätte sie den Anruf unter der Dusche verpasst, obwohl sie das Handy auf maximale Lautstärke gestellt hatte. Mitten im Gespräch fiel ihr das alberne Selfie ein. Nein, sie schickte es ihm besser nicht.

»Typischer Placeboeffekt«, konterte er, nachdem sie ihm von der Begegnung mit Oswald von Wernkamp berichtet hatte.

»Also habe ich mir Oswalds Heilkräfte nur eingebildet?«

»Placebo bedeutet nicht wirkungslos«, korrigierte er sie bedachtsam. »Für die Wirksamkeit gibt es viele Beispiele. Wusstest du, dass Medikamente besser helfen, wenn sie von einem seriös wirkenden Arzt verabreicht werden und nicht von einem lässigen Krankenpfleger in Schlappen? Dieser Oswald scheint dich ja schwer zu beeindrucken.«

»Du meinst also, nicht Oswald hat meinen Kopfschmerz vertrieben, sondern meine innere Bereitschaft, seinen Hokuspokus zu akzeptieren?«

»Ich hätte es nicht schöner sagen können, Norma. Wer hat dir die Beule eigentlich verpasst?«

Mit wachsender Entrüstung hörte er sich an, was sie über die heimlichen Bewohner im Keller des Pharao zu sagen hatte.

»Das ist unmenschlich«, empörte er sich. »Dein Hotelier hilft den Leuten nicht, er beutet sie aus. Das Paar hat doch Anspruch auf Asyl, oder nicht?«

»Das weiß ich nicht. Fällt dir jemand ein, den ich um Rat fragen könnte?«

»Vielleicht ein Schulfreund«, überlegte Timon laut. »Er ist Anwalt und müsste sich mit der derzeitigen Rechtslage auskennen. Ich rufe ihn an und gebe dir Bescheid. Sind die Leute für eine Weile dort sicher?«

»Fürs Erste ja. Bitte kein Wort zur Soko, und auch nicht privat zu Dirk und Luigi, bis ich das geklärt habe.«

»Wohl ist mir dabei nicht, Norma! Dirk hat mir von Brucks Vorstrafe erzählt und von deiner Erpressertheorie. Und nun das noch. Der Mann könnte gefährlich sein.«

»Keine Sorge, er ahnt nichts von meinem Besuch im Keller. Sind wir uns einig: Kein Wort über Maram und Hamdi?«

Widerstrebend versprach er, abgesehen von dem rechtskundigen Schulfreund, mit niemandem über die Flüchtlinge zu sprechen. »Sieh dich vor! Provoziere Bruck nicht.«

»Timon, du kennst mich doch!«

»Eben deswegen! Was hast du heute geplant?«

»Ich besuche die Gartenschau und suche Material für den Blog.«

»Hört sich harmlos an«, sagte er erleichtert. »Gibt es sonst etwas Neues?«

»Poldi hat die neue Tapete zerkratzt, das kleine Untier!«

Sie war am vergangenen Abend nach Biebrich gefahren, um nach der Post und den wenigen Grünpflanzen zu sehen, die ihre Betreuung überlebten, und hatte dabei die Bescherung im kürzlich renovierten Wohnungsflur entdeckt. »Danke, Timon, für deine Superidee.«

Womit sie die neue Katzenklappe in der Wohnungstür meinte. Timon hatte es nicht länger mit ansehen wollen, dass der Kater sphinxgleich auf dem Dachfenster ausharren musste, bis Norma nach Hause kam. Ihr Argument, ein Kater habe kein Zeitgefühl, dem sei es egal, ob er eine oder drei Stunden warten müsse, hatte er mit der Begründung, als Biologe wüsste er das besser, vom Tisch gewischt.

Keine Frage, dass Timon auch jetzt seinen pelzigen Freund in Schutz nahm. »Poldi will dir damit nur sagen, wie sehr er dich vermisst, Norma! Wer könnte das besser verstehen als ich?«

»Von wegen Botschaft!«, knurrte Norma. »Der wollte seine Krallen schärfen, und da kam ihm die Tapete gelegen! Und du bist freiwillig nach Amerika gegangen. Also beklage dich nicht!«

Timon lachte leise. »Mach's gut, du Romantikerin!«

»Du auch, Katerflüsterer! Denke bitte an deinen asylkundigen Schulfreund. Bis morgen und schlaf gut.«

Wie sehr sie ihn sich an ihre Seite wünschte! Sie riss sich zusammen und widmete sich noch vor dem Frühstück dem Blog. Klaus Valendieks Video war inzwischen eingetroffen. Mit geschickten Schnitten und unterlegter Popmusik hatte er Normas wackelige Probefahrt zu einer rasanten Erlebnistour aufgepeppt, die sie umgehend ins Netz stellte. Eine kleine Meisterleistung, sah richtig abenteuerlich aus.

Januarius äußerte sich als Erster: *Wagemut tut selten gut.*

Neider!

Als Norma sich am Frühstücksbüfett den Teller füllte, schrillte ein Handy durch den Saal. Missbilligende Blicke trafen sie. Einen Moment später begriff sie erst, dass der Lärm von ihrem Tisch stammte. Sie hatte vergessen, ihr Telefon auf lautlos zu stellen. Als sie am Platz war, verstummte das Signal. Das Display vermeldete eine Norma unbekannte Mobilnummer. Sie setzte sich und rief zurück.

»Ich möchte Sie an unsere Talkshow am Dienstag erinnern«, meldete sich Barbara, Kevin Kupffers Assistentin. »Sie sind doch unser Gast?«

»Ich komme mit Vergnügen«, bedankte sich Norma. »Aber bitte nur als Zuschauer.« Zum Gespräch vor Publikum fühlte sie sich nicht berufen.

»Schade, Frau Tann«, antwortete Barbara mit hörbarem Bedauern. »Aber Ihren Wunsch respektieren wir natürlich. Ich lasse Ihnen eine Eintrittskarte zukommen.«

Gleich nach dem Gespräch traf eine SMS von Oswald ein, der sie zum Mittagessen in den Pharao einlud. Ein weiteres Treffen mit diesem Freigeist? Abgesehen davon, dass er ein sehr kluger Gesprächspartner war, ging er seit Jahren im Pharao ein und aus. Womöglich könnte er ihr einiges über Florenz erzählen, auf dessen Kost sie allerdings wenig Lust verspürte. *Warum nicht?*, simste sie zurück. *Aber muss es unbedingt das Pharao sein?*

Die Antwort kam im Handumdrehen: *Dann bei mir, wenn du nichts gegen kalte Küche hast. 13 Uhr?*

Sie tippte einen Dank und sagte zu.

Jolanda servierte ihr einen zweiten Cappuccino.

»Du siehst zufrieden aus«, stellte Norma fest.

»Aus gutem Grund«, gab Jolanda mit hörbarer Genugtuung zurück. »Die Zimmer sind ausgebucht, und das Restaurant brummt. Wenn Florenz glücklich ist, bin ich es auch. Seit Jahren kämpfen wir um unsere Existenz. Jetzt sehen wir endlich Licht am Horizont!«

Auf Kosten der betrogenen Gäste und des verschüchterten Paars im Keller, dachte Norma angewidert. Wie kann man darauf stolz sein?

»Wo habt ihr euch kennengelernt?«, fragte sie im Ton der guten Freundin.

»In der Grundschule«, entgegnete Jolanda mit mädchenhaftem Kichern. »Wir wurden auf der Stelle Freunde und später entwickelte sich Liebe daraus. Zum Entsetzen meiner Eltern!« Der letzte Satz hatte beinahe triumphierend geklungen. Als habe der Widerstand der Familie das Feuer der Liebe erst richtig angefacht.

»Was hatten sie gegen Florenz?«

Jolanda schaute sich kurz nach den anderen Gästen um, die mit ihrem Frühstück beschäftigt waren, und raunte: »Alles war falsch an ihm. Wir, die tollen Ur-Schwalbacher Hoteliers. Er, der Junge aus der Hartzer-Sippe. Bei ihm waren alle auf Sozialhilfe angewiesen. Aber er hat es geschafft. Hat extra Koch gelernt, damit wir zusammen das Pharao übernehmen konnten.«

»Einen solchen Ehrgeiz müsste man anerkennen«, säuselte Norma und fand sich furchtbar dabei.

»Zugegeben, Florenz hatte nicht den besten Ruf. Ein richtiger Elternschreck, ein Schwiegermutteralbtraum. Ich habe an ihn geglaubt und ihn trotzdem gewollt. – Ja, Schatz?«

Florenz war am Büfett erschienen und rief nach seiner

Frau, pfiff sie regelrecht zu sich. Mit der leeren Kaffeetasse in der Hand eilte sie ihm entgegen.

Wo die Liebe hinfällt, dachte Norma.

Den Vormittag verbrachte sie auf dem Gartenschaugelände und sammelte O-Töne für den Blog, bis es Zeit für ihre Verabredung wurde. Auf die Minute pünktlich durchquerte sie das Eisentor vor Oswalds Villa im Heimbacher Wald. Oswald führte sie in den Wintergarten und durch die weit aufgeschobenen Glastüren hinaus auf die Terrasse, wo eine Frau in geblümtem Sommerkleid letzte Hand am reichlich gedeckten Tisch anlegte. Er stellte sie als seine Haushälterin vor und verkündete lässig, Gabi habe auf die Schnelle einen klitzekleinen, vegetarischen Imbiss vorbereitet, bevor er sie beide miteinander bekannt machte. Norma lobte die überbordende Auswahl an Käse, Oliven, Kirschtomaten, mehreren Sorten Brot und weiteren Leckereien, die alle ihren Geschmack trafen. Doch es schien ihr völlig übertrieben. In letzter Sekunde schluckte sie die unhöfliche Bemerkung herunter, ein schlichtes Käsebrot hätte genügt.

Gabi zog sich mit der Ankündigung zurück, sie käme später zum Abräumen wieder.

»Setz dich, Norma, und greif zu!«, forderte Oswald seinen Gast auf. »Du hast gestern Abend nicht im Restaurant gegessen.«

»Nein, ich war in Biebrich, um in meiner Wohnung nach dem Rechten zu sehen.«

»Florenz sah blass und angespannt aus«, sagte Oswald und spießte eine Olive mit der Gabel auf. »Er arbeitet zu viel.«

»Im Pharao scheinen alle mit sich selbst beschäftigt«, bemerkte Norma. »Weder Jolanda noch Florenz verlieren ein Wort über Silvan. Als könnte man das Verbrechen durch Totschweigen aus der Welt schaffen.«

»Ist doch nur menschlich. Verdrängen, vergessen, Dinge ungesagt lassen. Das rettet uns oft.«

»Indem man die Augen vor der Wahrheit verschließt?«, entfuhr es ihr heftiger als beabsichtigt.

»Bist du immer so streng?« Sanft im Klang, kritisch im Inhalt.

Ihre Blicke trafen sich. Die schmalen grauen Augen fixierten sie.

Norma schaute zum Meditationsgarten hinüber, in dem sich die grünen Spitzen der mannshohen Bambusstängel sanft im Wind wiegten. »Der Wahrheit nachzugehen, ist Teil meines Wesens.«

Er blieb beim versöhnlichen Ton. »Wer kann schon aus seiner Haut?«

Nachdem Norma von den Leckereien probiert hatte, die ausgezeichnet schmeckten, schob sie den leeren Teller beiseite und sagte: »Du bist oft im Pharao. Wie gut kennst du Florenz Bruck?«

»Er kommt meistens an meinen Tisch, und wir wechseln ein paar Worte. Bruck ist ein Großmaul und prahlt bei jeder Gelegenheit mit den Joggingrunden, die er frühmorgens dreht. Mit den fantastischen Zeiten, die er schafft! Als würde mich das interessieren. Lass uns über etwas anderes reden«, bat er gelangweilt.

Um beim Thema zu bleiben, ging Norma einen Schritt weiter. »Florenz gibt liebend gern mit seiner Küche an. Kamen dir niemals Zweifel an der Qualität der Gerichte?«

»Wieso denn? Kochen kann er. Die Küche ist vorzüglich.«

Seine im Brustton der Überzeugung vorgetragene Behauptung reizte sie zum Widerspruch. »Und wenn ich dir sage, dass Florenz sogar vorgebackene Spiegeleier in der Gefriertruhe lagert?«

»Wie bitte?«, rief er ungläubig. »Komm, Norma! Du nimmst mich auf den Arm.«

Er wollte ihr partout nicht glauben, zählte handfeste Gründe gegen die Vorproduktion von Spiegeleiern auf und führte die Diskussion ins Absurde, bis Norma laut lachen musste.

Den Vorwurf, ihm etwas vorgemacht zu haben, wollte sie nicht auf sich sitzen lassen. Sie nahm ihr Smartphone hervor und hielt ihm ein Foto vor die Nase. »Hier, sieh nur! Das ist die Packung tiefgefrorener Spiegeleier aus Florenz' Truhe.«

Mit starrem Blick studierte er die auf dem Display abgebildete Plastiktüte. »Nicht zu fassen!« Seine Ausgelassenheit war verpufft.

Auch Norma wurde wieder ernst. »Florenz hintergeht seine Gäste. Fertigfutter statt Kochkunst. Leitungswasser satt Edelsprudel. Das ganze gehobene Getue auf der Karte ist der reine Hohn.«

Sie legte das Smartphone auf den Tisch und schilderte ihm, was sie in der Küche vorgefunden hatte. Maram und Hamdi verriet sie mit keinem Wort. Oswald hörte schweigend zu. Anstatt sich über Florenz' Geschäftspraktiken zu ereifern, schien er innerlich zu erstarren. Als Stammgast mussten ihn die Zustände besonders wütend machen. Wer ließ sich gern für viel Geld an der Nase herumführen?

»Und du hast den Betrug geahnt und dich deswegen in der Küche umgesehen?«

»Ein vager Verdacht«, gab sie ausweichend zur Antwort.

Als sie das Thema wechselte, antwortete Oswald nur einsilbig und schien mit den Gedanken woanders.

»Wie bist du reingekommen?«, fragte er unvermittelt.

»Wo rein?«, gab sie zurück, hatte sie doch gefragt, wann der Bau des Tabernaemontariums starten sollte.

»In Brucks Küche!«, drängte er. »Schließt Florenz nicht ab?«

»Berufsgeheimnis«, sagte sie knapp, fragte nach dem Bad und überließ ihn sich selbst.

Als sie ins Zimmer zurückkehrte, erhob er sich. »Du möchtest mehr über das Tabernaemontarium wissen? Dann komm mit!«

Der Weg führte ins Dachgeschoss, sein Atelier, wie er es nannte. Die hohen Wände unter einer pyramidenförmigen Glaskuppe waren von Bauplänen bedeckt. Auf den Tischen reihten sich Modelle aneinander. Da plante jemand tatsächlich etwas Großes, Außergewöhnliches.

Eine Stunde später bedankte Norma sich für die Einladung und holte den Rucksack und das Smartphone aus dem Wintergarten, wo sie ein paar Worte mit Gabi wechselte, die gerade das Geschirr abräumte. Oswald begleitete sie hinaus und blieb abwartend vor der Haustür stehen. Als sie den Kombi gewendet hatte und an ihm vorbeifuhr, hob er grüßend die Hand. Für einen winzigen Moment blitzte im Rückspiegel sein Lächeln auf.

19

Timon hatte per SMS den versprochenen Kontakt geschickt. Norma stoppte den Wagen außerhalb von Oswalds Sichtweite in einer Parkbucht und wählte die Handynummer des Rechtsanwalts. Timons Schulfreund nahm die samstägliche Störung mit milder Missbilligung entgegen und empfahl ihr eine private Initiative, die sich für Flüchtlinge mit unklarem Aufenthaltsstatus engagierte. Über das Smartphone rief Norma die Webseite auf, der Verein hatte eine Offenbacher Adresse. Unter der angegebenen Kontaktnummer brachte sie ihr Anliegen vor und erhielt die Mobilnummer einer Rechtsanwältin, die eine Kanzlei in Wiesbaden unterhielt: Roswitha Brinckner.

Wieder hatte sie schon beim ersten Anruf Glück und es wurde abgehoben. Roswitha Brinckner schnappte hörbar nach Luft und erklärte ihre Kurzatmigkeit mit einem Intervalltraining in steilem Gelände. Sie jogge durch den Wald, und, nein, die Störung am Wochenende sei kein Problem, versicherte die Juristin gutmütig. Allerdings gebe sie rechtliche Auskünfte nicht am Telefon. Schon gar nicht in nicht eindeutigen Fällen, und was Norma ihr schildere, klinge kompliziert.

»Ich nehme an, Sie möchten die Auskunft so schnell wie möglich«, vermutete die Anwältin ganz richtig und nahm Normas Bitte vorweg. »Können Sie zur Eisernen Hand kommen? In einer halben Stunde auf dem Parkplatz?«

»Sehr gern!«, antwortete Norma erleichtert und bedankte sich. »Bis gleich!«

Sie startete den Motor und nahm den üblichen Weg hinunter ins Aartal, um hinter Bleidenstadt auf die B 54 in Richtung Wiesbaden abzubiegen. Der Pass über die Eiserne Hand war die geringfügig flachere Verbindung zwischen dem Rheintal und dem Taunus im Vergleich zu der über die »Platte« genannten Bergkuppe. Im Maisonnenschein reihte sie sich in den störungsfrei fließenden Samstagsnachmittagsverkehr ein und bog mitten im Wald in die Zufahrt zum »Bahnhof Eiserne Hand« ab. Große Schilder warben für das darin ansässige Restaurant. Norma lenkte den Wagen in den Schatten einer Baumgruppe und stieg aus. Die friedliche Stimmung des Waldes umfing sie, untermalt von einem Vogelkonzert und dem Säuseln der Blätter hoch oben in den Kronen. Nach wenigen Schritten traf sie auf die Bahnschienen, die den Weg parallel begleiteten. Ein Stück weiter kam der ehemalige Bahnhof in Sicht. Eine beschwingt ausschreitende Wandergruppe kreuzte Normas Weg, und sie grüßten einander gut gelaunt.

Norma hielt nach einer sportlichen Dame Ausschau und wurde schließlich selbst angesprochen. Roswitha Brinckner entpuppte sich als stämmige Frau um die 40, die mit entwaffnender Offenheit erklärte, wie eisern sie gegen erhöhten Blutdruck und miserable Blutwerte ankämpfe und sich ein straffes Bewegungsprogramm nebst strikter Rotweinabstinenz verordnet habe.

»Wenn ich so verschwitzt stehen bleibe, hole ich mir den Tod«, befürchtete sie und schob eine feuchte Locke unter das Stirnband zurück. »Kommen Sie, reden wir unterwegs.«

Sie spazierten an den Schienen entlang, überquerten die Trasse und schlugen einen Pfad ein, der gerade noch breit genug für zwei Personen war. Die Juristin hörte Norma konzentriert zu und fasste das Gehörte zusammen, um sicherzugehen, alles richtig verstanden zu haben.

»Die Frau scheint traumatisiert zu sein wie so viele Flüchtlinge, vor allem Frauen und Kinder, die Schlimmes erleben mussten. Die Therapieplätze sind knapp, aber ich sehe zu, was ich tun kann. Zuerst muss das Paar aus diesem Keller raus. Vertrauen die Leute Ihnen?«

»Ich hoffe es.«

»Gehen Sie ein Stück voraus, Frau Tann«, bat die Juristin. »Ich rufe jemanden an, der helfen könnte.«

Norma schlenderte weiter zu einer Wegkreuzung, während Roswitha Brinckner stehen blieb und ein längeres Telefongespräch führte.

Nach einigen Minuten folgte die Juristin. »Es klappt, ein Mitglied unserer Gruppe wird das Paar zunächst bei sich aufnehmen, ich kümmere mich um die rechtlichen Belange. Die Chancen für ein Bleiberecht stehen für Bewerber aus Somalia recht gut, aber versprechen kann ich nichts. Auch nicht, was die Therapie angeht.«

»Ich werde Hamdi und Maram alles erklären«, versicherte Norma. »Wie geht es jetzt weiter?«

»Sie sollten die Leute morgen am späten Abend nach Wiesbaden bringen«, erläuterte die Juristin. »Die Adresse schicke ich Ihnen kurz vorher per SMS. Sie müssen wissen, dass wir in einer gesetzlichen Grauzone handeln. Kommen Sie damit klar?« Sie musterte Norma mit forschendem Blick.

»Wäre ich sonst hier?«, entgegnete Norma gelassen.

Roswitha Brinckner nickte zufrieden. »Melden Sie sich bei mir, falls es Schwierigkeiten gibt.«

Auf dem Weg zum Parkplatz plauderten sie wie zwei gute Bekannte, die sich zufällig getroffen hatten, über die Qualen und Wohltaten des Sports. Als Roswitha Brinckner sich hinter das Lenkrad ihres Kleinwagens geschoben hatte und schwungvoll davonbrauste, unterdrückte Norma den Impuls, ihr vor lauter Dankbarkeit überschwänglich hinterherzuwinken. Sie fühlte sich ungeheuer erleichtert, die Verantwortung für die beiden jungen Leute abgeben zu dürfen. Zuversichtlich machte sie sich auf den Weg zurück ins Aartal. Während der Wagen auf Bleidenstadt zurollte, dachte sie an das bevorstehende Gespräch mit Maram und Hamdi. Es musste in der kommenden Nacht stattfinden. Sie würde sich in den Keller schleichen, sobald die Küche geschlossen und Florenz in seinen späten Feierabend verschwunden war.

Ihre Gedanken schweiften ab, glitten wie so oft zu Timon, der in ihren Telefonaten enthusiastisch seine neuen Eindrücke und Fachsimpeleien schilderte, und wanderten weiter zu all den Themen, die sie beschäftigten. Zu Fragen, die sich zum Beispiel um Rose Schwertmann drehten, um ihren Tod, um die Verdächtigen und deren Motive sowie Alibis. Roses Ehemann, der Gartenarchitekt Cornelius Schuster-Schwertmann, der während des Tornados mit Oswald zusammengesessen hatte. Radfanatiker Boris Valendiek, der die Aufnahmen auf der Eisernen Hand geschossen …

Die Fotos! Die Erkenntnis schlug ein wie ein Blitz. Unwillkürlich ging Norma vom Gas, besann sich und beschleunigte auf ein angemessenes Tempo, bevor ihr Wagen zum Verkehrshindernis wurde. Sie bog auf den

Parkplatz eines Einkaufsmarkts ab, wo sie stoppte, um Sigrun Morgenthaler anzurufen.

Silvans Mutter stotterte vor Aufregung, als Norma sich meldete. »Haben Sie …? Konnten Sie …? Wissen Sie mehr über Silvan?«

»Bisher gibt es leider nichts Neues«, dämpfte Norma die Erwartungen. »Ich möchte Sie etwas fragen. Könnten wir uns kurz treffen?«

Ihre Enttäuschung schwang in der Stimme mit. »Wenn ich helfen kann. Kennen Sie das kleine Eiscafé in der Adolfstraße?«

Die Adolfstraße war Bad Schwalbachs Einkaufsstraße, die auf das Kurhaus zuführte und in der sich Geschäfte und Restaurants aneinanderreihten. Sie vereinbarten ein Treffen für 17 Uhr. Norma blieb daher genügend Zeit, um vorher einen Abstecher ins Hotel zu machen. In kleinkarierter Kochhose und einer doppelreihig geknüpften Jacke über dem kräftigen Oberkörper kam ihr Florenz entgegen und wirkte dabei dermaßen gut gelaunt, dass Norma sich kaum über einen fröhlich gepfiffenen Schlager gewundert hätte.

»Grüß dich, Norma!«, rief er durch das Foyer. »Bist du heute Abend unser Gast?«

Verdient hast du es nicht, dachte sie, sagte aber trotzdem zu. »Um 20 Uhr?«

Er nickte zufrieden, ging zum Tresen und trug ihren Namen in das Reservierungsbuch ein.

»Wann schließt du abends die Küche?«, fragte sie scheinheilig.

»Kommt darauf an, meistens so gegen 21 Uhr. Dann muss ich dort noch für Ordnung sorgen.«

»Ein langer Arbeitstag.«

Er winkte großspurig ab. »Wer früh ins Bett will, sollte die Gastronomie meiden.«

Norma juckte es, ihm auf den Zahn zu fühlen. »Früher hattest du Silvan als Hilfe. Wünschst du dir keinen neuen Beikoch?«

»Hätte ich gern, aber erst mal einen finden! Nicht jeder mag die Arbeitszeiten und kommt mit so wenig Schlaf aus wie ich«, antwortete er selbstgefällig.

»Beneidenswert! Ich verschlafe ein Drittel meines Lebens«, gestand Norma aufrichtig.

»Könnte mir nicht passieren! In aller Herrgottsfrühe laufe ich draußen in der Natur. Nichts sonst kann mich für den Tag richtig fit machen.«

Die Prahlerei, mit der er auch Oswald genervt hatte! Sie gab sich beeindruckt. »Und wo genau joggst du so früh am Morgen?«

»Da halte ich mich strikt an meinen persönlichen Trainingsplan«, tönte er. »Eine Woche im Sprint über den Barfußpfad, eine Woche Langstreckentraining im Heimbachtal und in der dritten Woche ist der Berglauf nach Adolfseck dran.«

»Und von dem Plan rückst du nie ab?«

»Da bin ich konsequent. Bei Wind und Wetter starte ich jeden Morgen um 6 Uhr. Danach kannst du die Uhr stellen!«

Nach diesem Statement entschwand er in Richtung Küche. Norma stieg die Treppe zu ihrem Zimmer hinauf, um sich dort ein bisschen auszuruhen, bevor sie sich wieder auf den Weg machen musste. Eine Viertelstunde vor der verabredeten Zeit spazierte sie los und tauchte in das geschäftige Hin und Her der Passanten und Ausstellungsbesucher ein. Der sommerliche Samstag hatte Scharen von Gartenfreunden in die Stadt gelockt, die sich mittlerweile auf den Heimweg begaben und vor dem Kurhaus nach Shuttlebussen Ausschau hielten, die sie zurück zu den Parkplätzen bringen sollten. Andere Gäste hingegen strebten erst jetzt dem Stahlbadehaus entgegen, um den Spätnachmittag für einen Spaziergang über das Ausstellungsgelände zu nutzen.

Norma hielt auf die Innenstadt zu und kam dank eines kleinen Umwegs am stattlich-gediegenen Rotenburger Schlösschen vorbei. Das alte Gemäuer mit dem verschieferten Obergeschoss, das dem Kurhaus gegenüberlag, war Sitz des Amtsgerichts. Gleich am ersten Tag in Bad Schwalbach war sie durch den Torbogen geschlüpft, um einen neugierigen Blick in den mit Laubengängen ausgestatteten Innenhof zu werfen und hätte ihm gern einen zweiten Besuch abgestattet, doch die Türen waren verriegelt. Stattdessen ging sie außen am Fachwerkflügel entlang und folgte bergab der Kirchstraße, die in die Adolfstraße mündete. Schließlich erreichte sie die Eisdiele, in der es angenehm kühl war. Norma setzte sich mit Blick zur Tür und musste nicht lange warten, bis Sigrun Morgenthaler eintrat.

»Es erschreckt mich«, bekannte Sigrun, nachdem sie ihre Bestellungen aufgegeben hatten. »Manchmal fühle ich mich wie befreit. Darf das sein? Eine Mutter müsste doch ununterbrochen trauern.«

»Sie haben vier Jahre lang mit der Ungewissheit leben müssen«, gab Norma zu bedenken.

Sigrun nickte zustimmend. »Das ist wahr. Tief im Innern habe ich geahnt, dass er tot ist und niemals zurückkommen wird. Mit meinem Mann konnte und kann ich darüber nicht reden. Er scheint wie versteinert. Das macht mir Angst.«

Sie schwiegen, bis die Getränke serviert wurden. Norma hatte eine große Apfelsaftschorle gewählt. Sigrun setzte ihr Weizenbierglas im hohen Bogen an die Lippen, wischte sich anschließend den Schaum vom Mund und fragte, was Norma von ihr wissen wolle.

»An dem Sonntagnachmittag, als der Tornado über Bad Schwalbach hereinbrach, waren Sie auf der Eisernen Hand, richtig?«, fragte Norma. »Sie haben im Lokal ausgeholfen.«

»Das stimmt! Als der Regen aufkam, habe ich im Biergarten bedient. Der Sturm war bei Weitem nicht so heftig wie in Bad Schwalbach, doch es schüttete wie aus Eimern. Gäste und Spaziergänger sind ins Haus geflüchtet.«

»Ich weiß von Ihrer Aussage, die Sie gegenüber der Polizei gemacht haben. Unter den Gästen war ein bestimmter Mann aus Bad Schwalbach.«

»Sie meinen sicher Boris Valendiek! Er kam spät und sah aus wie ein begossener Pudel. Als Erstes zog er seine Kamera aus dem Rucksack. Wohl aus Sorgen, sie könnte nass geworden sein.«

»Erinnern Sie sich an das Gespräch mit der Polizei? Wie ist das genau abgelaufen?«

Ausführlich schilderte Sigrun, wie ein Polizist in die Gaststätte gekommen sei, als sie gerade Dienst hatte, und ihr ein Foto von Boris Valendiek gezeigt habe. »Er wollte wissen, ob der Mann am Sonntagabend um 19 Uhr unter den Gästen war. Ich sagte: Das ist Boris Valendiek, und ja, er war hier.«

»Sie kennen ihn also persönlich?«

»Na ja, so direkt nicht«, räumte Sigrun ein. »Ich hatte ihn in der Talkshow im Fernsehen gesehen. Außerdem war wegen seiner verrückten Radwegpläne ein paarmal ein Foto von ihm im Aar-Boten. Daher war mir sein Gesicht vertraut.«

Norma nahm ihr Smartphone hervor und rief die ersten Aufnahmen vom Radlertreffen auf. »War es dieser Mann?«

Sigrun nickte. »Aber sicher, das ist Boris Valendiek! War's das, Frau Tann? Mein Mann wartet.«

Sie hob den Arm und winkte der Bedienung, die den Nachbartisch mit appetitlich aussehenden Eisbechern versorgte.

»Lassen Sie nur, Frau Morgenthaler«, sagte Norma. »Ich übernehme die Rechnung.«

Sigrun leerte das Weizenglas in einem langen Zug und verabschiedete sich. Norma blieb sitzen und orderte einen Erdbeerbecher mit Sahne. Zufrieden löffelte sie ihr Eis. Das Gespräch mit der Zeugin hatte damals Bastian Riebler geführt und sich einen verhängnisvollen Fehler geleistet.

Er hatte sich von den Valendiek-Brüdern austricksen lassen.

20

Am Samstagabend ging Norma spät ins Restaurant und begnügte sich, noch gesättigt vom Eis, mit einem Salat, an dem sie lange herumknabberte. Danach ließ sie sich alle Zeit der Welt für den Espresso und einen Wein als Dessert. Lilly flitzte wie gewohnt hin und her; sichtlich bemüht, es allen Gästen recht zu machen, und dem Chef, der ihr Tun scharf beobachtete, keinen Anlass zum Meckern zu geben. Regelmäßig erschien Florenz, der es sich nicht nehmen ließ, seinen bedeutenden Gästen und denen, die er dafür hielt, die Teller eigenhändig an den Tisch zu tragen. Norma blieb von seiner Fürsorglichkeit verschont, und auch Oswald ließ sich nicht blicken, als wäre ihm der Appetit auf das Pharao-Essen abhandengekommen. Nach und nach leerte sich der Gastraum. Jolanda, die sich hinter dem Tresen um die Getränke kümmerte, genehmigte sich ein Bier. Lilly bekannte flüsternd, todmüde zu sein und im Stehen einschlafen zu können, als sie Normas Tisch abräumte.

»Wann ist hier Schluss?«, fragte Norma sowohl mitfühlend als auch im eigenen Interesse. Sie brannte darauf, endlich mit Maram und Hamdi zu reden. Ob das Paar auf ihren Plan eingehen und den Keller morgen Abend verlassen würde? Noch hatte Norma keine Idee, wie sie die beiden unbemerkt herausschleusen sollte, doch das würde sich sicher finden.

»Der Chef macht bereits die Küche klar«, murmelte Lilly und gähnte hinter vorgehaltener Hand. »Darf es noch was sein?«

»Nein, danke sehr!«, sagte Norma und wünschte ihr eine gute Nacht.

Endlich verabschiedeten sich die letzten anderen Gäste. Jolanda war inzwischen gegangen, und auch Lilly zog sich zurück. Norma hängte sich die Handtasche über die Schulter und verschwand im Gang, der sowohl zur Küche wie zu den Toiletten führte. Falls sie doch jemand beobachtete, würde er sich nichts dabei denken. An der Küchentür blieb sie stehen und horchte. Ein metallisches Klappern! Jemand war mit Aufräumen beschäftigt. Florenz selbst? Oder die Heinzelmännchen aus dem Untergrund?

Eine Schimpfkanonade gab ihr im nächsten Augenblick die Antwort. Drinnen begann Florenz zu toben! Lauthals brüllte er seine Verwünschungen hinaus und beschuldigte jemanden des Diebstahls. Als eine Frau schrill aufschrie, wartete Norma nicht länger und stieß die Tür weit auf.

Zuerst sah sie nur den Koch, der im Gang stand und mit einer Eisenpfanne auf jemanden einprügelte. Norma rannte um die Kochinsel herum. Dahinter lag Maram am Boden, wimmerte und heulte und versuchte vergeblich, sich mit erhobenen Armen zu schützen. Das Blut floss ihr über die Stirn. Norma fühlte sich von einem unfassbaren Zorn überflutet. Hastig hantierte sie an der Handtasche, bis sie den Elektroschocker zu fassen bekam. Timons Geschenk, das sie nie zuvor benutzt und vorsichtshalber eingesteckt hatte. Sie schleuderte die Tasche zur Seite und griff die Waffe mit beiden Händen. Florenz brüllte auf, als der Strom in seinen Nacken biss, und ließ überrumpelt die Pfanne fallen. Norma riss ihn herum und versetzte ihm einen kräftigen Tritt in den Unterleib. Als er sich aufrappeln wollte, gönnte sie ihm keine Zeit zur

Erholung, sondern trieb den kurzfristig kampfunfähigen Koch mithilfe des Elektroschockers rücklings durch die Schwingtür in die Speisekammer, wo er mit lautem Krachen im Regal landete. Bevor er auf die Beine kommen konnte, sicherte sie die Türen von außen mit einem Besenstiel. Florenz saß in der Falle. Für Erste zumindest.

Schnell half sie Maram, sich an der Wand aufzusetzen. Das Blut sickerte aus einer Platzwunde über dem Auge. Sie habe nichts gestohlen, jammerte Maram unter Tränen. Sie nicht, und Hamdi auch nicht.

»Wo ist Hamdi?«, fragte Norma.

»Im ... Keller«, stotterte die junge Frau verängstigt. »Tut Sachen in den Kühlraum.«

Florenz hatte sich von seinem Schock erholt und trommelte mit den Fäusten gegen die Schwingtür, in deren Griffen der Besenstiel bedenklich knirschte. Norma sprang auf und verstärkte die Barrikade mit einer armlangen Suppenkelle, ohne allzu viel auf deren Haltbarkeit zu geben.

Zurück zu Maram, die erbärmlich stöhnte und sich den Kopf hielt, als würde sie ohnmächtig werden. Das verwundete Auge war bedenklich angeschwollen. Norma riss ihr Handy hervor und wählte den Notruf der Polizei. Der wütende Florenz Bruck war für sie allein eine Nummer zu groß. Hastig schilderte sie, was geschehen war.

»Die Bad Schwalbacher Kollegen kommen sofort«, versprach ein Beamter mit sonorer Stimme, die beruhigend wirkte. »Der Krankenwagen ist unterwegs.«

Norma hastete ins Foyer, um die Haustür zu öffnen, und lief zur Rezeption. Neben dem Telefon klebte ein Zettel mit der Privatnummer der Brucks für den Notfall. Deren Wohnung lag, wie Norma von Lilly wusste, über dem Frühstücksraum. Eine schläfrig klingende Jolanda meldete sich nach dem zehnten Klingelton.

»Du wirst in der Küche gebraucht«, stellte Norma knapp fest.

Jolanda schnappte hörbar nach Luft. »Hat Florenz … was angestellt?«

»Komm runter und sieh selbst!«, antwortete Norma und legte auf.

Schon waren auf der Straße die Sirenen zu hören.

Sie eilte zurück in die Küche und kniete neben Maram nieder, die sehr geschwächt schien, aber noch bei Bewusstsein war. In der Speisekammer trat Florenz vehement gegen die Tür und stieß wilde Flüche aus, bis der Besenstiel zerbrach und die Suppenkelle gefährlich ins Rutschen kam. Als Norma panisch aufsprang, betrat Hamdi die Küche. Bestürzt starrte er auf seine Frau, dann auf Norma, die sich mit der Tür abmühte.

»Hierher!«, rief sie. »Hierher! Maram ist okay. Der Arzt kommt. Hilf mir!«

Gemeinsam schoben sie ein Regalbrett durch die Griffe. Mit all seiner Kraft sicherte Hamdi die Tür, und endlich stürmten zwei Schutzpolizisten in die Küche. Ein älterer Kollege folgte den jungen Männern mit der Gelassenheit eines erfahrenen Schutzmanns.

»So schnell sieht man sich wieder, Frau Tann«, grüßte Hauptkommissar Jost Henrich Färber trocken.

21

An diesem Morgen verzichtete Norma auf das Hotel-
frühstück. Nach dem ereignisreichen Abend hatte sie
keinen Appetit. In der Nacht war Florenz, der sich von
Jolanda kaum hatte beruhigen lassen, nach Wiesbaden
ins Polizeipräsidium gebracht worden. Die Stunden
im Arrest würden seine Wut abkühlen, hoffte Norma
und vermutete, dass er im Lauf des Tages freikäme. Der
Richter würde voraussichtlich keine Untersuchungs-
haft anordnen. Dass Florenz sich ins Ausland absetzen
würde, war ziemlich unwahrscheinlich, und es bestand
keine Verdunklungsgefahr, die eine Haft gerechtfertigt
hätte.

Am frühen Vormittag fuhr sie ins Polizeipräsidium.
Dort kreuzten sich ihre Wege zufällig im Flur. Bruck
stapfte wortlos, das Gesicht maskenhaft erstarrt, an ihr
vorbei. Sie war an Milanos Seite auf dem Weg zu Wolfert,
mit dem sie in der Cafeteria verabredet waren. Norma
hatte ihre Aussage zum nächtlichen Tumult soeben
gemacht. Die beiden Hauptkommissare waren im Haus,
weil sie als Verantwortliche der Soko Waldparkplatz das
Wochenende dazu nutzen wollten, sich abseits des All-
tagsgeschehens in die Akten zu vertiefen.

»Wenn Blicke töten könnten«, bemerkte Milano auf seine charmante Art, »hätte es dich jetzt umgehauen wie eine Axt den Baum.«

»Wenigstens hat Florenz die Klappe gehalten«, sagte sie, um Unbekümmertheit bemüht. Die letzte Nacht steckte ihr in den Knochen. Die Erinnerungen an Marams zerschlagenes Gesicht und die Panik in Hamdis Augen beim Anblick der Polizisten hatten sie noch lange wachgehalten. »Die Verwünschungen, die mir Bruck letzte Nacht an den Kopf geworfen hat, würden für eine Fußballmannschaft reichen.«

In der Küche hatten Hauptkommissar Färber und seine Kollegen Brucks Gebrüll und Schimpftiraden aus seinem Gefängnis heraus miterlebt. Die Bad Schwalbacher wirkten erleichtert, als die Verstärkung aus Wiesbaden schließlich eintraf. Keinen der Beamten kannte Norma persönlich. Ihr Name jedoch schien den anderen ein Begriff zu sein, und sie hörten ihren Erklärungen aufmerksam zu. Maram wurde auf Veranlassung des Notarztes ins Bad Schwalbacher Krankenhaus eingewiesen und Hamdi zu Färbers Dienststelle mitgenommen, um seine Identität zu überprüfen.

»Nun kehrst du bestimmt in deine Wohnung zurück«, sagte Wolfert voll Überzeugung, als sie zu dritt an einem Fenstertisch saßen.

»Nichts da, ich bleibe in Bad Schwalbach«, widersprach Norma. »Wie soll ich sonst ein Auge auf Florenz Bruck haben?«

Milano schaute mit zufriedener Miene auf ein üppig beladenes Tablett vor seinem Bauch und biss genüsslich in ein Croissant. Sorgfältig wischte er sich die Krümel vom Mund, bevor er sagte: »Der Mann muss sich wegen Betrugs, Körperverletzung, Schwarzarbeit und Unterstützung eines illegalen Aufenthalts verantworten. Genügt dir die Liste nicht?«

»Was, wenn außerdem die Tode von Rose Schwertmann und Silvan Morgenthaler auf sein Konto gehen? Silvan hatte genug Gründe, seinen Chef zu erpressen. Florenz wollte ihn aus dem Weg räumen, und Rose war zufällig Zeugin des Mordes und musste ebenfalls sterben.«

»Du und deine Theorien«, knurrte Milano mampfend.

»Noch ein Grund mehr, aus dem Pharao auszuziehen«, empfahl Wolfert besorgt.

»Einverstanden, Jungs. Ich bleibe in Bad Schwalbach, suche mir aber ein anderes Hotel.«

Wolfert schien nur halbwegs erleichtert. »Also gut, wir fühlen Bruck in der Sache Parkplatzmord auf den Zahn. Halte dich von ihm fern, Norma. Geh kein Risiko ein.«

»Sinnlos, ihr was auszureden«, murmelte Milano und griff zum zweiten Croissant. »Du weißt doch, wie stur sie sein kann.«

»Das ist es ja, was mir Sorgen macht.«

Norma ging zum Tresen, um eine zweite Runde Kaffee zu holen.

»Möglicherweise ist Bruck, was Rose und Silvan betrifft, gar nicht unser Mann«, sagte sie, als sie die neuen Becher verteilt und wieder Platz genommen hatte.

»Was soll das denn heißen?«, wunderte sich Wolfert.

Mit fahrigen Händen nahm er die Brille ab und rieb sich die Augen. Er wirkte ausgelaugt, was Norma nicht erstaunte. Schon früher hatte er während eines aktuellen Falls jede Menge Überstunden gemacht und zu wenig geschlafen, und daran hatte sich bestimmt nichts geändert. Was sollte er zu Hause, wo niemand auf ihn warte, lautete sein Credo, solange ein Mörder unbehelligt bliebe?

Norma lenkte das Gespräch auf Boris Valendiek. »Was fällt euch zu ihm ein?«

»Ein Fanatiker, der diese verrückte Idee mit der Aartalbahn hatte«, sagte Milano missbilligend. »Rad statt Schiene! Geht's noch?« Unvorstellbar für ihn als Sportmuffel, sich mithilfe von Muskelkraft die Taunusberge hinaufzuquälen.

Wolfert winkte ab. »Eine Schnapsidee, wenn ihr mich fragt. Warum sollte man eine Bahntrasse abbauen und nicht endlich die Pläne zu deren Reaktivierung umsetzen?«

Milano stimmte ihm zu. »Aber für Roses Todeszeitpunkt hat Boris Valendiek ein Alibi.«

»Das bezweifle ich!«, sagte Norma.

Verblüfft legte Milano das Croissant – das dritte – unangebissen zurück auf den Teller. »Dirk hat recht. Ich habe Valendieks Aussage nachgeprüft.«

»Dann seht euch diese Fotos an!«

Sie zog ihr Smartphone hervor und reichte es an Milano weiter, der die Fotos eingehend betrachtete, bevor er irritiert aufsah. »Auf den letzten Bildern trägt der Mann andere Klamotten. Oder heißt das womöglich …?«

»Unterschiedliche Kleidung ist gleich unterschiedliche Männer«, bestätigte Norma. »Zwei Brüder, die aussehen wie Zwillinge. Boris brauchte gute Bilder von der Bahnstrecke für seine Präsentation und hat seinen Bruder darum gebeten, denn Klaus ist ein leidenschaftlicher Fotograf. Vielleicht ist Boris am Sonntagabend dann selbst mit dem Rad losgezogen und im Wald auf Rose gestoßen? Ob zufällig oder geplant, müsst ihr herausfinden.«

»Zeig mal her!« Wolfert hielt das Display dicht vor die Brillengläser. »Das gibt's doch nicht! Wieso ist das damals nicht aufgefallen?«

»Das kannst du Riebler fragen!« Sie konnte sich ein Grinsen nicht verkneifen.

»Nun ja, Bastian hat einen Bruder einfach nicht in Erwägung gezogen«, vermutete Wolfert in gewohnter Gutmütigkeit. »Boris Valendiek war eine Spur unter vielen. Kann passieren.«

»Darf nicht passieren!«, polterte Milano so lautstark, dass sich die Kollegen am Nachbartisch zu ihnen umdrehten.

»Ihr solltet euch ansehen, wie die Moderatorin ihn vor laufender Kamera zunichtegemacht hat«, sagte Norma und griff in den Rucksack, um eine DVD herauszuholen. »Das ist eine Aufzeichnung der Sendung.«

Wolfert schüttelte perplex den Kopf. »Unglaublich, Norma! Du präsentierst uns hier gleich zwei Tatverdächtige, während die Soko auf der Stelle tritt. Nicht gerade schmeichelhaft für uns.«

»Nimm es sportlich, Dirk!«, antwortete sie lächelnd. »Mein Heimvorteil als Bloggerin im Pharao macht's möglich. Ich bin einfach dichter dran.«

Wolferts Smartphone meldete sich. Er nahm das Gespräch an, wechselte einige Worte und gab das Handy an Norma weiter. »Frau Brinckner möchte dich sprechen. Es betrifft deine Schützlinge.«

Sie hatte die Anwältin spät am Abend über die neue Situation informiert und erfuhr nun von ihr, dass Hamdi einen Platz in einem Bad Schwalbacher Wohnheim bekommen hatte. Was die Konsequenzen seines illegalen Aufenthalts beträfe, müsse man weitersehen. Maram gehe es den Umständen entsprechend gut, sie bliebe noch für ein paar Tage in der Klinik.

Norma dankte der Anwältin von Herzen für die Unterstützung. Auf jeden Fall schienen Maram und Hamdi vor Florenz in Sicherheit zu sein. Und was war mit ihr selbst?

22

Im Foyer eilte ihr Jolanda entgegen, als hätte sie Normas Eintreffen ungeduldig erwartet. Norma machte sich auf eine verbale Attacke gefasst, doch zu ihrer Verwunderung entschuldigte Jolanda sich wortreich für Florenz' Ausraster, wie sie das Benehmen ihres Mannes verharmlosend nannte. Und sie bedankte sich sogar!

»Hättest du nicht eingegriffen, wer weiß, wie es ausgegangen wäre«, sagte sie mit dramatischem Unterton.

»Florenz sieht meinen Einsatz sicherlich anders«, wandte Norma ein. »Ist er schon zurück?«

»Nein, ich hole ihn später ab. Vorher muss ich aussagen, was ich über die Illegalen wusste. Du hast recht, natürlich wird Florenz fuchsteufelswild sein. – Trotzdem bin ich erleichtert, dass die Heimlichkeiten vorbei sind«, fügte Jolanda kleinlaut an. »Ich war immer dagegen.«

»Silvan hat für sein Schweigen über eure illegalen Mithelfer 10.000 Euro von Florenz verlangt«, sprach Norma ihre Vermutung aus. »Hast du von der Erpressung damals gewusst?«

Jolanda schluckte und riss erschrocken die Augen auf. »Ich weiß nicht, wovon du redest! Silvan wollte nach Neuseeland, mehr kann ich dazu nicht sagen. Mit Silvans Tod hat Florenz nichts zu tun.«

Als Norma sich abwenden wollte, hielt Jolanda sie zurück. »Bitte checke innerhalb der nächsten Stunde aus.«

»Frau Meering hat das Zimmer im Voraus bezahlt!«, gab Norma zu bedenken.

Jolanda errötete unter dem Make-up. »Das verrechnen wir selbstverständlich. Bitte, Norma! Florenz besteht darauf. Er will dich hier nicht mehr sehen. Geh ihm aus dem Weg, es ist besser so.«

Hilfsbereit bot sie an, sich um eine neue Unterkunft für Norma zu bemühen.

Norma hatte wenig Lust auf eine Begegnung mit Florenz. Wie mochte ihre Sponsorin den Standortwechsel aufnehmen?, überlegte sie, während sie ihre Sachen in die Reisetasche packte. Gertraud Meering meldete sich einen um den anderen Vormittag, um sich nach Normas Befinden zu erkundigen, und las den Blog eifrig mit, wie sie bei jedem Anruf versicherte. Das Smartphone rumorte auf dem Nachttisch. War es die Sponsorin, die in diesem Augenblick anrief? Norma setzte sich aufs Bett und griff nach dem Telefon. Doch statt der flötenden Altstimme klang ihr ein sonorer Bariton ins Ohr.

»Brucks Betrügereien sind also aufgeflogen! Man hat ihn noch in der Nacht festgenommen.«

»Woher weißt du das, Oswald?«

»Solche Neuigkeiten verbreiten sich in Bad Schwalbach wie ein Lauffeuer. Er hatte illegale Küchenhelfer, heißt es, und soll eine Frau krankenhausreif geschlagen haben. Ich habe schon befürchtet, dass du …?«

Seine Sorge um sie berührte sie. »Mir geht es bestens, danke! Er ist ausgerastet, weil eine Küchenhilfe etwas gestohlen haben soll.«

»Was hat sie geklaut?«

»Offenbar gar nichts. Die Polizei konnte in ihren Sachen nichts Verdächtiges finden.«

»Wann wird Bruck entlassen?«

»Jolanda wird ihn heute noch abholen«, sagte Norma beunruhigt. »Er ist außer sich, weil ich die Polizei gerufen habe. Deswegen muss ich hier raus.«

»Meine Einliegerwohnung ist frei. Sie ist möbliert, und du hättest dort alles, was du brauchst. Ich lade dich ein.«

Sie bedankte sich für seine Großzügigkeit, lehnte den Vorschlag aber höflich ab. »Jolanda kümmert sich um ein Zimmer in einem anderen Hotel.«

»Überlege es dir!« sagte er zum Abschied. »Du kannst jederzeit einziehen. Mit einem Hotelzimmer könnte es schwierig werden.«

Oswald sollte recht behalten. Jolandas Bemühungen waren vergebens.

»In der ganzen Stadt ist nichts frei, alle Betten sind wegen der Gartenschau ausgebucht«, gab sie betreten zu, als Norma ihr Gepäck hinunterbrachte.

»Und jetzt?«, fragte Norma herausfordernd.

»Du kannst auf keinen Fall bleiben«, flüsterte Jolanda und deutete verstohlen auf ein schick gekleidetes Paar, das neben seinen glänzenden Lederkoffern in einer Sitzecke wartete. »Die Herrschaften schneiten auf gut Glück herein, und ich habe ihnen die Nofretete zugesagt. Bitte, Norma«, flehte sie. »Geh Florenz aus dem Weg! Sonst gibt es ein Desaster.«

So langsam hatte Norma genug von den Brucks. »Fragt sich, wer wem aus dem Weg gehen sollte! Florenz soll sich warm anziehen, sag ihm das. Ich habe mit ihm eine Rechnung offen!«

Sie war laut geworden und bemerkte die erschrockenen Blicke der neuen Gäste, als sie ihr Gepäck an ihnen vorbei hinaustrug.

Vom Auto aus rief sie Oswald an.

23

Am nächsten Morgen verließ Norma zu ungewohnt früher Stunde die Wohnung in Oswalds Villa und fuhr mit dem Wagen hinunter ins Städtchen. Zu dieser Tageszeit gab es in den Nebenstraßen am Kurpark sogar noch freie Parkplätze. In der Morgenluft hing die Kühle der Nacht, als sie die Sandalen von den Füßen schubste und mit den Schuhen in der Hand den von einem Laubteppich gepolsterten Waldboden überquerte: den ersten Abschnitt des Barfußpfads, der sich außerhalb des Gartenschaugeländes befand. Dem Karree mit dem Laubbett folgte ein solches mit piksenden Fichtennadeln. Danach empfingen sie einige Quadratmeter mit grobem Mulch. Vorbei am Schwalbenbrunnenhäuschen ging sie mit vorsichtigen Schritten zu den nächsten Stationen, die über grobe Holzspäne und dicken Kies führten. Danach erwartete sie spitzer Splitt, der in die nackten Füße stach. Vor dem Schotterbett zögerte sie. Wenn man bedachte, wie sorglos sie als Kind barfuß über Stock und Stein gesaust war! Mit angehaltenem Atem überwand sie die scharfkantigen Steinbrocken, um danach zu genießen, wie hellwach und lebendig sich die Füße im taunassen Gras anfühlten.

Im Stillen dankte sie Oswald, der sie zu diesem Ausflug

überredet hatte, als sie am vergangenen Abend auf seiner Terrasse auf ihren Einzug angestoßen hatten. Es gebe nichts Wohltuenderes als den Barfußpfad im Morgentau, hatte er ihr ans Herz gelegt und sie mit seiner Begeisterung sofort an Florenz und dessen seltsamen Trainingsplan erinnert.

»Lust hätte ich durchaus«, bekannte sie, »aber kein Interesse daran, unterwegs auf Florenz zu treffen.«

»Keine Sorge, Norma! Florenz hat seine Heimbachtal-Woche hinter sich, und jetzt folgen die Bergstrecken rund um Adolfseck«, verkündete Oswald mit einem verschmitzten Grinsen. »Als nicht minder fanatischer Frühaufsteher sehe ich ihn oft auf seinen Strecken. Florenz hält sich verbissen an die selbstauferlegte Einteilung.«

Adolfseck lag auf der anderen Seite der Stadt. Warum also nicht?, hatte sie sich gesagt.

Nun würde Oswald sie in einer halben Stunde am Waldsee erwarten. Er hatte sich noch zeitiger auf den Weg gemacht, um an einem seiner Kraftorte zu meditieren. Bis zu ihrer Verabredung standen ihren bloßen Füßen weitere Herausforderungen in Gestalt von Kieselsteinen, Holzknüppeln, Steinpflaster und Moorboden bevor. Und danach zur Erfrischung das kühle Wasser im Kneippbecken! Fast schon hatte sie die 300 Meter, auf denen sich der Barfußpfad am Nesselbach entlangschlängelte, komplett hinter sich gebracht und näherte sich leichtfüßig dem Ende des schmalen, von Buschhecken umfriedeten Grünstreifens. Die Stahlgeländer des Moor- und des Wassertretbeckens kamen in Sicht. Von dort aus waren es gut zehn Minuten zu Fuß zur Waldseehütte, an der sie sich mit Oswald treffen wollte. Sie hielt auf das Moorbecken zu.

Zuerst stutzte sie wegen der Sportschuhe, die ordentlich vor dem Moorbecken abgestellt waren. Denn zu sehen war niemand. Erst nach ein paar weiteren Schritten entdeckte sie den Mann. Die Arme vom Körper abgespreizt, lag er bäuchlings im schwarzbraunen Moorschlamm, das Gesicht unter der Oberfläche. Er rührte sich nicht, was Norma angesichts der Wunde an seinem Hinterkopf nicht erstaunte. Ein tiefer blutiger Riss zog sich vom Scheitel bis in den Nacken. Das breite Kreuz, die kräftigen Waden, die muskulösen Schultern unter dem blauen Sportshirt: Sie kannte ihn!

Mit Herzklopfen sprang sie ins Becken, fing sich, als sie ins Rutschen kam, hob den Kopf aus dem Moorschlamm und tastete nach dem Puls an der Kehle, wo es nichts anderes zu erspüren gab als die nasse, ausgekühlte Haut. Vorsichtig drehte sie den Kopf, betrachtete die vom Schlamm und vom Tod verfremdeten Gesichtszüge und ließ ihn sanft zurückgleiten. Oswald hatte sich geirrt, was die heutige Trainingsstrecke betraf!

Mit der Hand am Geländer stieg sie aus dem Becken. Beim Losgehen hatte sie das Telefon im Wagen vergessen und war noch mal zurückgekehrt, um erreichbar zu sein, falls sie Oswald am Waldsee verpassen sollte. Aufgeregt nestelte sie das Smartphone jetzt aus der Hosentasche. Wen sollte sie anrufen? Die Bad Schwalbacher Polizeistation? Oder lieber gleich das Wiesbadener Präsidium? Nichts davon, entschied sie kurzentschlossen, und tippte Wolferts Nummer ein. Der Signalton schrillte ihr ins Ohr. Sie wollte schon aufgeben und es bei Milano versuchen, als Wolfert sich endlich meldete.

Er sei im Bad gewesen, entschuldigte er sich höflich. Wer sonst als Dirk, schoss ihr durch den Kopf, bat um

Verzeihung, weil er vor 7 Uhr morgens nicht im Handumdrehen am Telefon gewesen war?

»Dirk, ruf Milano an«, sagte sie und zwang ihre Stimme zur Ruhe. »Und alarmiere die Tatortgruppe. Florenz Bruck liegt im Moorbecken.«

»Wie bitte?«, fragte er verblüfft.

»Mit einem Spalt im Kopf! Bruck wurde erschlagen.«

24

Weiträumige Absperrungen. Männer und Frauen in weißen Overalls, die mit gesenkten Blicken die Grasfläche absuchten und sich durch Hecken zwängten. Riebler, der in großspuriger Wichtigkeit umhereilte. Milano und Wolfert, die im engen Ring diskutierend mit Kollegen zusammenstanden. Schutzpolizisten, die neugierige Passanten fernhielten. Das Prozedere rund um den Fundort der Leiche war ihr so vertraut, dass es ihr merkwürdig vorkam, nur Zaungast zu sein. Anstatt wie früher voll Tatkraft mitzuwirken, saß sie in Sichtweite des Geschehens neben Oswald im Gras.

»Komm, Norma!«, sagte er drängend. »Wie, glaubst du, ist Bruck ums Leben gekommen? Ist er womöglich im Moor ausgerutscht und im Fallen gegen die Kante geprallt?«

»Ein Unfall, meinst du?« Kopfschüttelnd widersprach sie dieser Vermutung. Die Beckenkanten waren sanft abgerundet, und das stählerne Geländer wies keine scharfkantigen Ecken auf. »Florenz wurde brutal niedergeschlagen. Der Täter muss ihn überrascht haben, nachdem er seine Schuhe ausgezogen hatte. Vermutlich hat sich der Mörder dort in den Büschen versteckt.« Sie hob den Arm und deutete auf die dichte Buschhecke, die bis auf wenige Schritte an das Moorbecken heranreichte.

»Der Täter stürmt vor und haut dem verdatterten Bruck das – ja, was? – in den Nacken?«, ergänzte

Oswald ihre Theorie mit glänzenden Augen, als wäre es ein kniffliges Rätsel und nicht grausame Realität.

Wolfert löste sich aus der Gruppe und hielt forsch auf die Böschung zu, auf der sie saßen. Norma hatte ihm bereits Stichworte für sein Notizheft geliefert: Wann sie in Heimbach losgefahren war, wo ihr Wagen stand, wie viel Zeit sie auf dem Barfußpfad verbracht hatte. Und, nein, keine auffälligen oder unauffälligen Beobachtungen unterwegs, wenn man von den krakeelenden Krähen in den Baumkronen und dem Mäusebussard absah, der hoch am Himmel nach Beute Ausschau gehalten hatte. Und dann der Tote, natürlich. Florenz Bruck. Mit der klaffenden Wunde am Hinterkopf.

Als Wolfert fast bei ihnen war, erhob sie sich und trat ihm entgegen. Oswald blieb, aufrecht wie ein Yogi, im Gras sitzen.

»Habt ihr etwas Konkretes?«, fragte sie angespannt.

»Die Kollegen sind auf dem Weg zum Wohnheim, um Hamdi abzuholen.«

Sie erschrak. »Ihr haltet Hamdi für den Täter?«

Wolfert schaute sie aufmerksam an. »Du etwa nicht? Bruck hat vorgestern seine Frau niedergeprügelt!«

Ein Wortwechsel lenkte ihren Blick zum Kneippbecken hinüber, in dessen Nähe sich Bastian Riebler lautstark und gestikulierend mit einem Spurensicherer stritt.

»Was will der überhaupt hier?«, fragte sie missgelaunt. »Wenigstens einer sollte sich weiter um die Soko Waldparkplatz kümmern.«

»Du weißt sehr gut, dass wir an einem so unübersichtlichen Tatort jeden Mann gebrauchen können«, entgegnete Wolfert beschwichtigend.

Norma bemühte sich, Rieblers herrische Stimme zu ignorieren. »Wisst ihr etwas über die Tatwaffe?«

Wolfert nickte bedächtig. Mit geübten Handgriffen nahm er die Brille ab und zog gleichzeitig ein Brillenputztuch aus der Brusttasche des Sakkos, auf das er niemals verzichtete, während sich Kollege Milano nicht scheute, seinen korpulenten Oberkörper im schlabbrigen Poloshirt zur Schau zu stellen.

»Das Tatwerkzeug passt zu unserem Verdächtigen«, erklärte Wolfert im besten Polizeijargon, während er das Putztuch zwischen seinen Fingerspitzen über die Gläser gleiten ließ. »Ein Küchenbeil, es lag in den Büschen dort. Wenn es aus Brucks Küche stammt, wird es eng für Hamdi.«

Er wies auf das Gebüsch, in dem Norma den lauernden Täter vermutet hatte, und warf Oswald, der bisher nur zu seinen Personalien befragt worden war, einen auffordernden Blick zu. »Herr von Wernkamp, was führt Sie hierher?«

Oswald erhob sich mit einer tänzerischen Bewegung. Er habe das Haus um 5.30 Uhr verlassen, den Wagen am Parkplatz »Roter Stein« abgestellt und sei von dort hinunter ins Gerstruthtal gewandert, schilderte er seinen Morgen. Am Waldsee habe er auf Norma gewartet und sie angerufen, als sie nicht kam. »Als ich hörte, was passiert war, bin ich sofort losgetrabt.«

Milano gesellte sich dazu. Er hatte Oswalds Erklärung mit angehört.

»Gehen Sie immer so zeitig spazieren?«, fragte er brummig. »Und warum ausgerechnet im ... wie heißt das Tal?«

»Das Gerstruthtal. Dort liegen die Moorgruben.«

Milano musterte Oswalds Waldläufer-Outfit abfällig, das sich aus Mokassins, Lederleggings und einem flachsfarbenen Leinenhemd zusammensetzte. »Sie wollten also ins Moor!«

Auch Oswalds Sympathie für sein stämmiges Gegenüber schien mäßig ausgeprägt. Verstohlen zwinkerte er Norma zu und verdrehte die Augen, was Milano zum Glück entging. Eine offene missbilligende Geste könnte den Kommissar, wie Norma aus Erfahrung wusste, gehörig in Rage bringen.

»Die Moorgruben sind nicht zugänglich«, antwortete Oswald gestelzt. »In der angrenzenden Wiese befindet sich mein Kraftort.«

Der arrogante Unterton vertiefte den bärbeißigen Zug um Milanos Mund. »So, so, Sie betreiben dort also Kraftsport.«

»Ich rede von einem Kraft*ort*, nicht von Kraft*sport*!«, korrigierte Oswald kühl.

»Sag ich doch«, knurrte Milano unbeeindruckt. »Kraftsport! Zeugen?«

Oswald, der zu begreifen schien, dass Milano sich über ihn lustig machte, verzichtete auf eine erneute Richtigstellung. »Ich kann nicht sagen, ob mich jemand gesehen hat. Ich blende die Umwelt vollständig aus, sobald ich in Meditation versinke.«

Wolfert übernahm wieder und entschied in liebenswürdiger Bedächtigkeit: »Das wäre erst einmal alles. Gehen Sie nach Hause, Herr von Wernkamp! Und auch du, Norma!«

Normas Angebot, vor Ort zu helfen, lehnten beide Kommissare konsequent ab, und ihr blieb nichts anderes übrig, als das Feld zu räumen. Oswald verabschiedete sich, um seinen Wagen am »Roten Stein« abzuholen. Norma schlug einen Bogen um den abgesperrten Tatort und wanderte entlang des Barfußpfads zurück zur Stadt. Unterwegs tasteten ihre Finger nach der Stelle am Hinterkopf, die wieder schmerzte, sobald sie darauf herumdrückte. Erführen die Ermittler von dem Angriff auf sie, stünde es noch schlechter für Hamdi. Nachdem Bruck auf Maram losgegangen war, musste die Wut in ihm gebrodelt haben. Die Vorstellung, er hätte Florenz, der regelmäßig vor allen Leuten mit seinem Fitnessprogramm angegeben hatte, beim Barfußpfad aufgelauert, war alles andere als abwegig. Norma seufzte unwillkürlich. Was würde aus Maram, wenn ihr Freund und Gefährte in Haft käme?

Besorgt stieg Norma in den Kombi. Sie wendete in einer Einfahrt, fuhr über die Brunnenstraße zurück und am Stahlbadehaus entlang, vor dem sich schon jetzt Besuchergruppen versammelten. Hinter dem Busbahnhof, der bei den Hiesigen der »Gummibahnhof« hieß, bog sie in die Emser Straße ein, die sie in einem weiten Linksbogen durch ein Wohngebiet und steil hinauf zum Krankenhaus führte, das hoch über der Stadt lag.

In einem Zweibettzimmer saß Maram allein am Fenster und schaute ihr schüchtern, aber gefasst unter einem dicken weißen Kopfverband entgegen. Norma zog sich einen Stuhl heran. Maram sollte zur Beobachtung noch einige Tage in der Klinik bleiben. Das Letzte, was sie noch wusste, war der Anblick Normas, wie sie Florenz fortgerissen hatte. Ihre nächsten Erinnerungen setzten im Krankenhaus ein, als eine Ärztin ihren Kopf untersuchte.

Unvermittelt griff Maram mit beiden Händen nach Normas Hand, drückte diese an sich und bedankte sich überschwänglich. »Du hast mir geholfen, alle hier helfen. Sind so nett, liebe Menschen. Aber vor Florenz habe ich große Angst.« Dabei strömten ihr Tränen über das Gesicht.

Norma befreite sich sanft. »Florenz wird dir nichts mehr tun.«

»Ist er im Gefängnis?«, fragte Maram hoffnungsvoll und tupfte sich mit dem Betttuch die Augen trocken.

In vorsichtigen Worten gab Norma wieder, was Florenz zugestoßen war. Nach Hamdi musste sie gar nicht fragen. Maram selbst brachte die Sprache auf ihn.

»Er hat nichts getan!«, versicherte sie unter einem erneuten Tränenausbruch. Er sei kein Mörder und dürfe nicht ins Gefängnis kommen. Er sei in seiner Heimat eingesperrt und gefoltert worden, eine erneute Haft würde er nicht überstehen.

»Du kannst unserer Polizei vertrauen. Und den Gerichten hier. Wenn Hamdi unschuldig ist, wird ihm nichts geschehen, Maram«, behauptete Norma mit größerer Überzeugung, als sie tatsächlich hatte. Auch die deutsche Justiz war nicht unfehlbar.

»Was vermisste Florenz in der Küche?«, fragte sie. »Was sollst du angeblich gestohlen haben?«

Maram wusste das Wort dafür nicht. Als sie den Gegenstand beschrieb, fiel Norma sofort das Küchenbeil ein, das ihr beim Einbruch in die Finger gekommen war. Steckte das dämliche Foto nicht noch im Bilderordner? Sie nahm das Smartphone hervor und reichte das Display an Maram weiter. »Sprichst du von diesem Beil?«

Maram betrachtete die Aufnahme staunend. »Da ist es! Genau das!«

»Du meinst, Florenz hat exakt dieses Beil vermisst?«

Maram nickte ernsthaft. »Sein neues Beil ist kaputt gegangen. Er suchte das alte Beil in der Schublade. Aber es war weg.«

»Und du bist absolut sicher: Es ist exakt das Beil von diesem Bild?«

»Ja, ja!«, bestätigte Maram aufgeregt. »Sieh, die Klinge ist nicht mehr gut. Da ist ein Fleck auf dem ... wie sagt man?«

»Auf dem Stiel?«

»Stiel, ja. Brauner Fleck, siehst du?« Sie deutete mit ihrem zierlichen Zeigefinger auf das Foto. »Sollte ich wegputzen vor vielen Tagen, ging aber nicht weg.«

Am Freitagvormittag hatte Norma das Beil in der Schublade entdeckt. In der Zeit zwischen ihrem Einbruch und dem Tumult in der Küche musste es jemand an sich genommen haben. Zugang zur Küche hatten neben Maram und Hamdi selbstverständlich auch Lilly und Jolanda. Lilly hatte unter den Wutausbrüchen ihres Chefs gelitten, aber warum hätte sie ihn erschlagen sollen, anstatt einfach zu kündigen? Und Jolanda, die liebende und duldsame Ehefrau, hätte ihrem Gatten kein Haar krümmen können. Blieb Hamdi.

Es sah nicht gut aus für ihn.

25

Am nächsten Morgen nach Brucks Auffinden kündigte
Wolfert seinen und Milanos Besuch an. Er wirkte angespannt und ließ sich gerade mal entlocken, dass die neu
gegründete Soko Barfußpfad unter Bastian Rieblers Führung stand. Er und Luigi würden als gemeinsame Leiter
des Teams Waldparkplatz eng mit Riebler zusammen-
arbeiten. Als Norma sich nach neuen Erkenntnissen
erkundigte, vertröstete er sie auf später. Gespannt darauf, was die Kommissare zu berichten hatten, saß Norma
mit dem Tablet auf der Terrasse der Zweizimmerwoh-
nung und klickte sich durch die Nachrichten im Netz.

»Gartenschaugäste in Gefahr?« und »Wird die Gartenschau zur Todesfalle?« lauteten die reißerischen Schlagzei-
len der bunten Blätter. Die Tatsache, dass der Barfußpfad
außerhalb des Ausstellungsgeländes lag, unterschlugen
die Artikel. Die Bürgermeisterin und die Verantwortli-
chen des LGS-Teams boten alles auf, um die Wogen zu
glätten. Ein Verdächtiger sei bereits ermittelt. Die Staats-
anwaltschaft sprang ihnen mit der Versicherung bei, nach
Abwägung aller Details bestünde für Besucher und Ein-
heimische keine Gefahr. Was die Online-Redaktionen der
regionalen Zeitungen darüber spekulieren ließ, ob das

Verbrechen im Moorbecken mit den beiden Toten vom Waldparkplatz zu tun haben könnte. Immerhin sei der »Junghotelier aus der Bäderstadt« der Arbeitgeber des verstorbenen Radfahrers gewesen. Schlüssige Erklärungen hatten die Artikel allerdings nicht zu bieten.

Oswald schreckte sie auf, als er unversehens die mannshohe Bambushecke, die der Terrasse Wind- und Sichtschutz gab, mit den Armen teilte und den Kopf hindurchstreckte.

»Wie geht es dir?«, fragte er mitfühlend. »Was für ein Schock gestern Morgen. Kann ich etwas für dich tun?«

»Alles bestens, und vielen Dank für das Frühstück! Du verwöhnst mich!«

Er hatte ihr ein Tablett mit Vollkornbrot, Butter und Käse sowie eine Thermoskanne mit Milchkaffee vor die Wohnungstür gestellt.

»Ich war nicht auf deinen Einzug vorbereitet, sonst hättest du einen gefüllten Kühlschrank vorgefunden«, sagte er mit hintergründigem Lächeln.

Als sie protestierend die Hände hob, unterbrach er sie: »Alles rein vegetarisch, keine Sorge!«

»Nein, nein, das ist nicht der Punkt! Ich gehe später einkaufen. Bitte bemühe dich nicht!«

»Überlass Gabi die Besorgungen«, schlug er großzügig vor. »Leg ihr einfach einen Zettel hin. Bitte, Norma, Gastfreundschaft bedeutet mir alles. Nachher bringe ich dir einen Kaffeeautomaten in die Küche. Kaffee ist dein Lebenselixier, nicht wahr?«

Sie deutete auf die Thermoskanne. »Du hast mich durchschaut, Oswald!«

»Bis später!« Er zog sich zurück, und die Lücke im Bambus schloss sich.

Norma beschäftigte sich weiterhin mit ihren Recherchen. Als die Kommissare auf sich warten ließen, nahm sie sich die Liste mit den kommenden Veranstaltungen der Gartenschau vor und pickte die attraktivsten heraus, um sie als Tipps im Blog vorzustellen. Dazu noch die hübschen Aufnahmen aus dem Rosengarten, die sie nach dem Besuch bei Maram geschossen hatte, und die Webseite war für diesen Tag bestens bestückt. Bisher hatte sie sich nur mit wenigen sachlichen Sätzen über die Toten und die Verbrechen geäußert, was einige Leser als »beschönigend« und »Bloggen durch die rosarote Brille« maßregelten. Der Großteil der Kommentatoren jedoch lobte ihre Zurückhaltung.

Januarius hatte zur Diskussion nur ein einzigen Satz beigetragen: *Wahrheit und Rosen tragen Dornen.* Dieser Narr mit seiner Küchenphilosophie! Auf ihre Gegenkommentare hatte er bisher nicht reagiert, und auch ihr Angebot für ein Interview, mit dem sie ihn aus der Reserve locken wollte, hatte er ignoriert. *Rosen und Dornen.* Hatte sie es mit einem Stalker zu tun? Mit wachsendem Unbehagen fuhr sie sich über die Schramme, die sich als rot getüpfelte Linie über ihren Unterarm zog, weil sie bei der gestrigen Fotoaktion einem stachligen Strauch zu nahe gekommen war. Hatte er sie im Rosengarten beobachtet, oder war das nur ein belangloser Spruch? Höchste Zeit, Januarius auf den Zahn zu fühlen!

Am liebsten hätte sie auf der Stelle Timon angerufen, in dessen vielschichtigem Bekanntenkreis sich auch ein pfiffiger Computerspezialist finden lassen sollte. Wegen der Zeitverschiebung würde sie sich bis zum Mittag gedulden müssen. Wie gerufen rumorte drinnen auf dem Glastischchen das Handy. War das womöglich Timon, der sich im schwülen Louisiana schwitzend und schlaflos durch die Nacht quälte und voll Sehnsucht nach ihr zum Telefon gegriffen hatte? Erfreut sprang sie auf. Doch nicht Timons Name, sondern eine Nummer mit Wiesbadener Vorwahl zeigte sich auf dem Display.

Eine Kollegin habe ihr eine Handynummer auf dem Schreibtisch hinterlassen und vermerkt, es sei wichtig, erklärte eine Frau mit junger, misstrauisch klingender Stimme, ohne ihren Namen zu nennen. Norma brauchte einen Moment, um sich an die Schwester der verstorbenen Daisy Kupffer zu erinnern. So vieles ging ihr im Kopf herum: Florenz' dramatisches Ende, der Verdacht gegen Hamdi, die rätselhaften Nachrichten des Januarius – falls diese überhaupt etwas zu bedeuten hatten. An Ivy Rafeldt hatte sie gar nicht mehr gedacht und fühlte sich völlig unvorbereitet.

»Mir geht es um Ihre Schwester Daisy«, platzte sie heraus. Und führte Ivy Rafeldt damit aus Versehen auf eine falsche Fährte.

»Sind Sie die Literaturagentin?«, fragte diese prompt, und bevor Norma dieser Annahme widersprechen konnte, redete die Frau aufgeregt weiter: »Daisy hat es immer gesagt: die Mühlen der Verlage mahlen langsam. Aber vier Jahre? Ich muss Sie enttäuschen. Mit dem Tod meiner Schwester ist auch ihr Manuskript verschwunden.«

»Ich habe nichts mit Büchern zu tun«, antwortete Norma besonnen, um sich nicht von der Hast ihrer Gesprächspartnerin anstecken zu lassen. »Trotzdem würde ich gern erfahren, worüber Ihre Schwester geschrieben hat.«

»Was geht Sie das an? Wer sind Sie?«

Norma verriet so viel wie nötig, um Ivys Neugier zu wecken, und wenig genug, um sie nicht zu beunruhigen. »Können wir uns treffen? So bald wie möglich?«

»Heute passt es schlecht«, entgegnete Ivy zögerlich. Sie habe bis 16 Uhr im Büro zu tun und sei anschließend für einen Besuch der Landesgartenschau verabredet. »Ich kenne die Gartenschau und möchte meinen Freunden die schönsten Stellen zeigen.«

»Wunderbar, warum sehen wir uns nicht dort?«

Ivy gab sich geschlagen. »Also abgemacht, um 17 Uhr in der Lichtkirche.«

Norma bedankte sich, legte auf und ging Richtung Tür, weil es klingelte. Brachte Oswald den Kaffeeautomaten, oder waren endlich die Ex-Kollegen eingetroffen? Erwartungsvoll öffnete sie die Wohnungstür und ließ Milano ein, der mit seiner Körperfülle den schmalen Flur komplett für sich in Anspruch nahm und sich zum Wohnzimmer durchschob. Wolfert folgte ihm. Selbst den weit größeren Raum schien Milano mit seiner Massigkeit zu beherrschen, als er sich auf dem Berberteppich aufbaute, die nackten, fleischigen Unterarme vor dem schlabbrigen Polohemd verschränkte und sich mit geneigtem Kopf umschaute. »Edel hast du es! Und die Miete übernimmt deine Sponsorin?«

»Nein, als Oswalds Gast darf ich hier umsonst wohnen. Wasser für euch? Kaffee gibt es leider noch nicht. Wollen wir rausgehen?« Einladend wies sie auf die Terrasse und trat hinter den Tresen der offenen Küche, um drei Gläser und eine Karaffe aus dem Schrank zu nehmen.

»Lass gut sein, Norma, wir sind nicht zum Plaudern hier«, sagte Wolfert kühl.

Seine offensichtliche Müdigkeit überraschte sie nicht.

Was sie beunruhigte, war der gekränkte Zug um seinen Mund.

Milano schloss die Schiebetür. »Wir können keine Zuhörer gebrauchen. Was wir zu besprechen haben, sollte unter uns bleiben. Setz dich, Norma!«

Verwundert ließ sie die Gläser stehen und hockte sich in einen der kleinen Ledersessel, die sich um den Glastisch gruppierten. Wolfert rückte den zweiten Cocktailsessel an ihre Seite, und Milano quetschte sich in die für ihn gefährlich enge Sitzgelegenheit gegenüber. Sein Blick unter den dunklen buschigen Augenbrauen erschien ihr nicht minder bedeutungsschwanger als Wolferts beharrliches Starren durch die millimeterdicken Brillengläser.

»Hat Hamdi den Mord gestanden?«, fragte Norma gespannt.

Das Möbelstück knirschte bedenklich, als Milano sich weit zurücklehnte. »Hamdi ist nicht unser Mann. Er hat ein Alibi!«

»Er teilt das Zimmer mit vier Männern«, ergänzte Wolfert. »Die anderen haben bis in den Montagmorgen hinein Karten gespielt, während Hamdi eine Armlänge neben ihnen im Bett lag und zu schlafen versuchte. Wir haben die Männer einzeln befragt. Hamdi hat sich nicht aus dem Raum bewegt. Wenn einer ein hieb- und stichfestes Alibi hat, dann er.«

»Das freut mich für Hamdi«, rief Norma. »Und ebenso für Maram. Die beiden brauchen einander.«

Die Kommissare kommentierten ihre Erleichterung nicht.

»Was ist los, Jungs? Wollt ihr mich verhaften?«, fragte sie scherzend.

»Hast du uns etwas zu sagen, Norma?«, entgegnete Wolfert ernsthaft.

»Was erwartet ihr? Dass ich den Mord an Florenz gestehe?« Sie lächelte und spürte, wie sich ihr Lächeln zunehmend falsch anfühlte. Die Männer betrachteten sie mit Mienen, die kaum düsterer hätten sein könnten, würde man ihr einen Terroranschlag unterstellen.

»Hast du Florenz Bruck getötet?«, fragte Milano mit der Betonung auf jedes einzelne Wort.

»Was soll das, Luigi? Das ist völlig daneben!«

»Hast du?«

»Was für ein Unsinn!«, widersprach sie. »Florenz lag mausetot im Morast, als ich dort ankam!«

Wolfert, der sich stocksteif auf der Vorderkante des Sesselchens platziert hatte, bat um Verständnis. »Norma, uns fällt das nicht leicht. Aber die Dinge sind, wie sie sind.«

»Welche Dinge? Raus mit der Sprache!«, verlangte sie eher staunend als verärgert.

Milano ergriff das Wort. »Die Indizien. Beginnen wir mit der Tatwaffe, einem Küchenbeil, mit dem man Fleisch zerhacken und Knochen spalten kann. Oder einem Mann den Schädel einschlagen. Das Beil stammt zweifelsfrei aus Brucks Küche. Es wurde sorgfältig gereinigt und trotzdem sind Fingerspuren darauf zu finden. Von Maram, die zur Tatzeit nachweislich im Krankenhausbett lag. Und von dir!«

Norma zwang sich zu einer kontrollierten Stimmlage. »Weil ich es angefasst habe! Ja, es stimmt, ich habe mich am Freitagvormittag ein wenig in der Pharao-Küche umgeschaut.«

»Du bist dort eingebrochen?«

»Was heißt ›eingebrochen‹? Das Türschloss ist ein Witz. Dabei ist mir das Beil in die Hände gefallen. Ich habe sogar ein Foto gemacht!« Sie aktivierte das Smartphone.

Milano betrachtete die Aufnahme eindringlich. »Dir ist klar, dass dich das Bild nicht entlastet. Ganz im Gegenteil!« Er reichte das Smartphone an seinen Kollegen weiter.

Wolfert schüttelte ungläubig den Kopf. »Norma, was ist nur in dich gefahren! Das sieht so aus, als hättest du den tödlichen Schlag geprobt!«

Norma spürte, wie ihr die Hitze ins Gesicht stieg. »Jetzt macht mal halblang, Jungs! Zugegeben, das Selfie ist albern und ziemlich daneben, aber kein Beweis dafür, dass ich Florenz niedergeschlagen haben. Wenn das alles ist, was ihr habt …«

Ihre Kehle brannte. Sie verließ ihren Platz und ließ sich in der Küche ein Glas Wasser ein. Die Kommissare waren ein eingespieltes Team, wobei Milano gern den groben Part übernahm. Norma hatte das oft genug beobachtet und die Vernehmungstaktik der beiden bewundert. Wurde sie nun selbst zum Spielball ihres Schlagabtausches?

»Du hast gesehen, wie Bruck auf das Mädchen eingeprügelt hat«, rief Milano herüber. »Bruck war ein Mistkerl, und du wolltest ihm eine Lektion erteilen, die heftiger ausfiel als geplant.«

»Du hast ihm gedroht«, setzte Wolfert die Vorwürfe fort. »Florenz soll sich warm anziehen. Du hast mit ihm eine Rechnung offen. Deine Worte, Norma.«

Das elegante Ehepaar im Foyer!, fiel ihr ein, ihre Nachfolger in der Nofretete. Die Soko hatte sich also bereits umgehört.

Langsam, das Glas in der Hand, kehrte sie an den kleinen Tisch zurück. »Ich war sauer, Dirk. Florenz hat mich rausgeschmissen. Wollt ihr jedes Wort auf die Goldwaage legen?«

Wolfert ließ sich nicht beirren. »Hast du dem Koch aufgelauert? Dich im Gebüsch versteckt, das ans Moorbecken angrenzt?«, fragte er, als sie wieder im Sessel saß.

»Nein, warum sollte ich?«, entgegnete sie nervös. »Dirk! Luigi! Was denkt ihr von mir?«

»Bist du sicher, Norma?«, fragte Wolfert eindringlich. »Überlege genau, was du sagst!«

»Ich lüge nicht! Was denkt ihr bloß?«, schrie sie und sprang auf. Vorbei mit der Gefasstheit.

»Setz dich hin!«, bat Milano überraschend sanft und erklärte, als Norma seinem Wunsch folgte: »Wir haben ein langes, blondes Frauenhaar in dem Gebüsch gefunden. Völlig intakt mitsamt der Haarwurzel. So, wie es dort hing, muss sich die Frau kurz zuvor in den Büschen aufgehalten haben.«

»Ja, und?«, gab sie verwirrt zurück.

Wolfert holte aus: »Du erinnerst dich an den Fall Kramer vor vielen Jahren? Du warst damals Mitglied der Soko.«

Norma nickte. Eine Beziehungstat, der Ehemann hatte seine Frau erdolcht, weil sie ihn verlassen wollte.

»Durch ein Missgeschick gab es DNA-Verunreinigungen am Tatort.«

»Missgeschick ist nett formuliert!«, sagte Norma bissig. »Riebler hatte es vermasselt. Nur einer der dicken Böcke, die er zu meiner Zeit geschossen hatte.«

»Er war übereifrig, ein bisschen zu ehrgeizig«, wiegelte Wolfert ab. »Wie auch immer. Jedenfalls mussten alle

Leute, die Zugang gehabt hatten, Speichelproben abgeben. Darunter auch du, Norma!«

Sie starrte ihn verdattert an. »Du willst mir damit aber nicht sagen, das Haar im Gebüsch hat meine DNA?«

Wolfert nickte bekümmert. »Wir hatten die besten Absichten und wollten dich wegen der Fingerabdrücke entlasten. Deswegen haben wir die Untersuchung angeordnet. Hat sich prekär ins Gegenteil verkehrt.«

Norma fasste sich unversehens in die Haare und schüttelte den Kopf. »Ich war nicht in diesem Gebüsch. Das Haar muss hineingeweht worden sein!«

»So wie das Haar dort hing, ist das absolut unwahrscheinlich, meint die Spusi«, widersprach Wolfert sichtlich gequält. Beinahe tat es ihr leid, dass er wegen der Anschuldigungen gegen sie litt.

Milano erklärte sachlich: »Das Haar hatte sich an einem Zweig mitten im Gebüsch verfangen, als hätte dort jemand gekauert und gewartet.«

Norma sprang auf und tigerte durchs Zimmer. »Dann hat man die DNA-Proben verwechselt!«

Wolfert winkte gequält ab. »Sei nicht kindisch! Du weißt so gut wie wir, wie perfekt die Kollegen ihren Job machen.«

»Irgendjemand will mich reinlegen!«, beharrte sie.

»Dein Rumgerenne macht mich nervös«, beklagte sich Milano und fragte schneidend: »Beschuldigst du etwa einen von uns?«

»Nein, nein!«, widersprach sie hastig und blieb stehen. »Nicht von der Polizei. Hier aus Bad Schwalbach. Vielleicht bin ich dem Täter zu nahe gekommen. Ich habe viele Fragen gestellt. Zum Tod von drei Menschen. Florenz ist die Nummer vier.«

Norma stellte sich näher ans Fenster. Strich der Wind durch die Bambusblätter oder schlich Oswald draußen herum? Das Zittern wurde zum leichten Schütteln, dann schlüpfte die scheue schwarze Katze, die sich ab und zu im Garten blicken ließ, zwischen den Stängeln heraus und hockte sich putzend in die Sonne.

»Wer soll das dritte Opfer sein?«, ließ sich Milano in ihrem Rücken ungläubig hören.

Die Katze bemerkte eine Bewegung hinter der Scheibe und flüchtete mit langen Sätzen, als Norma sich umwandte. »Daisy.«

»Welche Daisy?«, fragte Wolfert verblüfft.

»Daisy Kupffer! Sie war die Frau von Kevin Kupffer, Rose Schwertmanns Assistent. Vier Tage vor dem Tornado ertrank sie in der Badewanne. Ich habe mich im Sender nach ihr erkundigt, und davon hat ihr Mann vielleicht Wind bekommen. Was, wenn es kein Unfall war, und er sie in der Wanne ertränkt hat?«

»Zum Teufel, Norma!«, fauchte Milano. »Wir haben mit Rose und Silvan zwei ungelöste Tötungsdelikte. Plus Bruck sind es drei Todesfälle. Und du machst ein neues Fass auf?«

»Wie habt ihr vorhin gesagt?«, fragte sie spitzzüngig. »Die Dinge sind, wie sie sind.«

»Und deine Indizien im ›Fall‹ Daisy?«, fragte Wolfert, milder gestimmt oder einfach nur erschöpft.

»Die liefere ich euch«, gab sie angriffslustig zurück. »Oder wollt ihr mich dem Haftrichter vorführen?«

»Das Haar allein wird für einen Haftbefehl kaum ausreichen«, sagte Wolfert nüchtern, »worüber ich sehr froh bin. Das gibt dir Zeit, deiner Verschwörungstheorie nachzugehen.«

In ihrem Kopf schienen sich die Gedanken zu einem wilden Knäuel zu verwirren, bis es ihr gelang, das Ende eines Gedankenfadens zu packen. »Was ist mit Boris Valendiek? Wurde seine Aussage überprüft?«

Die Männer verständigten sich mit einem Blick.

Wolfert übernahm die Antwort: »Du lagst goldrichtig. Es war sein Bruder Klaus, der die Bilder machte und im Gasthof vor dem Wetter Schutz suchte. Boris hat ihn um die Fotos gebeten, weil Klaus der bessere Fotograf ist.«

»Warum haben die Brüder gelogen?«, fragte sie.

»Um jeder Konfrontation aus dem Weg zu gehen, behauptet Boris, und der Bruder hat widerstrebend, aber treu zu ihm gehalten«, fasste Milano zusammen. »Boris' Hass gegen die Moderatorin war kein Geheimnis, und zur Tatzeit war er sogar in der Nähe des Waldparkplatzes auf dem Rad unterwegs.«

Norma verspürte dabei mehr Erleichterung als Triumph, als sie sagte: »Und Boris erhielt die verhängnisvolle Gelegenheit, Rose mit den Walkingstöcken die Luft abzudrücken und Silvan in den Sturm zu treiben. Meine Zweifel führten also auf die richtige Spur.«

»Du hattest mit seinem falschen Alibi recht«, stimmte Wolfert ihr zu. »Aber ob ihn das zum Mörder macht?«

»Beweist es!«, forderte sie.

»Die Soko Waldparkplatz gibt ihr Bestes«, versprach Wolfert. »Aber selbst wenn Boris Valendiek der Mörder vom Parkplatz sein sollte – was Bruck betrifft, wird es dir nicht aus der Patsche helfen.«

»Ich habe Florenz nicht umgebracht!«, verteidigte sie sich energisch. »Jemand will den Verdacht auf mich lenken. Wenn nicht Kevin Kupffer, dann Boris Valendiek!«

»Aus welchem Grund sollte Valendiek dich reinrei-
ßen?«, fragte Wolfert.

»Weil er, weil er ...« Das Knäuel im Kopf schien unent-
wirrbar. »Weil er auch Florenz getötet hat und den Verdacht auf mich lenken will!«

»Wie soll er an das Beil gekommen sein?«, schnauzte
Milano sie an.

Norma ließ sich nicht entmutigen. »Vielleicht war er
zum Essen im Pharao? Wichtigen Gästen hat Florenz
persönlich das Essen serviert. Valendiek kann eine solche Gelegenheit abgepasst haben, um sich in die Küche
zu schleichen und das Beil zu stehlen.«

»Dabei hat er ausgerechnet das Beil mit deinen Fin-
gerabdrücken erwischt? Außerdem hat er ein Haar von
dir geklaut und gezielt am Tatort platziert? Ziemlich an
den Haaren herbeigezogen, Norma!«, spottete der dicke
Kommissar.

»Bei Weitem nicht so weit hergeholt wie euer absurder
Verdacht gegen mich!«, schimpfte sie zurück.

»Also gut«, meinte Wolfert einlenkend. »Aus welchem
Grund sollte Boris Valendiek Bruck umbringen?«

»Es ist eure Aufgabe, das herauszufinden«, sagte sie
zornig, weil sie darauf keine Antwort hatte. »Ihr arbeitet
schließlich mit der Soko Barfußpfad zusammen.«

Wolfert erhob sich mit einem tiefen Seufzer. »Wir
kennen uns so lange, Norma! Bitte glaube mir, dieses
Gespräch mit dir ist mir mehr als schwer gefallen. Bastian Riebler hat eure Rivalitäten damals nicht vergessen.
Er setzt alles daran, den Verdacht gegen dich ganz hoch
oben aufzuhängen.«

Das Sesselchen ächzte erleichtert, als Milano sich hoch-
wuchtete. »Eine Ex-Kommissarin und Privatdetektivin

unter Mordverdacht! Das ist ein gefundenes Fressen für den Streber Riebler. Nimm uns die scharfen Worte nicht übel. Wir mussten das fragen. Glaub mir, wir geben unser Bestes für dich.«

Als die Tür hinter den Kommissaren zuschlug, sank Norma in den Sessel zurück. Sie war schockiert, durcheinander und ratlos. Was für eine abstruse Situation! Diese Indizien gegen sie, die sich nicht von der Hand weisen ließen, konnten kein Zufall sein. Von wem auch immer die böse Falle stammte: Dieselbe Person hatte Florenz Bruck erschlagen.

26

Aufgewühlt beendete sie die einsame Grübelei und wählte Timons Mobilnummer. Es brauchte zwei lange Klingelphasen, bis er sich schlaftrunken aus dem Tiefschlaf meldete. Für einen winzigen Moment fragte sie sich, ob er allein war. Wo mochte Frau Professorin Sheila in dieser Minute stecken? Die verdrängte Eifersucht zeigte ihren Stachel. Norma verbat sich jeden weiteren Gedanken in dieser Richtung. Nachdem sie überstürzt geschildert hatte, was man ihr vorwarf und wie brenzlig sich die Indizienlage zeigte, hörte er sich auf einen Schlag hellwach an. Sie war dankbar, nicht die geringste Spur von Misstrauen in seiner Stimme zu hören. Er schien ihr ohne Wenn und Aber zu glauben, was sie so anrührte, dass sie die Tränen nur mit Mühe zurückhalten konnte.

Timon befasste sich, bei aller Sorge, mit den praktischen Fragen. »Die Fingerabdrücke auf dem Beil kannst du erklären. Aber das Haar? Wie könnte es in die Nähe der Leiche gelangt sein?«

»Keinesfalls durch mich. Ich war nicht näher als fünf Schritte an den Büschen dran.«

»Und von Wernkamp? Könnte er …?«, deutete Timon an.

»Warum sollte Oswald mir schaden wollen?«, zweifelte sie.

»Wenn wir das Warum mal beiseitelassen«, sagte Timon, »hätte er die Gelegenheit gehabt, an ein Haar von dir zu kommen und es zu verstecken?«

»Unmöglich. Ich habe die Polizei alarmiert, und kurz darauf rief Oswald an, der am Waldsee auf mich gewartet hat. Bis die Polizei anrückte, war er die ganze Zeit in meiner Nähe.«

»Du warst zu Besuch in seiner Wohnung«, überlegte Timon laut, »und hast dort, wie es jedem geht, Haare hinterlassen. Am Montagmorgen ist er lange vor dir aus dem Haus und könnte das Haar in die Zweige gehängt haben, bevor er am Waldsee auf dich wartete.«

»Und zwischendurch hat er mal eben Florenz erschlagen!«, meinte sie mit dem Spott der Verzweiflung.

»Hab ich vergessen, das zu erwähnen?«, gab er nonchalant zurück und entschuldigte sich sogleich: »War ein blöder Scherz! Ich sollte dich nicht zusätzlich verwirren.«

»Ach, Timon, ich weiß wirklich nicht, wo mir der Kopf steht. Dieser Verdacht gegen mich ist Irrsinn!«

»Ich wäre liebend gern an deiner Seite«, grämte er sich. »Am besten reise ich heute noch ab.«

Schweren Herzens redete sie ihm diese Idee umgehend aus. Der Kongress war ihm so wichtig. »Bitte bleibe in New Orleans und nutze die Zeit dort. Solange man mich nicht einsperrt, komme ich klar. Aber du könntest mir einen Gefallen tun.«

»Was soll ich tun?«

Sie erzählte ihm von Januarius und dessen seltsamen Kommentaren. »Ich würde gern wissen, wer dahintersteckt.«

»Man könnte ihn anhand der IP-Adresse in den Kommentaren aufspüren«, überlegte er. »Es sei denn, Januarius hat die IP-Adresse absichtlich entfernt. Darum soll sich ein junger Hacker kümmern, der schon viele harte Nüsse geknackt hat.«

Nach dem Gespräch fühlte sie sich wesentlich wohler. Sie fühlte eine große Sehnsucht nach unbeschwerten Stunden und klugen Gesprächen und rief Lutz Tann an, einen umtriebigen, den Ruhestand scheuenden Wiesbadener Verleger, der zudem ihr ehemaliger Schwiegervater war. Nach Arthurs frühem Tod waren sie sich sehr nahegekommen und pflegten seit Jahren eine kostbare Freundschaft. Er hatte sich von ihr eine persönliche Führung über das Gartenschaugelände erbeten und schien nun erfreut, dass sie das Versprechen einlösen wollte, wie er dachte. Und ja, warum nicht am Nachmittag? Passenderweise gab es eine Lücke in seinem sonst so engen Zeitplan. Ein Autor hatte ihn kurzfristig wegen seines fiebernden Kindes versetzt, und Undine, seine Lebensgefährtin, traf sich mit einem Künstler in dessen ostfriesischer Heimat, um eine Ausstellung in ihrer neuen Galerie im Rheingauviertel vorzubereiten. Norma war es mehr als recht, dass Lutz allein kommen würde. Der Waffenstillstand, den sie mit seiner exzentrischen Partnerin, einer Wiesbadener Galeristin, geschlossen hatte, war ein fragiles Abkommen.

27

Die Stunden mit Lutz verliefen so entspannt und kurz-
weilig, wie Norma es sich erhofft hatte. Eine Ablenkung,
für die sie sehr dankbar war, nachdem sie die Mittagszeit
im Polizeipräsidium verbracht hatte. Riebler hatte sie
nach Wiesbaden befohlen und ihre Aussage zum vergangenen Morgen aufgenommen. Es war ihr äußerst schwer-
gefallen, seiner beharrlichen Fragerei mit kluger Nüch-
ternheit zu begegnen. Wieder und wieder waren seine
Anschuldigungen um die Indizien gekreist: die Fingerabdrücke am Beil und das Haar im Gebüsch, für das sie
keine Erklärung fand. Als er sie mit der Aufforderung
entlassen hatte, sich dauerhaft zur Verfügung zu halten,
war ihr sein scharfer Ton wie eine Drohung erschienen.

Lutz ließ sie die Sorgen für Momente vergessen. Während sie Seite an Seite durch die Gartenschau bummel-
ten, erzählte er anschaulich und mit amüsanter Selbstiro-
nie von den Missgeschicken, die ihm die Instandsetzung
des ebenso liebreizenden wie baufälligen Wintergartens
der Villa Tann bereiteten. Das hundertjährige Stamm-
haus der Familie im Wiesbadener Nerotal war ihm eher
Klotz am Bein als Traumhaus, aber alle Bestrebungen,
sich von der pittoresken Gründerzeitvilla zu trennen und
sich anderswo niederzulassen, waren aus den unterschied-
lichsten Gründen gescheitert. In der letzten Zeit hatte er
seine Verkaufspläne kaum noch erwähnt. Seit Undine bei
ihm eingezogen war, schien er sich in seinem Zuhause
wohler zu fühlen.

Bevor Lutz sich wieder nach Wiesbaden aufmachte, spendierte er Norma auf der Terrasse am Kurhaus einen alkoholfreien Cocktail. Während sie die darin schwimmenden Obststücke mit einem Spieß aufpickte und naschte, bat er sie um einen Gefallen.

»Was kann ich für dich tun?«, fragte sie erfreut. Er bat sie selten um Hilfe, war aber jederzeit für sie da gewesen.

Er plante, in der kommenden Woche nach Düsseldorf zu fahren, um das Treffen mit dem Schriftsteller, dessen Kind erkrankt war, nachzuholen. »Wenn du morgens für die Handwerker aufschließen könntest? Danach kommen die Leute allein zurecht, du müsstest sie nur in die Villa hineinlassen. Undine wird bis dahin noch in Ostfriesland sein, und Karen Schmied besucht ihre Tochter.« Karen Schmied, eine sanftmütige Frau, die sich zu Normas Erstaunen gegen Undines Dominanz behauptete, half ihm im Haushalt. Die Tochter wohnte in München.

»Das mache ich gern«, versicherte Norma. »Und der Hausschlüssel?«

Lutz überreichte ihr einen Schlüssel, der an einer dünnen Lederschlaufe hing. »Den Tag kann ich noch nicht sagen.«

Er versprach, sich frühzeitig zu melden. Norma schob den Schlüssel in den Rucksack. Über das Dilemma, in dem sie steckte, war sie schweigend hinweggegangen, und die »mysteriösen Todesfälle« in der Bäderstadt, wie es laut Lutz der Wiesbadener Kurier zu formulieren wusste, hatten sie nur kurz gestreift. Einfühlsam, wie er war, hatte Lutz anscheinend gespürt, dass sie jetzt nicht darüber reden mochte. Von einem warmen, beinahe zärtlichen Gefühl erfüllt blickte sie seiner drahtigen weißhaarigen

Gestalt nach, die mit elastischen Schritten zum Ausgang eilte.

Nun blieben ihr noch zehn Minuten, um sich für das Treffen mit Ivy Rafeldt zu wappnen. Die Lichtkirche befand sich im vorderen Areal des Röthelbachtals und lag nur wenige Schritte vom Kurhaus entfernt. Das grazile Konstrukt aus Holz und Acrylglas, das von innen heraus in Regenbogenfarben leuchtete, gehörte zu den temporären Gebäuden, deren Existenz an die Dauer der Ausstellung gebunden war. Als eine der Hauptattraktionen war die Lichtkirche stets gut besucht. Inmitten der Besuchergruppen suchte Norma nach dem hübschen Gesicht der dunkelhaarigen Frau um die 30, die sie von der Firmenhomepage in Erinnerung hatte, und erspähte sie auf einer Bank. Ivy Rafeldt rückte einladend zur Seite.

»Meine Schwester hätte dieses Gebäude sehr gemocht«, vermutete Ivy, nachdem sie sich miteinander bekannt gemacht hatten. »Sie liebte Licht und Farben. Daisy war IT-Spezialistin.«

»Ich weiß wenig über Ihre Schwester, Frau Rafeldt. Stimmt es, dass ihr Buch eine ganz große Sache werden sollte?«

Ihre Blicke trafen sich. Sehr dunkle Augen – effektvoll betont durch einen hauchdünnen Eyeliner und dichte Wimperntusche –, deren Lider sich argwöhnisch schlossen. »Wer sagt das?«

»Eine Mitarbeiterin von Limes-TV. Barbara.«

Der Mund, getüncht im Orangerot der exotischen Strelizienblüten auf dem Kirchenaltar, verzog sich zu einem skeptischen Lächeln. »Sie sind Bloggerin, Frau Tann. Mir ist immer noch nicht klar, warum Sie sich für Daisy interessieren.«

Allem Anschein nach kam man bei Ivy nur mit Aufrichtigkeit weiter. Norma setzte zu einer ausführlichen Erklärung an. »Das Bloggen ist ein angenehmer Job zwischendurch. Ich habe keinesfalls die Absicht, etwas über Daisy zu veröffentlichen. Mein Interesse ist rein privater Natur.« Sie machte eine Pause, um die Aussage wirken zu lassen. Rein privater Natur, wiederholte sie in Gedanken. Weit mehr als eine Floskel seit diesem unsäglichen Mordverdacht. »Ich war Polizistin, bin Privatdetektivin«, fuhr sie fort, »und wenn mich bestimmte Zusammenhänge misstrauisch machen …«

Nun weiteten sich die dunklen Augen beunruhigt. »Zusammenhänge, die meine Schwester betreffen?«

»Kann gut sein, dass ich Gespenster sehe. Wieso haben Sie mich für eine Literaturagentin gehalten?«

»Ach, es war ein spontaner Gedanke. Daisy war auf der Frankfurter Buchmesse, um ihr Buch anzubieten.«

»Hatte sie damit Erfolg?«

Die dunkle Mähne geriet in Bewegung, als Ivy zustimmend nickte. »Daisy kam sehr erleichtert nach Hause. Zuerst hatte sie nur Absagen bekommen, aber eine Agentin hat schließlich angebissen und exklusiv ein Exposé angefordert …« Ivy hielt verunsichert inne.

»Was möchten Sie mir sagen?«

»Ich will meine Schwester nicht in ein schlechtes Licht stellen. Daisy wollte immer schreiben. Als junges Mädchen betrachtete sie sich als zukünftige Bestsellerautorin. Nur hatte sie keine Fantasie. Was nicht die beste Voraussetzung für eine Schriftstellerin ist.«

»Scheint mir auch so«, sagte Norma mit offenem Lächeln. »Wie hat sie trotzdem einen Roman hinbekommen?«

»Sie wusste sich zu helfen und hat die Wirklichkeit kopiert. Ein realer Krimi, hat sie gesagt. Dann bekam sie Angst vor der eigenen Courage.«

»Um wen drehte sich dieser reale Krimi?«

Wieder geriet der Haarschopf in Bewegung. Ivy bekannte, keine Ahnung zu haben. »Daisy hat ein großes Geheimnis darum gemacht.«

»Ihre Schwester sollte in Rose Schwertmanns Talkshow Auszüge aus ihrem Text vortragen.«

»Davon wissen Sie?« Ivy warf Norma einen überraschten Blick zu.

»Kevin Kupffer war damals der Assistent von Rose Schwertmann, nicht wahr?«

»Rose war scharf auf Skandalthemen, und Kevin wollte sich mit Daisys Geschichte bei ihr beliebt machen. Daisy sollte für einen heftigen Eklat sorgen. Er hat richtig Druck gemacht, obwohl er gar nicht wusste, um welche Persönlichkeit es ging.« Damit bestätigte sie, was Barbara im Büro des Senders erzählt hatte.

»Und Daisy? Wollte sie sich darauf einlassen?«

Ivy hob betrübt die Schultern. »Die Entscheidung wurde ihr ja dann abgenommen.«

»Weil Daisy in der Wanne tödlich verunglückte«, ergänzte Norma. »Hat Ihre Schwester den Druck womöglich nicht ausgehalten?«

»Einen Freitod hat die Polizei bezweifelt, es gab keinen Abschiedsbrief. Das sei ungewöhnlich, hieß es. Ein Unfall, lautete die Schlussfolgerung. Auch ich bin sicher, sie hat sich nicht umgebracht. Daisy wollte nicht sterben!«

»Sie war also nicht depressiv?«

»Auf keinen Fall! Sie war besorgt, ja sogar ziemlich angespannt wegen der Sendung. Aber sie war keinesfalls lebensmüde und bestimmt nicht so schusselig, um aus Versehen das Telefon mit dem Ladekabel ins Badewasser zu ziehen.«

Norma horchte auf. »Wenn es kein Unfall war und kein Freitod …«

»… hat jemand nachgeholfen«, flüsterte Ivy aufgebracht. »Könnte nicht jemand das Kabel absichtlich ins Wasser geworfen haben? Diese Vorstellung geht mir seit es passiert ist nicht aus dem Kopf.«

»Wen verdächtigen Sie?«, fragte Norma gespannt. »Das Vorbild des realen Krimis?«

»Wie hätte dieser uns allen unbekannte Promi von Daisys Manuskript wissen sollen?«, lautete Ivys Gegenfrage.

»Sie könnte sich zum Beispiel bei Recherchen verdächtig gemacht haben«, gab Norma zu bedenken. Ein Laie geriet bei heimlichen Nachforschungen leicht in Gefahr, sich zu verraten.

»Angeblich gab es im Bad keine Hinweise auf eine fremde Person. Am Ladekabel befanden sich ausschließlich Daisys Fingerabdrücke.«

Die fehlenden Fingerabdrücke mussten nichts heißen, wenn der Täter Handschuhe getragen hatte, überlegte Norma. War schließlich nicht jeder so dämlich und macht ein Selfie … Die unverzeihliche Nachlässigkeit bohrte in ihr.

»Wer hat das Manuskript jetzt?«

»Niemand, es ist mitsamt dem Laptop verschwunden.«

»Wurde der Computer gestohlen?« Vom Mörder?, setzte sie in Gedanken hinterher.

»Diebstahl? Möglich«, stimmte Ivy ihr zu. »Kevin und ich haben die Wohnung durchsucht und bei Daisys

Arbeitsstelle nachgefragt, aber weder der Laptop noch der USB-Stick, auf dem sie alles gesichert hatte, ließen sich auftreiben. Allerdings war meine Schwester eine Geheimniskrämerin. Wichtige Dinge lagerte sie gern anonym in Schließfächern ein. Ich vermute, sie hat Laptop und Stick kurz vor ihrem Tod irgendwo deponiert, um vor Kevin Ruhe zu haben. Um sich von seinem Druck zu befreien.«

»Vielleicht hat Kevin sie deswegen getötet? Aus Wut über ihr Versteckspiel. Das wäre ein Motiv.«

»Eins ist klar, Kevin hat den Laptop nicht geklaut. Warum hätte er das tun sollen? Er war scharf auf die Story und hätte sie sicher auch ohne Daisy groß rausgebracht. Damals hätte ich ihm sogar zugetraut, dass er Daisy etwas antut«, sagte Ivy in düsterem Ton. »Ihr Tod hat ihn verändert, früher schien er wie vom Ehrgeiz zerfressen. Allerdings gehöre ich selbst zu denen, die ihn entlasten.«

»Sie geben ihm ein Alibi?«, fragte Norma und spürte eine gewisse Enttäuschung.

»Kevin war auf dem Weg zu Limes-TV«, schilderte Ivy die damalige Situation. »Er kam zurück, weil er Unterlagen vergessen hatte. Wir gingen also gemeinsam hinein und fanden meine Schwester tot im Bad. Es musste kurz zuvor geschehen sein. Das konnte die Polizei anhand der Elektronik im Handy feststellen. Wäre ich nur ein paar Minuten früher gekommen.« Sie brach ab und schlug die Hände vor das Gesicht.

»Wo genau haben Sie Kevin getroffen?«

Sich wieder fassend antwortete Ivy: »Vor dem Haus auf der Straße. Ich war gerade aus dem Wagen gestiegen, als Kevin mit einem Mal hinter mir auftauchte und mich ansprach. In dem Augenblick könnte der Mörder durch das Badfenster geflüchtet sein.«

»Der Täter hat also das Badfenster geöffnet?«

»Nein, das war sicherlich Daisy selbst. Sie liebte es, beim Baden in den Garten hinauszublicken. Die Büsche bieten genügend Schutz, sodass man vor der Straße aus nicht hineinsehen kann.«

Eine Grundschulklasse stürmte die Lichtkirche. Ivy und Norma verließen das Gebäude und schlenderten, jede in ihre Gedanken versunken, auf einem Pfad ein Stück weit in das Röthelbachtal hinein.

Ob Ivy ähnliche Schlüsse zog?, überlegte Norma. Ein nicht einsehbares Fenster war wie eine Einladung für den Mörder.

Suchend schaute sie sich um. »Nehmen wir die Bank dort?«

Sie setzten sich mit Blick auf einen Nadelbaum; einen zerrupften Baumriesen, der die Krone und einen Großteil der Äste hatte einbüßen müssen.

Grübelnd rieb sich Norma das Gesicht. »Kommen wir auf den Laptop zurück. Wo im Haus hat Daisy ihn gewöhnlich verwahrt, bevor er verschwand?«

»Weil sie wie besessen in jeder freien Minute geschrieben hat, lag er immer griffbereit auf dem Tisch im Wohnzimmer. Moment mal, wenn Daisy den Laptop nicht selbst versteckt hat …«

»… hat der Mörder den Computer gestohlen«, vollendete Norma den Gedanken. »Damit sind wir wieder beim unbekannten Promi angelangt, der verhindern wollte, dass er durch ein Buch zum öffentlichen Thema wird.«

Beide schwiegen in Gedanken versunken. Die Schulkinder hatten die Lichtkirche verlassen und zogen unter der Aufsicht zweier Frauen mit erwartungsvollen Gesichtern an ihnen vorbei.

Norma schaute den Kindern nach, die den Weg zum »Grünen Klassenzimmer« einschlugen, und fasste nüchtern zusammen: »Ohne das Manuskript ist der Täter nicht zu kriegen. Laptop und Stick sind weg. Gab es noch andere Datensicherungen?«

»Ja, Daisy hatte alle Daten in einer Cloud abgespeichert. Mit kryptischem Zugang, wie ich meine Schwester kenne. Da kommt man nicht heran.«

»Gab es irgendwelche Ausdrucke? Handschriftliche Aufzeichnungen oder Notizen?«

»Wenn es Papiere gegeben hat, sind sie ebenfalls weg.«

»Was ist aus Daisys privaten Sachen geworden?«

Ivy änderte die Sitzposition und schlug die schlanken Beine übereinander. »Einiges hat Kevin mir überlassen, und was er nicht fortgeworfen hat, muss noch im Haus sein. Er wohnt bis heute dort.«

»Hat Daisy Ihnen gar nichts über den Inhalt verraten, obwohl er brisant war? Wenn einem ein Thema auf der Seele brennt, redet man doch darüber. Man vertraut sich jemandem an. Seiner Schwester!«

»Was schauen Sie so vorwurfsvoll!«, rief Ivy aufgebracht. »Wir waren uns sehr nah, meine Schwester und ich, und trotzdem hat Daisy kein Wort darüber verloren, worüber sie schrieb. Ich weiß nur, es sollte ein Schlüsselroman werden. Mit fiktiven Figuren, in denen aber jedes Kind die lebenden Vorbilder erkennen könnte. Die Einzige, die Bescheid wusste, war Rose!«

Hatten beide deswegen sterben müssen? Daisy und Rose? Wo Daisy beschäftigt gewesen sei, fragte Norma.

»Bei einem bekannten Softwareunternehmen. Der frühere Besitzer ist inzwischen ausgestiegen und hat die Firma für einen Riesenbatzen Geld verkauft, wie es heißt. Hier in Bad Schwalbach plant er Großes, er wird ein tolles Haus für die Stadt bauen. Sie haben bestimmt von dem Wassermuseum gehört?«

»Daisy hat für Oswald von Wernkamp gearbeitet?«, fragte Norma verdutzt.

Ivy geriet ins Schwärmen. »Oswald war ihr Förderer, und Daisy seine rechte Hand.«

»Wenn ein Mann hier im Ort prominent ist, dann Oswald von Wernkamp!«

»Niemals!«, widersprach Ivy entschieden. »Ihm gegenüber war Daisy absolut loyal. Sie mochte Oswald sehr, aber kommen Sie bitte nicht auf falsche Gedanken. Es war eine rein professionelle Beziehung, beide schätzten und achteten sich. Oswald war ihr Mäzen, niemals hätte sie ein böses Wort über ihn verloren.«

Norma ließ nicht locker. »Haben Sie nicht wenigstens eine Vermutung, wen Ihre Schwester im Visier hatte?«

»Selbstverständlich bin ich dem nachgegangen. Kevin und ich haben oft darüber gesprochen. Durch ihre Arbeit kannte Daisy die Vorstände bedeutender Firmen und hatte mit vielen Leuten aus den städtischen Verwaltungen zu tun. Womöglich hatte jemand aus der Kommunalpolitik Dreck am Stecken? Mauscheleien! Korruption! Da bietet die Politik ein weites Feld. Eine Bitte, Frau Tann!«

»Nur zu!«

»Ich muss wissen, wie und warum meine Schwester ums Leben kam. Das Manuskript könnte der Schlüssel sein. Sie sind Privatdetektivin. Vielleicht gelingt es Ihnen, den Laptop oder einen anderen Zugang zum Manuskript zu finden?«

»Soll das ein offizieller Auftrag sein?«

»Ja!« Ein Telefon gab Laut. »Entschuldigen Sie!« Ivy griff in die Jackentasche und hielt sich den Apparat ans Ohr. Nach einem kurzen Gespräch steckte sie das Handy zurück. »Meine Freunde«, erklärte sie, »sie warten bei der Showküche auf mich.« Sie erhob sich und warf sich die Handtasche über die Schulter. »Übernehmen Sie den Auftrag, Frau Tann?«

»Mache ich!«, stimmte Norma zu und stand ebenfalls auf.

»Begleiten Sie mich ein Stück?«, bat Ivy.

Im Gehen wies sie auf den einst mächtigen Nadelbaum, der seine zerzausten Äste unbeugsam in den Himmel reckte. »Ein Opfer des Tornados damals! Immerhin, er steht noch. So viele Bäume fielen um. Autos wurden zertrümmert und Dächer abgedeckt. Der Tornado war eine Katastrophe für Bad Schwalbach.«

»Waren Sie an dem Abend hier in der Stadt?«

Mit nachdenklich gerunzelter Stirn antwortete Ivy: »Ich habe meine Cousine besucht. Sie wohnt in der Reitallee. Als am Abend der Sturm losging, standen wir am Fenster und schauten voller Angst zu, wie alle möglichen Gegenstände umherwirbelten. Mir kamen große Bedenken, ob ich zu Hause alle Fenster geschlossen hatte. Sobald es ruhiger wurde, bin ich raus und zum Auto gerannt.«

»Hat es in Ihre Wohnung hineingeregnet?«, fragte Norma der Höflichkeit halber. Im Stillen war sie mit der Politikertheorie beschäftigt. Man müsste den Projekten nachgehen, mit denen sich Daisy befasst hatte.

Ob Oswald ihr Zugang zu den Unterlagen verschaffen würde? Es wäre ja sicher auch in seinem Interesse, den Tod seiner ehemaligen Mitarbeiterin aufzuklären. Was den Laptop betraf, hoffte sie ebenfalls auf seine Unterstützung. Falls Daisy den Computer an ihrem Arbeitsplatz deponiert hatte, könnte er in der Zwischenzeit gefunden worden sein. Mit viel Glück hatte man ihn aufbewahrt und wartete darauf, dass der Besitzer sich meldete.

»Mit der Wohnung war alles in Ordnung«, erzählte Ivy aufgeregt weiter. »Aber mich und mein Auto hätte es beinahe erwischt. Als ich aus der Ausfahrt rollte, wäre mir fast ein Geländewagen in die Seite gedonnert! Ich hatte in meiner Eile nicht aufgepasst, und der Mann kam wie auf der Flucht auf mich zugerauscht und riss in letzter Sekunde das Lenkrad herum. Ich sehe sein entsetztes Gesicht noch heute vor mir.«

»Glück gehabt!«, warf Norma ein, ohne richtig zugehört zu haben.

Kevin spukte ihr im Kopf herum. Ob er selbst der verunglimpfte Prominente war? Ein Gedankenspiel, für das sie sofort Feuer fing. Während Daisy entspannt in der Wanne planscht, kehrt Kevin unverhofft zurück. Sie geraten aufs Neue in Streit, weil sie Roses Plan mit der Livesendung für gar keine gute Idee hält. Da platzt es aus ihr heraus, sie wirft ihm an den Kopf, worüber sie schreibt: eine Insiderstory aus dem hinterlistigen Fernsehmilieu! Mit Kevin Kupffer als niederträchtigem Protagonisten. Oder hat sie den Laptop mit dem geöffneten Manuskript offen stehen gelassen, weil sie ihren Mann im Sender vermutete? Gespannt wirft er im Wohnzimmer einen Blick hinein, um festzustellen, dass sie den eigenen Ehemann in ihrem Schlüsselroman anschwärzt: den karrieresüchtigen TV-Assistenten! In Gedanken sah sie ihn agieren: wie er wutentbrannt ins Bad stürmt, um Daisys Wirken ein endgültiges Ende zu bereiten. Als er sich anschließend durch die Haustür davonstehlen will und den Wagen seiner Schwägerin heranfahren sieht, versteckt er hastig Stick und Laptop, um beides später zu vernichten, und klettert durchs Badfenster ins Freie. Dann schleicht er sich von hinten an die Schwägerin heran und spielt kaltblütig den Ahnungslosen.

Ivy beschäftigte sich derweil mit ihrem Beinahe-Unfall. »Ich kannte den Mann von Limes-TV! Wir sind uns gelegentlich im Studio begegnet, wenn ich mich dort mit Daisy getroffen habe ... Hören Sie mir überhaupt zu?«, fragte sie verunsichert.

Mit Kevins Bild im Kopf konzentrierte Norma sich auf Ivy. »Aber ja, aus welcher Richtung kam denn der Fahrer?«

Ivy nickte bedeutungsvoll. »Er raste oben vom Wald herunter. Wenn man bedenkt, dass seine Frau kurz zuvor ums Leben kam. Die arme Rose.«

Norma fühlte sich wie vom Donner gerührt. Das Fantasiebild des mordenden Kevins machte der Vorstellung einer im Wassergraben liegenden Frauenleiche Platz. »Was sagen Sie da? Cornelius Schuster-Schwertmann saß im Wagen? Sind Sie absolut sicher?«

Es gebe keinen Zweifel, beteuerte Ivy. »Cornelius wirkte genauso erschrocken wie ich. Zum Glück haben wir beide rechtzeitig gebremst.«

»Können Sie sich an die Uhrzeit erinnern?«

»Der Sturm spielte sich etwa um 19 Uhr ab, und danach habe ich noch ungefähr zehn Minuten gewartet.«

Das Aus der Sportuhr um 18:55 Uhr war ein handfestes Indiz für den Zeitpunkt des Mordes an Rose. Eine Viertelstunde sollte ausreichen, um Rose zu überwältigen und zu töten, Silvan in den Sturm zu treiben, ins Auto zu springen und über die Reitallee in Richtung Stadt zu fahren. Cornelius' panische Miene hätte dann nichts mit dem Sturm und dem Beinahezusammenstoß zu tun.

»Sie hätten die Beobachtung der Polizei melden sollen.«

Jetzt war es an Ivy zu staunen. »Aber wieso? Aus dem Aar-Boten wusste ich, dass der Ehemann nicht unter Verdacht stand.«

»Er hatte ein Alibi, und zwar soll er während des Tornados und darüber hinaus bei einem Kunden gewesen sein.«

»Ich irre mich nicht«, widersprach Ivy entschieden. »Was mache ich nun?«

»Wenn es Ihnen recht ist, rede ich mit den zuständigen Beamten«, bot Norma an. »Warten Sie einfach ab. Die Polizei wird sich bei Ihnen melden. Nach vier Jahren müssen wir nichts überstürzen.«

»Bringt mich die Aussage in Gefahr?«, fragte Ivy beunruhigt.

»Vier Menschen sind tot«, sagte Norma bedächtig. »Daisy, Rose, Silvan Morgenthaler und Florenz Bruck. Wenn Cornelius nicht gefährlich ist, ist es jemand anders. Sie sollten vorsichtig sein und mit niemandem über Ihre Beobachtung sprechen.«

Ivy versprach es mit fahrigem Blick und schaute, nachdem sie sich verabschiedet hatte, im Gehen ängstlich über die Schulter. Die Aufregung hatte auch Norma gepackt. Wenn ihre Theorie zutraf, war Cornelius' fügsame Resignation nur gespielt gewesen. Hatte er der untreuen Ehefrau in bösester Absicht nachgespürt? Oder war womöglich alles nur eine unglückselige Verknüpfung gewesen? War Cornelius, als der Sturm aufzog, aus Sorge um seine Frau aufgebrochen und zufällig auf das Paar gestoßen? Es kommt zum Wortgefecht, zum Streit. Cornelius wird handgreiflich gegen Rose, gegen Silvan, der gegen den kräftigen Landschaftsgärtner wenig ausrichten kann und sich in den Wald flüchtet, wo er unglücklich unter die umstürzenden Blutbuchen gerät. Cornelius ist oft Gast im Pharao. Er kennt den jungen Koch und weiß womöglich von den Ausreiseplänen. Nachdem er Silvan tot unter dem Baum entdeckt hat, packt Cornelius dessen Rad in den Kofferraum des Geländewagens. In der Gepäcktasche findet er das Handy und den Hausschlüssel. Wo die Wohnung des jungen Rivalen liegt, hat er in seiner Eifersucht schon vor einer Weile herausgefunden. Er fährt dorthin und holt das Gepäck, um es gemeinsam mit dem Rad verschwinden zu lassen. Später schickt er der Mutter die vermeintlichen Grüße des Sohnes. So weit, so schlüssig.

Und Oswald von Wernkamp? Welchen Grund könnte er haben, seinem Schulfreund ein falsches Alibi zu geben? Die Klärung dieser wesentlichen Frage musste warten, und für das Gespräch mit der Soko blieb jetzt auch keine Zeit. Jeder Mordfall hübsch der Reihe nach, dachte Norma, zuerst Daisy, dann Rose, Silvan, Florenz – und erschrak über den eigenen Sarkasmus.

28

Die Reihen im Rokokosaal waren weitgehend besetzt, als Norma sich einen Platz beim Ausgang suchte. Sie kannte den schmucken Gesellschaftsraum des Alleesaals von den Eröffnungsfeierlichkeiten der Landesgartenschau. In diesen Räumen sollte sich, wie es hieß, die österreichische Kaiserin Sissi höchstselbst vergnügt haben. Auf der Bühne warteten sechs freie Stühle auf den Moderator der Liveshow, den smarten Kevin Kupffer, und die Gästerunde. Angekündigt waren neben der Bürgermeisterin Elisabeth Behrensen ein Mitglied des Landesgartenschau-Fördervereins, der Sprecher des Gartenschauteams sowie zwei Vertreter des örtlichen Geschäftslebens. Die mächtigen Scheinwerfer rund um die Bühne wirkten im barocken Ambiente wie Wesen aus einer fremden Welt, die sich protzig gegen die gläsernen Kronleuchter zu behaupten versuchten. Neben der Bühne bereiteten eine Kamerafrau und ein Mann für den Ton ihr technisches Equipment vor. Beide trugen Shirts, die mit »Limes-TV« bedruckt waren.

Auch jetzt noch strömten späte Gäste herein, die sich bewundernd umschauten oder als alte Hasen von der Nostalgie unbeeindruckt nach freien Plätzen suchten. Norma erwiderte Grüße nach allen Seiten. Erstaunlich, wie viele Leute sie in so kurzer Zeit kennengelernt hatte! Noch mehr verblüfften sie jene Fremden, die ihr im Vorübergehen wie einer guten Freundin zuwinkten. Ihr Gesicht schien dank des Gartenschaublogs stadtbekannt.

Als alle Zuschauer ihre Plätze eingenommen hatten, betrat Kevins Assistentin Barbara die Bühne, um das Publikum auf die Sendung einzustimmen. Mit Geschick animierte sie die Leute zu einem tosenden Applaus, mit dem der Moderator in Empfang genommen wurde. Kaum war alle Aufmerksamkeit auf Kevin Kupffer gerichtet, schlich Norma sich still und leise aus dem Saal.

Daisy Kupffers Haus, das von dem Witwer bewohnt wurde, lag südöstlich des Kurparks in einem älteren Wohngebiet oberhalb der Rheinstraße, die in ihrem weiteren Verlauf als B 275 zur Bäderstraße hinaufführte. Vom Alleesaal aus erwartete Norma ein strammer Fußweg von einer Viertelstunde, wie sie nach dem Treffen mit Ivy Rafeldt ausgekundschaftet hatte. Da ihr Kombi auf einer der Park-and-Ride-Flächen außerhalb der Stand stand, blieb ihr nichts anderes übrig, als die Strecke per Pedes zurückzulegen. Mit flotten Schritten überquerte sie die Brunnenstraße und bog nach einem Stück in eine Seitenstraße ab, um dort zwischen den üppig begrünten Grundstücken nach Daisys Häuschen Ausschau zu halten. Sie nickte einer Dame zu, die einen behäbigen Labrador spazieren führte, und wartete, bis Hund und Frauchen außer Sichtweite waren, bevor sie durch ein wackliges Lattentor in den Garten der Kupffers schlüpfte. Der Weg führte mit leichtem Schwung auf den Eingang zu und vorbei an der Terrasse, deren Platten von Gras überwuchert waren und nicht weniger vernachlässigt wirkten als das Häuschen, das sich unter eine mächtige blühende Linde duckte. Rund um den Garten wuchs eine buschige Hecke, und der Rasen glich einer Löwenzahnwiese. Blumenbeete suchte man vergebens. Kevin Kupffer liebte es entweder rustikal, oder er legte keinen Wert auf Äußerlichkeiten.

Norma hielt inne und lauschte nach einem Wagen, der sich hinter der Hecke genähert hatte – langsam und im Schritttempo. Ein Dieselmotor. Als der Wagen hielt, duckte sie sich hinter einen Wacholderbusch. Dann gab der Fahrer Gas, und das Auto rauschte davon. Falscher Alarm.

Erleichtert pirschte sie zur Haustür. Eine bessere Gelegenheit würde sie so schnell nicht wieder bekommen. Anderthalb Stunden waren für die Aufzeichnung vorgesehen. Sie hatte also genügend Zeit. Trotzdem sehnte sie sich schon jetzt danach, es hinter sich zu haben.

Doch zunächst hieß es erst einmal, reinzukommen! Sie streifte sich die Handschuhe über und hielt die Dietriche bereit. Angesichts der Verwahrlosung ringsherum hoffte sie auf ein altes Schloss und damit leichtes Spiel mit der Haustür. Aber keine Chance. Ob Kevin bei der Terrassentür ebenso sorgsam gewesen war? Doch diese bewies die Unbekümmertheit des Hausherren und war Norma gewogen. Die Tür war auf Kipp gestellt. Kein Hexenwerk – nach drei Minuten stand Norma im kleinen, überraschend behaglichen Wohnzimmer. Sie hatte keine Idee, wonach sie eigentlich suchte. Auf welche Spuren konnte sie noch hoffen? Auf welche Anzeichen für einen Mord? Und wenn jemand (Kevin?) absichtlich das Ladegerät in das Wasser geworfen hatte: Was sollte ihn vier Jahre später noch verraten?

Aber sie wollte nichts unversucht lassen und durchstöberte fieberhaft die Bücherregale, spähte hinter Schranktüren, zog Schubladen auf und blätterte – sorgfältig darauf bedacht, die unordentlichen Stapel nicht aufgeräumter zu hinterlassen – durch die Papiere auf dem Schreibtisch. Zwischen den Entwürfen für Sendungen, Ablaufplänen und Infozetteln über potenzielle Gäste steckte kein Hinweis, der sie weitergebracht hätte. Einen Computer gab es nicht. Es war anzunehmen, dass Kevin seinen Laptop oder sein Tablet immer bei sich hatte.

Offensichtlich lebte er allein. Nirgendwo ein Hinweis auf eine Frau im Haus. Weder in der kleinen Wohnküche noch im Schlafzimmer oder im Bad, das statt der einstigen Wanne nun über eine großzügig bemessene Dusche verfügte und mit dem Schick seiner großformatigen Fliesen der übrigen Ausstattung um Jahrzehnte voraus war. Hatte Kevin mit der Renovierung seine Tat vergessen machen wollen? Auch schien der Hausherr sich nicht mit Erinnerungsstücken belasten zu wollen: keine Fotos seiner verstorben Frau an den Wänden oder im Regal.

Zum Schluss ihrer Suche stieß Norma im Garderobenschrank auf einen Karton mit Fachbüchern über Informatik, einem Stapel Musik-CDs, mehreren Fotoalben und einem Ordner mit Daisys persönlichen Unterlagen: Ihre Schul- und Universitätszeugnisse – alle mit Höchstpunktzahl –, die auf Daisys Geburtsnamen »Rafeldt« ausgestellt waren. Darunter befand sich auch der Arbeitsvertrag. Oswald von Wernkamps überbordende Signatur überspannte die komplette Seite und ließ kaum Platz für Daisys wohlgeordnete Musterschülerinnenhandschrift. Wenn nur dieses Manuskript aufzutreiben wäre! Sorgfältig räumte sie den Karton aus und wieder ein, ohne irgendeinen Hinweis darauf zu entdecken. Um nicht mit leeren Händen zu verschwinden, nahm sie schließlich den Katalog der Frankfurter Buchmesse mit, den Daisy mit einer Reihe von kurzen Notizen bestückt hatte. Heimlich, wie sie gekommen war, verließ Norma das Haus. Eilig trabte sie zum Kurpark hinunter und war rechtzeitig zurück, um die abschließenden Worte des Moderators mitzuerleben.

Nachdem der Applaus verebbt war und sich der Saal leerte, ging Norma nach vorn zur Bühne. Barbara verteilte mit strahlendem Lächeln Sektgläser an die Gäste und Leute aus dem Publikum, die sich dazugesellt hatten. Viele schienen sich zu kennen und plauderten angeregt. Kevin bedankte sich Hände schüttelnd bei seinen Gesprächspartnern und nahm im Gegenzug deren Glückwünsche zur gelungenen Talkshow entgegen. Als Norma um Fotos für den Blog bat und Kevin Seite an Seite mit der Bürgermeisterin ablichtete, bestürmten drei Teenager den Fernsehmann und wollten mit aufs Bild – ohne die Bürgermeisterin. Barbara griff souverän ein und bat die Mädchen um Geduld.

»Im Kaminzimmer stehen Suppe und Häppchen bereit«, rief sie dann und stieß die Türflügel zum Nachbarraum auf. »Bitte, meine Damen und Herren, lassen Sie es sich schmecken!«

In Plauderstimmung zogen das Fernsehteam und alle übrigen Anwesenden nach nebenan und hielten auf das Büfett zu. Kevin schaffte es nicht aus eigener Kraft, die anhänglichen Mädchen loszuwerden. Barbara musste ihm zu Hilfe eilen und die jungen Fans mit freundlicher Konsequenz aus dem Saal schleusen.

Norma nutzte die Gelegenheit und stellte sich dem Moderator in den Weg. »Dürfte ich Sie kurz sprechen?«

Er schaute zum Büfett, vor dem der Vertreter des Fördervereins mit einem Sektglas stand und ihn zu sich winkte.

»Augenblick, bitte!«, rief Kevin herüber und fragte an Norma gewandt: »Wenn Sie mehr zur Sendung wissen wollen, wird Barbara Ihnen gern Rede und Antwort stehen.«

»Es geht um Ihre verstorbene Frau«, sagte sie geradeheraus.

»Daisy? Was kümmert Sie meine Frau?«

»War sie lebensmüde?«, fragte Norma ohne Umschweife.

»Was soll das?«, fauchte er. »Daisys Tod war ein Unfall. Ein schrecklicher Unfall«, setzte er nach.

»Oder jemand hat das Kabel absichtlich ins Badewasser geworfen!«

Er signalisierte dem wartenden Gast, sich noch einen Moment zu gedulden, bevor er tief durchatmete und Norma mit Blicken fixierte. »Wer hätte das tun sollen?«

»Vielleicht Sie selbst, Herr Kupffer?« Norma beschloss, ihn mit ihrer Theorie zu konfrontieren. »Der Prominente, den Daisy in ihrem Buch bloßstellen wollte, waren Sie persönlich. Die Enthüllung wollten Sie unterbinden.«

»Was für eine absurde Behauptung! Sie sind ja total verrückt«, zischte er wütend. »Kein Wunder, dass man Sie bei der Polizei rausgeworfen hat! Sie sind eine Psychopathin.«

»Ich bin freiwillig aus dem Dienst geschieden«, sagte Norma gelassener, als ihr zumute war. Woher hatte er das?

»Ich habe meine Quellen im Präsidium!«, meinte er triumphierend. »Sie waren für den Polizeidienst nicht mehr tragbar. An Ihrer Stelle würde ich meine Klappe nicht so laut aufreißen. Sie stehen unter Mordverdacht, Frau Tann!« Kevin grinste und schien sich in seinem Triumph zu gefallen.

Riebler? Wer sonst würde ihr so in den Rücken fallen?

Kevin legte nach: »Noch ein Wort über Daisy und ich verklage Sie wegen übler Nachrede.«

Er war laut geworden. Die Köpfe der Umstehenden fuhren herum.

Barbara tänzelte pflichtschuldig heran. »Ist alles in Ordnung, Kevin?«

»Frau Tann möchte gehen!«

Mit kühlem Lächeln komplimentierte Barbara Norma durch den Rokokosaal hindurch und hinaus zum Haupteingang.

Die Mädchen hatten den Rauswurf anteilnehmend von draußen beobachtet.

»Süßer Typ, der Kevin, nicht?«, sagte eines von ihnen zu Norma.

»Die Frau ist eine Zicke«, urteilte die Zweite mit Kennermiene.

»Lassen Sie sich von der blöden Kuh nicht ärgern«, meinte die Dritte tröstend.

Norma wünschte den Mädchen trotz allem einen schönen Abend. Es wurmte sie tief, dass Riebler sein Gift versprühte. Ansonsten war das Gespräch ziemlich erfolgreich verlaufen.

Wie sagte man doch? Ein getroffener Hund bellt.

29

Als sie am Morgen aufwachte, fand sie eine SMS von Timon vor, der ihr die Mailadresse eines Hackers namens »ZettEins« schickte mit der Bitte, ihm die nötigen Zugangsdaten für den Blog zukommen zu lassen. Nachdem das erledigt war, trat sie auf die Terrasse hinaus. Auf dem Tisch stand der angekündigte Kaffeeautomat, versehen mit einem Post-it und einem Guten-Morgen-Gruß von Oswald, der beizeiten zu einem Kraftort aufgebrochen war. Nachdenklich blieb sie in der warmen Morgensonne stehen.

Milano und Wolfert hatten seit dem gestrigen Überfall nichts mehr von sich hören lassen, und Riebler schien sich endlich auf andere Spuren zu konzentrieren. Jedenfalls hatte er sich seit der Vernehmung nicht mehr gemeldet. Sie konnte nur hoffen, dass er ihr die Zeit und Gelegenheit ließ, den irrwitzigen Verdacht gegen sie auszuräumen. Doch wie sollte ihr das gelingen, bei all den offenen Fragen, die der Mord an Florenz aufwarf?, überlegte sie bedrückt. Rätselhaft wie der Tod von Daisy. Ihr Verdacht gegen Kevin beruhte auf Spekulationen. Eine Erkenntnis allerdings war ihr Ansporn, sich nicht entmutigen zu lassen: Cornelius Schuster-Schwertmann und sein hinfälliges Alibi! Manchmal genügte eben eine glückliche Fügung, und ein Fall stellte sich plötzlich komplett anders dar. Sie schickte einen stillen Dank an Ivy Rafeldt.

»Miez, miez, miez!«, lockte eine Frauenstimme hinter der Bambushecke. »Miez, miez, miez. Da bist du ja, meine Schöne!«

Als Norma durch die Blätter spähte, entdeckte sie Oswalds Haushälterin und die scheue schwarze Katze, die sichtlich hin- und hergerissen zwischen dem verlockend duftenden Napf vor Gabis Füßen und der Skepsis Menschen gegenüber über den Rasen streifte.

Langsam, um das Tier nicht zu verjagen, trat Norma hinter der Hecke hervor. »Guten Morgen, gehört die Katze zu Ihnen?«

Gabi winkte ihr fröhlich zu. »Hallo, Frau Tann! Nein, das ist eine Streunerin. Mittlerweile rennt sie nicht mehr davon, wenn sie mich sieht. Kommen Sie herüber und trinken Sie einen Kaffee mit mir! Herr von Wernkamp ist draußen im Wald.«

Die Katze duckte sich ängstlich und äugte lauernd zum Futternapf, als Norma über den Rasen schritt. Sie setzten sich an die Bar in Oswalds Wohnküche. Gabi war Anfang 60, verwitwet und der Job bei von Wernkamp bot ihr die zeitliche Flexibilität, die sie brauchte, um sich um ihre pflegebedürftigen Eltern zu kümmern, erfuhr Norma von der redseligen Haushälterin, während diese ihr eine Tasse Milchkaffee und ein knuspriges Croissant servierte. Oswald war ein penibler Chef, der die strikte Befolgung seiner Anweisungen voraussetzte, aber großzügig bezahlte, sofern man sich keine Fehler erlaubte, schlussfolgerte Norma aus Gabis Plauderei.

Norma bedankte sich für das Frühstück. »Ich muss los. Habe einiges zu tun.«

Gabi nickte verstehend. »Der Blog, ich weiß. Ich verfolge jede Zeile von Ihnen!«

Norma bedankte sich.

»Sie können sich den Weg durch den Garten sparen. Gehen Sie einfach über den Flur«, schlug Gabi vor. »Ihr Wohnungsschlüssel passt auch zur Verbindungstür.«

Im Gang zur Einliegerwohnung hingen großformatige Fotografien, die Gewitter und Unwetter aller Art zeigten. Zuckende Blitze, sich im Sturm biegende Bäume, Wolkentrichter und Blätterwirbel gehörten zu den Motiven der Schwarz-Weiß-Abzüge. Norma blieb stehen und erfreute sich an den stimmungsvollen Bildern.

»Allesamt von Herrn von Wernkamp persönlich aufgenommen«, erklärte Gabi, die ihr nachgegangen war. »Seine Leidenschaft! Er ist ein fanatischer Tornadojäger! Kaum zieht eine Gewitterwolke auf, hält ihn nichts mehr im Haus. Er schöpft Energie aus den Naturgewalten, so empfindet er das.« Gabi kicherte mädchenhaft.

»Dann müsste ihm der Wirbelsturm vor vier Jahren eine unbändige Kraft geschenkt haben«, sagte Norma.

Gabis Kichern entwickelte sich zu einem Glucksen. »Da ist er draußen gewesen, mitten zwischen den Waldbäumen! Was für ein Leichtsinn!«

»Sie meinen, Oswald war während des Tornados im Wald? Waren Sie selbst an dem Sonntagabend hier im Haus?«

»Nein, ich wohne am Kurpark und saß verschreckt im Wohnzimmer in der Hoffnung, dass die Dachziegel bleiben, wo sie hingehören. Aber ich kenne ihn gut genug. Bei einem Gewitter kann ihn nichts aufhalten. Dass es damals sogar einen Tornado geben würde, konnte niemand voraussehen. Und Herr von Wernkamp hat ihn sicher genossen!«

Angestrengt starrte Norma auf ein Bild, um sich die Aufregung nicht anmerken zu lassen. War Oswald draußen auf Cornelius gestoßen, der ihn angefleht hatte, zu behaupten, es habe ein geschäftliches Treffen gegeben? Der alten Schulfreundschaft wegen? Oder waren andere Gründe denkbar für eine so schwerwiegende Lüge wie ein falsches Alibi? Eine Erpressung womöglich? Womit hätte Cornelius Oswald unter Druck setzen können?

»Was macht Sie so sicher, dass er während des Sturms draußen war?«, fragte Norma, darum bemüht, nur mäßig interessiert zu wirken.

»Weil ich am Montagmorgen seine Kleidung im Bad gefunden habe! Hose und Jacke waren durchnässt und lehmverschmiert, als hätte er sich mit dem Tornado persönlich angelegt. Ich habe alles umgehend in die Waschmaschine gesteckt.«

»Sind ihm denn Aufnahmen vom Tornado gelungen?«

»Nein, die Bilder genügten seinen Ansprüchen nicht. Sagt er. Ein Tornado in der Heimatstadt, und er hat keine guten Fotos vom Gewitterhimmel. Das ärgert ihn furchtbar.« Bittend fügte sie hinzu: »Deswegen sprechen Sie ihn besser nicht auf den Wirbelsturm an. Er will nicht über diesen Misserfolg reden. Ich hätte gar nicht davon anfangen sollen.«

Was äußerst schade gewesen wäre!

30

Ob Riebler und die Soko Barfußpfad weitergekommen waren? Zurück in ihrem Wohnzimmer versuchte Norma, Wolfert zu erreichen, der aber nicht ans Handy ging.

Auch bei Milanos Mobilnummer musste sie eine Weile warten, bis er sich meldete und nuschelnd, als hätte er ein halbes Brötchen im Mund, fragte: »Willst du endlich den Mord an Florenz Bruck gestehen?«

»Sehr witzig, Luigi!«

»Riebler macht heftig Stimmung gegen dich.« Der Warnung folgte ein lautes Schlürfen. Milano liebte seinen Kaffee so schwarz und heiß wie möglich.

»Wem sagst du das! Das Gespräch mit ihm war alles andere als angenehm für mich.«

»Glaube ich gern. Du bist ein willkommenes Ablenkungsmanöver«, gestand er. »Die Soko Waldparkplatz tritt auf der Stelle, und mit dem entlasteten Hamdi steht die Soko Barfußpfad ohne Täter da. Der Chef verliert die Geduld. Da kommt Riebler der Verdacht gegen eine Ex-Kollegin wie gerufen.«

Riebler war einer der ersten am Moorbecken gewesen. Ein Bild schoss ihr durch den Kopf: Riebler, wie er durch das Unterholz robbt ...

»Könnte er das Haar an den Zweig gehängt haben?«

Milano pfiff durch die Zähne. »Du denkst, er hat die Indizien manipuliert?«

»Warum nicht? Er hasst mich.«

»Ist das ein Wunder? Du hättest ihm damals beinahe die Karriere versaut.«

»Die hat er mit seiner Stümperhaftigkeit selbst in Gefahr gebracht.«

»Trotzdem hättest du ihn nicht mehrmals vor versammelter Mannschaft bloßstellen dürfen! Du hast als Hauptkommissarin auf einem verflucht hohen Ross gesessen, Norma. Ist dir das klar? Das mit der Manipulation würde ich schnellstens vergessen. Ziemlich üble Anschuldigungen gegen einen Polizisten!«

»Habt ihr zum Mord an Florenz tatsächlich keinen aussichtsreicheren Verdacht als den gegen mich?«

Milano brummte etwas kaum Verständliches. Vermutlich hatte er sich mitten im Gespräch ein Schinkenbrötchen zwischen die Zähne geschoben. Ihre Annahme wurde durch das Knistern von Papier bestätigt.

»Habe ich richtig gehört?«, hakte sie nach. »Sagtest du ›neue Spur‹«?

Ein Schlucken und Räuspern, dann ließ er in gewohnt brummigem Tonfall hören: »Angeblich hat jemand jemanden am Tatort gesehen ... Wir gehen dem nach.«

»Wer wurde dort beobachtet? Nun sag doch, Luigi!«, drängte sie ihn.

»Lass es gut sein! Ich habe schon zu viel ... Warte!« Jemand war in den Raum gekommen. Riebler? Sie hörte eine zweite Männerstimme, ohne dem Wortwechsel folgen zu können, dann wieder Milano laut durchs Telefon: »Ich muss Schluss machen. Tschüss, Norma!«

Er legte auf. Eigentlich hatte sie ihm von Ivy Rafeldt und deren Beobachtung erzählen wollen. Um der Wahrheit willen sowie aus purem Eigennutz, um als Privatdetektivin zu glänzen, was gutgetan hätte für den Moment.

Aber vielleicht war es sogar besser so, fiel ihr ein, und sie könnte Milano und Wolfert einen Tauschhandel anbieten: Ihr Wissen um das falsche Alibi gegen konkrete Informationen über die Person am Moorbecken.

Nach dem Telefonat nahm sie sich den Katalog der Frankfurter Buchmesse vor, die zehn Monate vor Daisys Tod stattgefunden hatte. Zeitlich fest eingespannt in einen Vollzeitjob hatte Daisy sich auf eine langfristige Schreibphase einstellen müssen und verständlicherweise frühzeitig versucht, einen Verleger oder Agenten für ihr Buch zu gewinnen. Neugierig schlug Norma die Katalogseiten um und studierte die Notizen, die Daisy in ihrer ordentlichen Schrift hinterlassen hatte. Die Ausbeute war für sie ebenso enttäuschend wie es Daisys selbst empfunden haben musste. Denn die Einträge mit Namen, Uhrzeiten und Standnummern waren allesamt durchgestrichen und mit Kommentaren wie »Abgelehnt!«, »Kein Interesse!« und »Passt nicht ins Verlagsprogramm« versehen. Nur bei einer Verabredung war Daisy offenbar nicht auf Desinteresse gestoßen. »Exposé an Dr. Elena Jentzer schicken« stand neben die Daten einer Literaturagentur geschrieben. Drei übergroße Ausrufezeichen schmückten die Erfolgsmeldung.

Die Agentur residierte in Mainz. Norma rief die Mobilnummer an, die Daisy an den Rand gekritzelt hatte, und hatte Glück, sie war noch gültig. Wenig später war sie mit Frau Dr. Jentzer persönlich verbunden. Norma erklärte ihr Anliegen. Sie rufe im Auftrag von Ivy Rafeldt an, die nach dem Manuskript ihrer verstorbenen Schwester Daisy Kupffer suche.

»Wenn Sie wüssten, wie viele Manuskripte bei mir eingehen«, murrte die Agentin und seufzte angestrengt. »Wie soll ich mich an ein jahrealtes Exposé erinnern? Worum ging es denn?«

»Um einen Tatsachenroman mit einer prominenten Persönlichkeit. Möglicherweise jemand aus Bad Schwalbach oder aus Wiesbaden. Ein Krimi.«

»Tatsächlich? Und wie heißt der Prominente?«

»Das wissen wir nicht, deswegen melden wir uns«, erklärte Norma geduldig.

Die Dame am anderen Ende der Leitung taute langsam auf. »Wenn ich das Exposé haben wollte, muss was drangewesen sein. Sonst hätte ich mich nicht damit aufgehalten. Lassen Sie mich nachdenken. Die Autorin kam aus Bad Schwalbach, sagen Sie? Daisy Kupffer? Da dämmert mir … Einen Moment, bitte.«

Für Sekunden war das Klappern einer Tastatur zu hören, bis Norma die Auskunft erhielt, die Datei ließe sich auf die Schnelle nicht finden. Für die Suche, gab die Agentin zu verstehen, habe sie jetzt keine Zeit. Sie stecke mitten in Vertragsverhandlungen mit mehreren Verlagen.

So schnell wollte Norma sich nicht abwimmeln lassen. »Was ist Ihnen gerade eben eingefallen?«

»Es sollte ein Wirtschaftskrimi werden, soweit ich mich erinnere. Ich habe mich zwei- oder dreimal mit Frau Kupffer getroffen. Im Sommer darauf brach der Kontakt plötzlich ab. Ich wusste nicht … Woran ist sie verstorben?«

»Ein Unfall, sagt die Polizei. Erinnern Sie sich an den Namen der realen Person, die als Vorlage diente?«

»Möglich, aber ich will niemanden in Verruf bringen. Geben Sie mir ein paar Stunden Zeit.« Mit dem Versprechen, sich zu melden, legte sie auf.

Ein Wirtschaftskrimi also! Mit einem Kunden aus Oswalds Softwarefirma als Hauptperson?

Mehr konnte Norma im Augenblick nicht erreichen. Sie kümmerte sich um ihren Mailverkehr. Je bekannter der Blog wurde, desto mehr Bitten um Auskünfte rund um die Gartenschau trafen bei ihr ein; von den Öffnungszeiten bis zu Pflegetipps für empfindliche Freilandpflanzen. Sie beantwortete, was sie beantworten konnte, und leitete die kniffligeren Fragen an das Gartenschauteam weiter. Bisher keine Nachricht von Timons Computerexperten. ZettEins ließ nichts von sich hören.

31

Liebend gern hätte sie Oswald auf das falsche Alibi angesprochen, aber er reagierte weder auf ihr Klingeln noch
ließ er sich im Garten blicken, als sie zur Mittagszeit das
Haus verließ. Am Himmel hingen dunkle Wolken, als
würde das Wetter umschlagen. Für alle Fälle hatte sie die
Regenjacke in den Rucksack gesteckt. Einem schwarzen
Schatten gleich huschte die Streunerin unter dem Kombi
hervor. Hoffentlich bewies Leopold mehr Umsicht bei
der Wahl seiner Rückzugsorte, dachte Norma besorgt.
Für einen Moment sehnte sie sich nach dem Kater, nach
ihrer Wohnung, ja sogar nach dem Büro und dem durchdringenden Kreischen der wilden Papageien im Biebricher Schlosspark, bevor das Jagdfieber wieder Oberhand
gewann. Die Schattenseiten waren der hässliche Verdacht
gegen sie selbst und Rieblers intrigante Attacken. Er war
und blieb ein falscher Hund.

Entsprechend aufgewühlt steuerte sie das Park-and-
Ride-Areal am Stadtrand an und ließ sich vom Shuttlebus zum Gartenschaugelände bringen. Dort nahm sie
den Eingang ins Röthelbachtal. Als Seelentröster kaufte
sie im Hofladen eine große Portion Erdbeer- und Pis-
tazieneis. Die Suche nach einer schattigen Bank führte
sie in den Mehrgenerationengarten, der mit Hochbee-
ten, gemütlichen Ruheplätzen und allerlei Spielgeräten
für Kinder ausgestattet war und auf dem Gelände einer
ehemaligen Gärtnerei lag. Sie setzte sich an das halb-
runde Wasserbecken, das von einer üppigen Bambus-

hecke umsäumt und mit Heilwasser einer Bad Schwalbacher Quelle gefüllt war. Ein Stockentenpaar paddelte,
die Kükenschar zwischen sich führend, zutraulich heran.
Das Schnattern und die unbekümmerten Besucherstim-
men ringsum nahmen ihr ein wenig die Anspannung.
Und dazu das leckere Eis!

Doch selbst beim genüsslichen Löffeln schossen ihr
Spekulationen zu Florenz' Ableben durch den Kopf. Von
Anfang an hatte sie ihn als Täter vom Waldparkplatz verdächtigt und sein Vorgehen in der Fantasie immer wieder
durchgespielt. Ihre Theorie war stabil untermauert worden von Lillys Behauptung, er wäre nach dem Tornado
mit verschmutzter Kleidung heimgekehrt, weil angeblich ein Baum die Straße versperrt hatte, und nach dem
Umziehen wieder aus dem Haus gegangen. Um in Silvans Wohnung zu fahren, was sonst?

Mit ansteigendem Puls spann Norma den Faden weiter. Gemeinsam mit Silvans Leiche waren auch seine wohl
finstersten Erinnerungen freigelegt worden. Irgendwann
musste Florenz sich Jolanda anvertraut haben. Was seine
psychischen Kräfte betraf, konnte er ihr, die entschlossen
zu ihren Entscheidungen stand und ihre Ziele unbeirrbar
verfolgte, bei Weitem nicht das Wasser reichen. War sie in
Sorge gewesen, er könnte dem Druck der Vernehmungen,
auch wenn diese die Vorfälle in der Küche betrafen, nicht
standhalten? Hatte sie sich in den düstersten Farben aus-
gemalt, wie über kurz oder lang alles aus ihm herausbre-
chen und er seine Verantwortung für das Geschehen auf
dem Waldparkplatz gestehen würde? Der Fixpunkt ihres
Lebens war das Pharao, das sie so grimmig bewachte wie
eine Löwin ihre Jungen. Sie würde niemals zulassen, dass
ein Mordgeständnis die Zukunft des Familienerbes aufs

Spiel setzte. Hatte sie nur den einen Ausweg gesehen – Florenz für immer zum Schweigen zu bringen?

Nachdenklich löffelte Norma die Pistazienhaube von der Erdbeerkugel. Wie passte Roses Ehemann in diese Hypothese hinein? So rasch wollte sie Cornelius Schuster-Schwertmann nicht von ihrer Liste der Verdächtigen streichen. Das angebliche Kundengespräch hatte zum Zeitpunkt des Tornados nicht stattgefunden. In Wirklichkeit war Cornelius im Wald unterwegs gewesen. Weil er Rose suchte, um die er sich sorgte? Oder wollte er seine Frau und Silvan gemeinsam zur Rede stellen? Aus welchem Grund auch immer: Der Gartenarchitekt könnte sich genauso gut beim Waldparkplatz herumgetrieben haben wie auch Oswald, der Tornadojäger: zwei Männer, die sich mit dem falschen Alibi gegenseitig abgesichert hatten. Ein wahrer Irrgarten der Verdächtigungen!

Grüne Tropfen auf der weißen Jeans! Versunken in ihre verzwickten Theorien hatte Norma nicht aufgepasst. Eilig öffnete sie den Rucksack, zog die Regenjacke heraus und suchte im Hauptfach nach Papiertaschentüchern. Ihre Versuche, die Flecken damit abzutupfen, verschlimmerten das Malheur. Unter lautstarkem Protest der Entenmutter wusch sie die Flecken notdürftig mit dem Beckenwasser aus. Sie blieb nicht länger, sondern eilte zum Ausgang.

Höchste Zeit für ein klärendes Gespräch mit Jolanda.

32

Lilly war damit beschäftigt, hingebungsvoll die altägyptischen Repliken abzustauben. Bedächtig legte sie den museumswürdigen Staubwedel beiseite. »Falls Sie heute bei uns essen wollten, muss ich Sie leider enttäuschen. Der Chef … Aber das wissen Sie ja.«

Sollte sie eine Träne für Florenz übrig gehabt haben, ließ sie sich das nicht anmerken.

»Aber das Hotel bleibt weiterhin geöffnet?«, fragte Norma.

»Wir sind ausgebucht«, bestätigte Lilly. »Ich habe einen neuen Job als Zimmermädchen und Portier in einer Person. Der Betrieb soll weitergehen.«

Wie aufs Stichwort betrat eine Gruppe das Foyer. Lilly huschte hinter den Tresen, regelte kompetent die Anmeldeformalitäten und gab die Schüssel aus.

»Eigentlich hätte ich jetzt Pause«, flüsterte sie Norma zu, als die Gäste ihr Gepäck aufgenommen hatten und die Treppe hinaufstiegen. »Keine Ahnung, wo Jolanda steckt. Sie geht nicht ans Handy.«

Als Norma sich nach Jolandas Befinden erkundigte, begann Lilly wie so oft an der Unterlippe zu nagen und hauchte mit düsterem Blick: »Jolanda und Florenz, das war wie Yin und Yang. Sie konnten nicht ohne einander. Ihr geht es mies, und der Besuch der Polizisten hat sie extrem aufgeregt. Die Kommissare waren kaum aus der Tür, da ist Jolanda zum Kräutergarten gerannt, hat sich danach in der Küche zu schaffen gemacht und ist mit dem Auto weg.«

»Wann war das?«

»Vor gut einer Stunde. Der Dicke und der Dünne waren hier. Drüben im Frühstücksraum haben sie lange mit Jolanda geredet.«

Nur Routine? Oder hatten auch Milano und Wolfert Lunte gerochen? »Worüber denn?«

Lilly riss empört die Augen auf. »Denken Sie, dass ich lausche?«

»Kommen Sie, Lilly!«, meinte Norma in vertraulichem Ton. »Sie haben den Männern sicherlich einen Kaffee gebracht. Worum drehte sich das Gespräch?«

Wachsam schaute Lilly zur Tür, als könnte jeden Moment die Chefin hereinplatzen. »Ich habe so gut wie nichts mitbekommen, eins allerdings …« Verunsichert stoppte sie mitten im Satz.

»Es bleibt unter uns«, versprach Norma.

»Ehrlich gesagt«, bekannte Lilly, »habe ich mich sowieso gewundert, warum Jolanda, was das Finanzielle betrifft, so cool geblieben ist.«

»Jolanda kommt durch Florenz' Tod also nicht in Geldsorgen?«, fragte Norma in dem Bemühen, sich die wachsende Ungeduld nicht anmerken zu lasen. »Gibt es eine Lebensversicherung?«

Lilly beugte sich weit über den Tresen und raunte: »Eine Million! Wer muss sich da noch Sorgen machen? Und das ist noch nicht alles. Jemand hat Jolanda an dem Morgen, als Florenz … Man hat sie am Moorbecken gesehen.«

Schritte auf der Treppe über ihren Köpfen. Ein Gast bat aus halber Höhe um ein weiteres Kopfkissen für die Nacht.

»Bringe ich Ihnen später!«, rief Lilly nach oben.

»Wo mag Jolanda jetzt sein?«

Wieder wurde die Unterlippe malträtiert. »Woher soll ich …?«

»Denken Sie nach, Lilly! Ich fürchte, Jolanda steht unter Mordverdacht!«

Lilly schüttelte den Kopf. »Sie hat ihn geliebt!« Dann, mit Panik im Blick: »Glauben Sie, Jolanda tut sich was an?«

»Versuchen Sie es weiter per Telefon!«

»Und Sie?«

»Ich sehe im Kräutergarten nach!«

Norma spurtete los, raus aus dem Foyer, um die Villa herum und über den Parkplatz zum Kräutergarten. Mit einer Hand stützte sie sich auf der Pforte auf, schwang die Beine hinüber und landete sicher auf dem Kiesweg. Das Beet vor der Bruchsteinmauer wirkte verwüstet. Die kräftigen Pflanzen mit den aparten Trichterblüten waren herausgerissen und lagen auf dem aufgewühlten Erdboden verstreut. Die Stängel gekappt und wurzellos! Eilig zückte Norma ein Papiertaschentuch, riss damit eine Handvoll Blätter und Blüten ab und wickelte die Pflanzenteile in das Taschentuch ein, das sie in der Hosentasche verstaute. Sie verließ den Garten mit einem erneuten Sprung über die Pforte und lief zum Haus zurück.

Im Foyer kam ihr Lilly entgegen. »Kein Freizeichen mehr! Sie hat das Handy ausgeschaltet.«

»Kommen Sie! In die Küche!«

Die Küche bot den gewohnten aufgeräumten Anblick. Bis auf einen Topf, der leer, aber ungespült auf dem Herd zurückgeblieben war. Daneben lag ein benutzter Pürierstab.

»Man könnte meinen, Jolanda hat sich auf die Schnelle eine Suppe gekocht«, kommentierte Lilly den Anblick verwundert.

»Denken Sie nach, Lilly!«, drängte Norma. »Wo könnte sie sein? Hat sie einen Lieblingsort?«

Man sah Lilly das fieberhafte Grübeln an. »Der Sissi-Tempel! Von dort kann man so schön auf die Stadt schauen. Was der Sissi recht war, ist mir billig, ist einer von Jolandas Sprüchen. Da geht sie hin, wenn sie ihre Ruhe haben will.«

»Wie komme ich auf dem schnellsten Weg dorthin? Mein Wagen steht am Stadtrand.«

»Glauben Sie wirklich, Jolanda ist in Gefahr?«, fragte Lilly eindringlich.

»Ich fürchte, so ist es.«

»Dann los! Ich fahre!«

Aufs Neue raus zum Parkplatz! Lillys betagter Toyota setzte sich in Bewegung, rollte zügig über die Reitallee und raste haarscharf an einer zur Gartenschau pilgernden Rentnergruppe vorbei. Hinter dem Kurhaus nahm der kleine Wagen unter Lillys beherzter Führung die Rheinstraße in Angriff. Schon erreichten sie den Wald. Die scharfe Linkskurve meisterten sie mit quietschenden Reifen, begleitet vom Hupkonzert einer entgegenkommenden Limousine. Halt suchend stemmte Norma sich gegen das Armaturenbrett und erwischte sich bei der Frage, ob Jolandas Rettung einen Frontalzusammenstoß wert sei. Rasant ging es weiter bergauf durch den Wald, bis auf der linken Seite die Fahnen eines Firmengeländes in Sicht kamen. Lilly stieg auf die Bremse, der kleine Wagen kam ins Rutschen und schleuderte durch eine schmale Einfahrt gegenüber, die in einen Wanderparkplatz mündete. Der Toyota kam abrupt zum Stehen, und Norma wischte sich den Schweiß von der Stirn.

»Unser Auto!«, rief Lilly und sprang aus dem Wagen.

Norma folgte ihr eilig. Der SUV mit der Aufschrift »Hotel zum Pharao« stand leer und abgeschlossen auf dem ansonsten verlassenen Parkplatz. »Wo geht es zum Tempel?«

Lilly zeigte mit ausgestrecktem Arm zurück zur Straße. »Es gibt einen Pfad hinter dem Autohaus. Fünf Minuten zu Fuß bis zum Tempel, schätze ich.«

»Kommt man mit dem Auto dorthin?«

»Über einen kleinen Umweg müsste es gehen«, überlegte Lilly.

Weiter ging die rasante Fahrt. Hinter dem Firmengelände erspähte Norma einen verwitterten Wegweiser mit der Aufschrift »Elisabethentempel«. Für den Wagen sei der Waldweg zu schmal, entschied Lilly und drückte aufs Gas. Auf gerader Strecke ließen sie den Wald rasch hinter sich. Links der Straße breiteten sich Raps- und Getreidefelder aus. Dankbar nahm Norma die weite Sicht und den ausbleibenden Gegenverkehr zur Kenntnis, denn schon bremste Lilly scharf ab und lenkte das treue Gefährt in halsbrecherischem Tempo nach links in einen Feldweg hinein. Bei der ersten Gelegenheit bog sie wiederum links ab – unwesentlich langsamer trotz des holprigen Untergrunds –, dann nach rechts auf eine Wiese. Fahrspuren führten geradewegs auf den Wald zu. Als sich der Weg im Gras verlor und das Gelände steil abfiel, war die Fahrt zu Ende. Die beiden Frauen sprangen aus dem Wagen.

Norma schnaufte durch und fragte: »Wie weit ist es?«

Lilly antwortete nicht und rannte los. Norma folgte ihr. Nach wenigen Schritten schimmerte etwas Helles durch das Blättergrün, und gleich darauf kam die geschlossene Rückseite des Tempelchens in Sicht. Die weiß getünchte Holzwand setzte sich ein Stück weit an der Seite fort. Norma war noch nicht herangekommen, da drang ein Hilfeschrei von Lilly aus dem Pavillon ins Freie.

33

Der Pavillon hatte die Größe einer üppig bemessenen Doppelgarage. Die vier schlanken Säulen, die den frontseitigen Giebel stützten und dem Ausblick auf die Stadt einen nostalgischen Rahmen gaben, nahm Norma nur am Rande war. Jolanda lag mit geschlossenen Augen und wachsbleichem Gesicht seltsam verdreht auf dem Boden, und ihre angewinkelten Beine waren zur Seite gekippt. Ihr Kopf lehnte an der niedrigen Ziegelmauer, auf der die Säulen standen. Eine Thermoskanne neben ihr war umgefallen, ein Stück weiter lagen wie fortgeworfen der Kannendeckel und ein Plastikbecher.

Norma ging in die Knie und betastete Jolandas Kehle. Die Haut fühlte sich eisig an, der Puls war beängstigend schwach, aber immerhin. So viele Nerven Lilly auf der Fahrt bewiesen hatte, so kopflos reagierte sie nun und verfiel in einen wirren Redeschwall, der erst verstummte, als Norma sie energisch zur Mithilfe aufforderte. »Sie lebt! Hilf mir, Lilly!«

Lilly riss sich zusammen, und gemeinsam rückten sie die Bewusstlose von der Mauer weg und bugsierten den schlaffen Körper in die stabile Seitenlage. Norma wählte den Notruf und schilderte knapp und präzise die Symptome der Bewusstlosen, bevor sie das Telefon an Lilly weitergab, die sich wieder im Griff hatte und dem Einsatzleiter die Zufahrt zum Elisabethentempel über die oberhalb gelegene Wiese beschrieb.

Unterdessen hatte Norma sich wieder neben Jolanda niedergelassen. Zart blähten sich die Nasenflügel unter den zaghaften Atemzügen auf. Dem Atemstillstand, den Jolanda neulich im Kräutergarten als eine mögliche Wirkung des Bilsenkrauts beschreiben hatte, war sie entkommen, aber ihr Leben schien am seidenen Faden zu hängen. Angestrengt horchte Norma nach den Sirenen. Das Krankenhaus befand sich auf dem gegenüberliegenden Bergrücken. Die Ambulanz musste mittlerweile gestartet sein.

Lilly gab ihr das Telefon zurück. Norma wählte die Nummer von Wolfert, der zum Glück gleich ranging. Er sei auf dem Weg zu einem Treffen der Soko, dem täglichen Abendmeeting. In wenigen Worten fasste sie Jolandas Zustand zusammen.

»Als wir gegangen sind, wirkte Jolanda halbwegs gefasst«, antwortete er mit hörbarer Bestürzung. »Sie hat eingeräumt, dass sie Florenz zum Moorbecken gefolgt ist. Sie war wütend, weil die Sache mit den Illegalen so aus dem Ruder gelaufen ist. Deswegen kam es zum Streit, hat sie zugegeben.«

»Und der Angriff auf Florenz?«

»Sie war es nicht, behauptet Jolanda. Florenz sei wohlauf gewesen, als sie ging. Das kann man glauben oder auch nicht. Hast du einen Abschiedsbrief gefunden?«

»Ich sehe hier nur die Thermoskanne.«

»Schau in ihren Taschen nach!«

Jolanda stöhnte kaum hörbar, ohne sich zu rühren, als Norma mit flinken Fingern die Kleidung durchstöberte.

»Nur der Haus- und Autoschlüssel«, gab Norma an Wolfert weiter. »Warte!«

Sie erhob sich und suchte den Pavillon ab. Sie schaute unter die Bänke und tastete den Sims oberhalb der Holzwände ab. Hinter einem kompakten Bronzeschild, das an den Aufenthalt der Kaiserin Elisabeth von Österreich im Jahr 1897 an diesem Ort erinnerte, blitzte ein Stück Papier hervor, das Norma vorsichtig herauszog. »Ein Brief! Der Umschlag ist zugeklebt.«

»Öffne ihn«, forderte Wolfert sie auf. »Meine Verantwortung!«

Doch dazu kam sie nicht mehr. Seine Stimme ging im Sirenenlärm des anrückenden Krankenwagens unter. Norma steckte Brief und Handy ein und lief den beiden Sanitätern entgegen, die mit einer Trage den Waldweg hinuntereilten. Ihnen dicht auf den Fersen war eine junge, resolut wirkende Frau, die sich als Ärztin vorstellte und sich mit ansteckender Gelassenheit der Bewusstlosen annahm.

Norma zog das Taschentuch aus der Hosentasche und faltete es mit den Fingerspitzen vorsichtig auf. »Wie es aussieht, hat Jolanda sich aus den Wurzeln dieser Pflanze einen Sud gekocht und ihn getrunken.«

Die Ärztin unterbrach die Untersuchung und warf einen fragenden Blick auf die angewelkten Blätter und zerknitterten Blüten. »Was soll das sein?«

»Schwarzes Bilsenkraut!«

»Ach du lieber Himmel!«, entfuhr es der Ärztin, und für einen Moment war von ihrer Coolness nichts mehr zu sehen. »Wir dürfen keine Zeit verlieren!«

Sie wies die Sanitäter in freundlicher Knappheit an, gab Jolanda eine Spritze und legte ihr eine Infusion an. Mit routinierten Griffen hoben die Männer die nach wie vor Bewusstlose auf die Trage und traten, begleitet von der Ärztin, den Weg zum Ambulanzwagen an. Lilly wollte umgehend zur Klinik fahren und hätte Norma in die Stadt mitgenommen, aber Norma wollte noch bleiben.

Als sie allein war, setzte sie sich auf die Bank vor dem Pavillon und nahm sich den Brief vor. »Für Florenz« stand in zittriger Handschrift auf dem Umschlag. Norma öffnete ihn vorsichtig, zog das Blatt heraus und faltete es auf.

»Ich will nicht ohne dich leben«, lautete die knappe Zeile.

War das ein Schuldeingeständnis? Oder die verzweifelte Aussage einer Trauernden?

Darauf wollte sich auch Milano nicht festlegen. Sie erreichte ihn telefonisch im Präsidium, nachdem sie über einen steilen Fußweg in die Stadt hinuntergewandert war. Wolfert sei noch im Gespräch, erklärte Milano, und habe die Gruppe über den Vorfall im Elisabethentempel informiert.

»Hast du mit der Ärztin gesprochen?«, fragte er.

Jolanda war mittlerweile bei Bewusstsein, hatte Norma mit einem Anruf in der Klinik erfahren, wirkte jedoch sehr verwirrt, was eine Folge der berauschenden Substanzen war, die dem Gewächs den Ruf als »Hexenpflanze« eingetragen hatte.

»Hoffentlich kann Jolanda bald aussagen«, sagte Milano. »Riebler hetzt regelrecht gegen dich, Norma. Ihr Geständnis würde ihm den Wind aus den Segeln nehmen.« Sein Missmut gegen den Kollegen tat ihr gut. Offensichtlich stand er doch auf ihrer Seite.

»Der Zustand wird ein paar Tage anhalten, meint die Ärztin. Jolanda war dem Tod sehr nah.«

»Also ist Geduld gefragt, wie so oft!«

»Stimmt es, dass Florenz eine extrem hohe Lebensversicherung abgeschlossen hatte? Zu Jolandas Gunsten?«

»Woher weißt du …? Egal, es ist wahr. Für mich ein handfestes Motiv. Geld zieht immer!«

»Ich wüsste noch ein Motiv!«

In aller Kürze fasste sie ihre Theorie von Florenz als Täter vom Waldparkplatz und Jolandas Sorge vor Entdeckung zusammen. Milanos Kommentar war ein skeptisches Grunzen.

»Zu sehr spekuliert?«, fragte sie.

Er lachte leise. »Ich kenne dich lange genug, um deine Instinkte nicht gleich vom Tisch zu fegen. Aber im Augenblick kann mir jede Theorie gestohlen bleiben. Lass uns morgen darüber reden. Seit Tagen hatte ich kaum eine Pause. Für heute mache ich Schluss.«

Sie wünschte ihm einen schönen Abend. Auch Wolfert hätte sich ein paar freie Stunden verdient.

Norma war nicht nach Feierabend. Solange die Spur »Jolanda« naturgemäß ruhte, bot es sich an, der Fährte von Cornelius Schuster-Schwertmann nachzugehen und ihm wegen des falschen Alibis auf die Finger zu klopfen. Und damit fing sie am besten bei Oswald von Wernkamp an. Im Laufschritt erwischte sie einen Shuttlebus zum Parkplatz und parkte den Kombi am späten Nachmittag vor Oswalds Haus. Die schwarze Katze putzte sich auf einem Mauerpfosten und schien sich allmählich heimisch zu fühlen. Wurde sie nirgends vermisst, oder war sie so frei wie das Amselmännchen, das hoch oben auf dem First sein Abendlied schmetterte?

Norma klingelte bei Oswald, doch im Haus rührte sich nichts, und seine Garage war leer, wie ein Blick durchs Fenster bewies. Als auf ihren Anruf keine Reaktion kam, beschloss sie, die Zeit für eine Dusche zu nutzen und sich endlich umzuziehen. Sie trug immer noch die Jeans mit dem Eisfleck. Danach etwas zu essen, könnte außerdem nicht schaden. Als sie kurz darauf mit einem Espresso und Käsebrot auf der Terrasse saß, zog vom nahen Waldrand ein frischer Wind heran. Die Luft roch nach Regen. Norma holte sich einen Pullover aus dem Schlafzimmer und nahm das Tablet mit hinaus auf die Terrasse.

Für den Blog hatte sie einen Materialvorrat gesammelt, der ihr nun sehr gelegen kam. Die Literaturagentin hatte noch nichts von sich hören lassen. Stattdessen lag im Mailordner eine Anfrage für eine Versicherungsrecherche: gut bezahlte Arbeit für die Zeit nach dem Bloggerjob. Januarius schwieg, aber ZettEins hatte eine Antwort parat. Januarius, so schrieb der Hacker, habe seine Spuren geschickt über das Paralleluniversum des Internets, das Darknet, unkenntlich gemacht. Und zwar auf so fachkundige Weise, dass sogar ein ausgebuffter Typ wie er dessen Identität nur unter größerem Aufwand, wenn überhaupt, lüften könnte. Norma bezweifelte, dass ZettEins tatsächlich an seine Grenzen gestoßen war. Eher wollte er ein hohes Honorar herausschinden. So viel war ihr das wahre Gesicht des Januarius allerdings nicht wert. Sie dankte ZettEins für seine Hilfe und bat ihn, die Nachforschungen vorerst einzustellen.

Unvermittelt fühlte sie sich erschöpft, was nach dem turbulenten Tag kein Wunder war. Gähnend legte sie das Tablet beiseite. Oswald schien noch nicht zurück zu sein. Norma hatte keinen Wagen gehört. Morgen früh rufe ich ihn an, beschloss sie und bedauerte ihre Bitte um einen baldigen Rückruf. Das Handy meldete eine SMS von Lutz, in der er sich bedankte und ein Datum in der kommenden Woche nannte. Die Handwerker!

An seine Bitte hatte sie nicht mehr gedacht. Wo mochte der Hausschlüssel sein? Im Rucksack!, erinnerte sie sich. Doch als sie hineingriff, fand sie ihn nicht. Nervös leerte sie die Nebentaschen und das Hauptfach komplett aus. Nichts, obwohl sie überzeugt war, den Schlüssel während des Gesprächs mit Lutz ins Hauptfach geschoben zu haben. Warum nicht in eines der Fächer mit Reißverschluss?, schalt sie sich selbst. Weil sie unkonzentriert und mit ihren Sorgen beschäftigt gewesen war! Verärgert über ihre Nachlässigkeit packte sie alles inklusive Lockpicking-Set, Taschenlampe und Elektroschocker wieder ein. Wie peinlich gegenüber Lutz und eine Steilvorlage für Undine, die sich liebend gern über die Missgeschicke anderer mokierte. Wo könnte sie den Schlüssel verloren haben? Das kleckernde Eis! Hatte sie auf der Suche nach Taschentüchern den Schlüssel versehentlich mit der Regenjacke aus dem Rucksack gezogen? Dann läge er mit etwas Glück noch am Wasserbecken. Ein schneller Blick aufs Smartphone: 18.55 Uhr. Die Kassen schlossen um 18 Uhr, aber Besitzer einer Dauerkarte wurden bis 19.30 Uhr eingelassen. Alle Besucher durften bleiben, bis es dunkel wurde. Die Fahrt mit dem Shuttlebus vom Parkgelände »Ober der Hardt« hinunter in die Stadt würde zu lange dauern, vielleicht hatte sie Glück und fand eine Parklücke in Kurparknähe. Zehn Minuten Autofahrt von Heimbach in die Bad Schwalbacher Innenstadt, etwa zehn Minuten fürs Parken plus Fußmarsch. Das sollte zu schaffen sein. Sie schnappte sich Rucksack und Regenjacke. Nichts wie los!

Vor dem Haus kam ihr Oswald entgegen. Er wirkte aufgekratzt. Bis eben habe er mit Vertretern der Stadt und dem Architekten zusammengesessen. »Du wolltest mich sprechen? Gibt es etwas Wichtiges?«

Sie war zu sehr in Eile für langes Drumherumreden. »Cornelius Schuster-Schwertmann! Du hast ihm für den Abend des Tornados ein falsches Alibi gegeben!«

»Unsinn, wer behauptet das?«

»Es gibt eine Zeugin, die ihn zu der Zeit im Auto auf der Reitallee gesehen hat.«

»Und ihr glaubst du mehr als mir?«

»Wieso sollte sie lügen?«

»Wieso sollte *ich* lügen?«, gab er mit entwaffnendem Lächeln zurück. »Die Frau muss sich irren. Eine Verwechslung!«

Sie zügelte den Drang, ihn auf der Stelle mit Gabis Vermutung zu konfrontieren, er wäre an jenem Abend zur Tornadojagd im Wald unterwegs gewesen. Das hätte er sicherlich ebenso ungerührt von sich gewiesen. Diese Frage müsste sie wohlüberlegt angehen.

»Können wir reden, wenn ich zurück bin?«, bat sie in versöhnlichem Ton. »In anderthalb Stunden etwa?«

»Von mir aus, ich habe Zeit«, gab er bedächtig zurück. »Wo willst du so dringend hin?«

»Ich habe etwas verloren.«

»Darf ich dir suchen helfen?«, fragte er fürsorglich. »Vier Augen sehen mehr.«

»Danke, Oswald. Ich komme allein klar!«

»Wie du meinst«, antwortete er und wirkte enttäuscht.

»Bis nachher«, sagte sie und ging zum Wagen.

Als sie den Kombi zehn Minuten später durch die Adolfstraße in Richtung Stadtzentrum steuerte, setzte heftiger Regen ein. Im Schritttempo rollte sie am Kurhaus vorbei und hielt Ausschau nach einem Parkplatz.

Das Glück war ihr gewogen, in der Brunnenstraße bot sich ihr sogar die Auswahl unter mehreren freien Stellflächen. Die Eingänge würden in zwölf Minuten schließen. Eilig verließ Norma den Wagen.

34

Der Wind blies ihr den kalten Regen ins Gesicht. Norma stülpte sich die Kapuze über und hielt mit gesenktem Kopf auf das Kurhaus und den dahinterliegenden Eingang ins Röthelbachtal zu. Aus den Augenwinkeln bemerkte sie eine Bewegung: ein Fußgänger, der flugs in eine Toreinfahrt abtauchte. Ein Mann – die Gestalt war ihr bekannt vorgekommen. Vermutlich ein Stammbesucher der Gartenschau. Mittlerweile schien Norma an jeder Ecke auf vertraute Gesichter zu treffen. Am »Gummibahnhof« warteten die Menschen dicht gedrängt und von Schirmen geschützt oder unter den Glasdächern auf die Shuttlebusse, die sie zu den eigenen Wagen bringen sollten.

Auf das Ausstellungsgelände wollte bei dem Wetter offenbar kaum jemand. Der junge Mann an der Einlasskontrolle, dem das Regenwasser von den Haarspitzen in den Nacken tropfte, schien sichtlich erfreut, etwas zu tun zu bekommen. Sorgfältig prüfte er die Dauerkarte und verkündete, als er sie mit zufriedenem Nicken an Norma zurückreichte: »Das Wetter wird gleich besser. In sechs Minuten kommt die Sonne raus.«

»Sind Sie sicher?«, fragte Norma und warf einen zweifelnden Blick auf den Stahlbrunnen, dessen Konturen hinter den Regenschauern verschwammen.

»Ich nicht, aber meine Regen-App«, meinte der junge Mann treuherzig.

Die App hatte richtig gelegen. Als Norma den Mehrgenerationengarten erreichte, schob sie die Kapuze zurück und bewunderte den Regenbogen, der sich hoch über das Röthelbachtal wölbte. Sie passierte den Durchgang in der Hecke und ging zum Wasserbecken. Aufmerksam suchte sie das Pflaster ab, entdeckte den Schlüssel aber erst, nachdem sie auf die Knie gegangen war. Er war in eine Fuge gerutscht, aus der nur das Ende der Lederschlaufe herausschaute. Mit den Fingerspitzen zog sie ihn hervor und verstaute ihn sicher im Innenfach des Rucksacks. Eine Bank in der Nische einer Bambushecke wirkte wie eine Einladung. Froh, den Schlüssel wiederzuhaben, nahm Norma dort Platz und stellte den Rucksack vor ihren Füßen ab. Ruhe umfing sie. Die wenigen Menschen, die sie unterwegs gesehen hatte, waren dem Ausgang entgegengestrebt. Nun war nichts zu hören als die Abendgesänge der Vögel und das Rascheln der Bambushalme im Wind. Neugierig checkte sie das Smartphone. Auf ihrem Blog befand sich ein neuer Kommentar von Januarius: *Hochmut kommt vor dem Fall.* Spinner! Und im Mailpostfach lag die Antwort der Literaturagentin. Endlich! Elena Jentzer hatte das Exposé tatsächlich aufgestöbert und sogleich im Anhang mitgeschickt. Gespannt öffnete Norma die Datei und überflog den Text. Als sie auf die Beschreibung des Protagonisten stieß, rief sie unwillkürlich seinen Namen.

Wie hatte sie sich so in einem Menschen irren können? Seine sensible Zuwendung: eine Farce! Fassungslos haderte sie mit sich und ihrer Menschenkenntnis, als sie einen Lufthauch im Rücken spürte. Eine rasche Bewegung. Ein Keuchen. Norma sprang auf. Sie wollte die Elektrowaffe aus dem Rucksack reißen. Zu spät! Kräftige Arme nahmen sie gefangen, umklammerten sie wie ein Schraubstock und warfen sie zu Boden. Bevor Norma um Hilfe rufen konnte, beugte sich der Angreifer über sie. Er drückte ihr das Knie ins Kreuz, verschloss ihren Mund mit Klebeband und band ihr die Hände auf den Rücken. Als sie wehrlos war, legte er ihr eine Schlinge um den Hals und zog sie mit sich.

35

Zügig legte sich die Dämmerung über das Tal. Bald würde es dunkel sein und das Gartenschaugelände menschenleer. Oswald von Wernkamp hatte seine Gefangene zur hinteren Seite des Mehrgenerationengartens und von dort aus in eine nahegelegene Baumgruppe geschleppt. Mit angewinkelten Beinen saß Norma auf dem nassen Erdboden, doch in ihrer Angst nahm sie die Kälte kaum wahr. Oswald hatte das Seil über ihrem Kopf an einem Baum befestigt. Mit jeder unvorsichtigen Bewegung zog sich die Schlinge enger zu und machte Norma unerbittlich klar, dass ihr nichts anderes übrig bleiben würde, als ruhig und aufrecht auszuharren. Falls auf dem nahen Weg jemand vorbeikäme, würde er sie kaum bemerken. Ein Beet mit hohen blühenden Stauden schirmte die Sicht auf das Versteck ab. Doch so spät war ohnehin niemand mehr auf dem Gelände unterwegs. Am Schreien hinderte sie ein Klebestreifen über dem Mund, aber laut zu werden hätte sich grundsätzlich nicht empfohlen. Sie war nicht allein. Oswald betrachtete sein Opfer mit offensichtlicher Genugtuung. Gehüllt in sein Waldläufer-Outfit, an dem nichts rieb und raschelte, hatte er sie überrumpeln können. Von Heimbach aus musste er ihr mit dem Wagen nachgefahren und schließlich zu Fuß ins Röthelbachtal gefolgt sein. Als Besitzer einer Dauerkarte hatte man auch ihn kurz vor Toresschluss eingelassen.

Sein zuvorkommender Tonfall klang in ihren Ohren wie Hohn. »Du wolltest reden, Norma? Hier bin ich. Stell deine Fragen.«

Mit einem Ruck entfernte er das Klebeband. Norma hustete und leckte sich den bitteren Klebstoff von den Lippen. Sie musste stark bleiben. Stark, unbeirrbar und schlau.

»Ich will keine Antworten mehr«, entgegnete sie mit einer Stimme, die ihr halbwegs gefestigt erschien.

»Was für ein Unsinn! Natürlich willst du alles wissen. Du bist Detektivin! Ich habe nichts gegen dich, Norma, und finde dich sogar recht unterhaltsam. Hättest du meine Warnungen besser ernst genommen. Jetzt kann ich nichts mehr für dich tun.«

Ihr ging ein Licht auf. »Du bist Januarius! Warum diese, nun ja, schlichten Sprüche?«

Er neigte das hagere Gesicht, beäugte sie wie ein Tier hinter Gittern. »Betrachte die Banalität als Tarnung. Die Borniertheit, mit der du meinen Kommentaren begegnet bist, kann ich verzeihen. Aber du hättest mir nicht nachspionieren sollen. Was soll's? Jetzt kann ich frei reden. Indem ich Cornelius für die Tornadonacht unaufgefordert ein Alibi gab, verschaffte ich mir selber eins. Ein genialer Schachzug, wie ich finde. Stimmst du mir zu?«

Norma zuckte unwillkürlich zusammen, was die Schlinge um eine Nuance fester zog.

»Du bist so still?«, höhnte er. »Dabei überschlagen sich die Fragen in deinem Kopf. Hat er Rose getötet? Den Jungkoch in den Wald zwischen die umstürzenden Bäume gescheucht? Was ist mit Florenz?, fragst du dich. So ist es doch?« Er wiederholte die letzte Frage in schneidendem Ton: »Ist es so?«

»Kann sein … ja. Ja, das geht mir durch den Kopf.«

»Brav, brav«, schnurrte er und kam näher. Sehr nah, mit den Lippen an ihrem Ohr hauchte er: »Und du fragst dich, wie das sein kann: dieser liebenswürdige Charme, sein ausgefeilter Humor, diese smarte Höflichkeit. Wie konnte das gespielt sein? Du fragst dich, ob du einem Psychopathen auf den Leim gegangen bist. Einem intellektuellen Monster.« Lauter fragte er: »Bin ich ein Monster?«

»Kein Mensch ist ein Monster«, flüsterte Norma.

Er rückte wieder ein Stück von ihr ab und lachte gurrend. »Ich beweise dir gern das Gegenteil. Denn weißt du was, Norma? Es wird mit jedem Mal leichter. Daisy Kupffer war die Erste. Badewanne, Strom, aus. Dank der veralteten Sicherungen ein Kinderspiel.« Er beobachtete sie lauernd. »Warum überrascht dich das nicht? Sag bloß, du wusstest von Daisy? Antworte!«

Als sie schwieg, traf sein Schlag sie hart ins Gesicht. Ihr Kopf flog zur Seite und riss die Schlinge mit, die sich ruckartig verengte. Röchelnd und hustend schnappte Norma nach Luft.

»Vielleicht kann mir dein Handy mehr verraten! Wo ist es?«

Er klopfte ihre Regenjacke ab und zog es aus der Tasche. Während Oswald sich mit dem Smartphone beschäftigte, konzentrierte Norma sich auf ihre Atmung. Lag es an ihrer Anspannung, dass sie im Gebüsch hinter sich andere Atemzüge zu hören glaubte, die im Einklang mit den ihren gingen? Oswalds Fluchen lenkte sie von dieser seltsamen Empfindung ab. Er war auf die Mail der Agentin gestoßen.

Mit zynischem Lächeln hielt er ihr das Display vor die Augen. »Gratuliere, Norma! Du hast tatsächlich dieses vermaledeite Exposé aufgetrieben! Also kennst du jetzt das Geschäftsmodell meiner ehemaligen Firma?«

Dieses Mal gehorchte Norma seinem auffordernden Blick. »Du hast Programme gegen Cyberkriminalität verkauft. Aber das war nicht alles.«

Stockend fasste sie zusammen, wie Daisy das kriminelle Konzept ihres Protagonisten dargelegt hatte: Ein Geschäftsmann macht Firmen, Krankenhäuser und Behörden für viel Geld wieder betriebsbereit und verkauft teure Schutzprogramme. Nachdem von ihm beauftragte Hackerbanden die Firmencomputer lahmgelegt und Lösegelder gefordert hatten!

Er grinste sarkastisch. »Das hat sich ausgezahlt! Meine rumänischen Freunde haben mir fleißig die Kunden zugetrieben. Ich habe Daisy immer gefördert. Und was macht die hinterfotzige Kuh? Sie kundschaftet meine Verbindungen aus und sammelt Details und Daten. Dabei ging es ihr nicht ums Geld. Anstatt mich schlicht zu erpressen, wollte sie mit einem Roman groß rauskommen, die dämliche Gans! Man hätte mich sofort im Visier gehabt. Bevor sie bemerken konnte, dass ich ihr auf die Schliche gekommen war, habe ich ihr einen Besuch abgestattet.«

»Die Agentin …«, begann Norma und brach keuchend ab. Das straffe Seil schnitt schmerzhaft in ihren Hals. »Die Agentin wird …«

Er sprang auf und brachte sie mit einer Geste zum Schweigen. »Mach dir keine Hoffnungen, die Frau wird nicht zu deinem Rettungsanker. Wie sie selbst in ihrer Mail schreibt, hatte sie das Manuskript nach Daisys Tod in ihrem Archiv begraben und dort vergessen. Niemand sonst weiß davon. Deshalb geht es auf dein Konto, Norma, dass ich ihr noch heute Nacht einen Besuch abstatten werde. Sie wird die Nummer sechs auf meiner Liste.«

Trotz des verstörenden Inhalts klang seine Stimme nun wieder freundlich-vertraut. Wenn sie die Augen schloss, den reibenden Strick und die Schmerzen an den eingeschnürten Handgelenken ausblendete, nur den Duft der Blüten wahrnahm, das Rascheln der Blätter im Wind und die Rufe des Käuzchens: Könnten sie nicht friedlich auf seiner Terrasse beisammensitzen und über das Leben philosophieren? Und über den Tod!

»Warum Rose?«, fragte sie kühn und schaute ihn an.

Er kehrte zur Bank zurück, gab sich redselig. »Weil die arrogante Hexe mich ans Messer liefern wollte! Daisy war immerhin klug genug gewesen, nicht einmal Kevin zu verraten, dass sie ihren Chef zum Romanhelden auserkoren hatte. Aber Rose in ihrer penetranten Art hatte nicht lockergelassen und aus Daisy meinen Namen herausbekommen. Ich traf Rose zufällig im Wald, als ich vom Parkplatz aus das Unwetter beobachten wollte. Plötzlich stürmte sie auf mich zu und verlangte, in die Stadt kutschiert zu werden. Ich sagte, sie solle sich zum Teufel scheren. Ich war empört, weil sie mich aus der Sendung ausgeladen hatte. Wir gerieten in Streit, und in ihrer Unbeherrschtheit hat sie sich verplappert. Völlig aufgebracht rückte sie damit heraus, dass sie mich in einer der nächsten Livesendungen mit den Erkenntnissen der toten Daisy exklusiv aufs Kreuz legen wollte. Was hätte ich tun sollen? Weil sie nicht aufhörte, mich zu beleidigen, riss ich ihr einen Walkingstock aus den Händen und stach damit auf sie ein. Ich überwältigte sie und drückte ihr mit dem Stock die Luft ab. Das alles ging blitzschnell.«

Wie um Zustimmung heischend schaute er seine Gefangene an. Norma fragte nach Silvan.

»Er war plötzlich da«, berichtete Oswald weiter. »Sprang vom Rad, brüllte mich an. Da begriff ich: Die beiden waren ein Liebespaar. Als er mich angriff, tobte der Sturm los. Er riss sich den Helm vom Kopf und prügelte damit auf mich ein. Ich wehrte mich mit dem Walkingstock. Um uns herum brach die Hölle aus. Der Sturm brauste durch den Wald, Äste flogen durch die Luft, Bäume fielen krachend um. Silvan floh in den Wald, ob vor mir, vor dem Sturm – wer kann das sagen? Ich schleppte Rose in den Straßengraben, bedeckte sie mit Laub und packte die Stöcke, den Helm und das Rad in den Wagen. Als der Sturm abflaute, suchte ich nach Silvan und fand ihn schließlich unter dem Laub der umgestürzten Blutbuchen. Dort ließ ich ihn liegen.«

Alles Übrige passte zu dem Ablauf, den Norma sich zusammengereimt hatte. In der Tasche am Mountainbike befanden sich Handy und Hausschlüssel. Noch am selben Abend fuhr Oswald in Silvans Wohnung. Um das Haus zu finden, brauchte er nur die vom Smartphone aufgezeichnete Radtour zurückzuverfolgen. Er holte das Reisegepäck, um es samt dem Rad und Helm in einer abgelegenen Schlucht im Hochtaunus verschwinden zu lassen. Später versendete er die Kurznachrichten an die Mutter. Drei Morde, wenn man Silvans Ende mitrechnete – an dem Oswald zweifelsohne gelegen schien. War Florenz die Nummer vier gewesen?

Als Norma die Frage nach dessen Tod und dem »Warum« stellte, sprang Oswald erregt auf und begann, mit elastischen Waldläuferschritten auf und ab zu tigern. Es habe ihm gefallen, das Pharao, und auch die zwei jungen Leute, die sich als Unternehmer zu beweisen suchten. »Deswegen war ich gern dort zum Essen. Und Florenz? Er schwärmte verzückt von seinen Kochkünsten und tischte mir in Wahrheit Fraß aus der Tüte auf. Am meisten ärgert mich, dass ich mich habe reinlegen lassen. Bis du, Norma, mich mit der Nase draufgestoßen hast.«

»Würde Convenience Food alle Gäste zum Morden anstiften, hätten wir bald keine Köche mehr«, behauptete sie so flapsig, wie es ihr angesichts der Situation möglich war.

Der Besuch bei ihm!, fiel ihr ein. Sie hatten über die Schummeleien in der Pharao-Küche gesprochen. Hatte Oswald, während sie im Bad war, ihr Smartphone durchsucht und war auf die Fotos gestoßen?

In seinen Augen fing sich das Sternenlicht, als er sich ihr zuwandte. »Es ging mir nicht nur darum, Florenz zu bestrafen. Dein kindisches Selfie hat mich auf die Idee gebracht, dir eine kleine Lektion zu erteilen. Es hat richtig Spaß gemacht, alles zu arrangieren: das Beil zu stehlen, während Florenz im Gastraum servierte, und ihm am Moorbecken aufzulauern. Dass plötzlich Jolanda auftauchte und ihm eine Szene machte, gab der Sache die richtige Würze. Nachdem sie fort war und ich ihn niedergeschlagen hatte, habe ich dein Haar im Gebüsch arrangiert. Es hatte sich an meinem Rattansofa verfangen. Eine mühsame Suche, aber lohnend! Ich war sehr gespannt darauf, ob du dich von mir auf den Barfußpfad schicken lässt. Und tatsächlich! Du hast meinen Vorschlag blauäugig angenommen. Schliefen deine Instinkte an diesem Morgen noch, Norma?«

»Ich hatte dich nicht in Verdacht«, bekannte sie.

»Ja, das ist mein Schicksal«, sinnierte er. »Man kommt mir einfach nicht auf die Spur! Ich war neun, als ich die Schildkröte unserer Nachbarn im Regenfass ertränkte. Mit zehn trat ich die Meerschweinchen meines Klassenkameraden tot, mit elf vergiftete ich den Dackel meiner Tante. Niemand traute dem aufgeweckten kleinen Oswald solche Untaten zu.«

Norma schossen Erklärungen aus einem Psychologiebuch durch den Kopf. *Es ist die Maske der Normalität, die den Psychopathen so gefährlich macht. Sein Charme blendet, die Empathie ist gespielt. Oft hochintelligent, verfügt der chronische Lügner und talentierte Schauspieler über eine bemerkenswerte soziale Kompetenz, mit der er sein Umfeld manipuliert. Seine Lebensziele sind Macht, Geld und die Kontrolle über andere Menschen ...* Graue Theorie.

Daisy, Rose, Silvan, Florenz. Die Namen der Toten schossen ihr durch den Kopf. Die Agentin als die sechste auf seiner Liste. Keine Frage, wer die Nummer fünf sein sollte.

Er löste das Seil vom Baumstamm und packte es oberhalb der Schlinge. »Du zitterst! Glaubst du mir jetzt, dass ich ein Monster bin?«

Seltsamerweise raste ihr Herz nicht wie bei den seit Langem vertrauten Panikattacken. Was dem Umstand geschuldet sein mochte, dass sie nicht in grausamen Erinnerungen gefangen war, kombinierte sie sarkastisch. Der realen Gefahr ausgesetzt funktionierte ihr Körper, ließen sie ihre Fähigkeiten nicht im Stich. Trotzdem verlor sie – mit auf dem Rücken gefesselten Händen – die Balance, als er sie vorwärtsschubste, und sie wäre auf das Gesicht gestürzt, hätte er sie nicht aufgefangen. Ein übler Ruck an der Schlinge war der Preis dafür. Winzige Fledermäuse umflatterten das seltsame Paar, das sich unter dem Sternenhimmel auf den Stahlbrunnen zubewegte.

36

Irgendwie tat es gut zu liegen, obwohl ihr die Kälte aus den Steinplatten in den Körper kroch. Mit dem Oberkörper ruhte sie auf einer Plastikfolie, die Oswald über dem Abflussgitter ausgebreitet hatte und auf der sich Quellwasser sammelte, das über ihrem Kopf aus dem Ausguss plätscherte und sie mit seinem eigentümlichen Geruch umnebelte. Auf seinem Weg floss es über ein knappes Dutzend senkrechter Metallplatten, die sie aus den Augenwinkeln erkennen konnte und deren wellenförmig geschnittene Kanten den Lauf des Wassers symbolisieren sollten, wie Oswald in gewählten Worten dozierte. Überhaupt gab er sich freundlich, und als Norma den Kopf so weit wie möglich anhob, um ihm in die Augen zu sehen, erschrak sie über die gleichmütige Miene, mit der er sie, das durchnässte Bündel Mensch zu seinen Füßen, begutachtete, das durch einen Knebel mundtot gemacht war. Sie befanden sich auf der unteren Etage des runden Brunnenpavillons. Für einen Moment war Norma froh gewesen, die steile Treppe überhaupt heil überstanden zu haben. Nun fragte sie sich, ob er sie ertränken wollte. Warum sonst hätte er ihren Kopf so dicht über dem Abflussgitter fixieren sollen, dass ihr die Wassertropfen in die Nase rannen? Allerdings könnte der Spiegel über der Folie kaum hoch genug steigen, dass sie ertrinken würde.

Da, ein Schatten über ihr!

»Was du riechen kannst, sind die harmlosen Stoffe,

Norma!«, raunte Oswald. »Kohlendioxid hat keinen Geruch und ist doch so gefährlich. Es ist schwerer als Luft und hält sich am Boden, unmittelbar neben deinem Gesicht. Warum atmest du nicht? Das Luftanhalten wird dir nicht helfen. Mit dem nächsten Atemzug strömt das Gift umso tiefer in deine Lunge. Verspürst du Kopfschmerzen? Ein Schwindelgefühl? Keine Sorge, der Tod kommt sanft daher, bald verlierst du das Bewusstsein. Ich würde gern bleiben und dir bis dahin Gesellschaft leisten, aber ich möchte die Agentin nicht warten lassen. Bis irgendwann im Jenseits, Norma!«

Verzweifelt lauschte sie seinen leichten Schritten, die sich über die Treppe entfernten. Der Druck im Kopf, das Gefühl, sich zu drehen: Waren das die ersten Anzeichen der Vergiftung? Ihre Gedanken schienen zu zerfließen wie Wachs.

Ein paar Schläge auf die Wangen holten sie ins Leben zurück. Das eisige Wasser war in ihre Kleidung gezogen. Sie zitterte vor Kälte und hatte jedes Zeitgefühl verloren. Seit wann mochte sie hier liegen?

»Aufwachen, Norma! Verdammt, reiß dich zusammen!«

Mit geschlossenen Augen versuchte sie, die Stimme zu erkennen. Das durfte nicht wahr sein. Sie stöhnte trotz des Knebels. Ausgerechnet!

Sanft befreite er sie von dem Knebel und löste ihre Fesseln. Nicht weniger umsichtig griff er ihr unter die Arme, zog sie an die Wand heran und half ihr, sich dort aufzusetzen.

Norma rieb sich die schmerzenden Handgelenke. »Danke! Wie hast du mich gefunden?«

Riebler kniete sich neben ihr auf den Boden. »Ich habe

dich beschattet, was sonst? Als du aus dem Auto gestiegen bist, wollte ich wissen, was du so eilig vorhast, und bin dir auf das Gartenschaugelände gefolgt.«

Er habe beobachtet, fasste er nüchtern zusammen, wie sie den Mehrgenerationengarten betreten habe und Oswald von Wernkamp ihr nachgegangen sei: in aller Heimlichkeit, als wollte er nicht gesehen werden. Riebler hatte eine Weile gewartet und schließlich, als sich keiner von beiden wieder blicken ließ, nachgesehen und Normas Rucksack entdeckt, der wie vergessen am Beckenrand gelegen hatte. Hinter dem Ausstellungsbereich war das Gras niedergetreten und Pflanzen waren umgeknickt.

»Vorsichtig bin ich der Spur gefolgt, bis ich euch entdeckt habe.«

»Du hast dich hinter den Bäumen versteckt! Ich habe deinen Atem gehört.«

»Ich hätte eingegriffen, wenn es brenzlig geworden wäre«, versicherte er. »Ich musste abwarten, um alles mit anzuhören. Von Wernkamp hat seine Verbrechen offen ausgeplaudert. Dich habe ich zu Unrecht verdächtigt, Norma. Gratuliere! Du bist einem Serienmörder auf die Spur gekommen.«

»Oswald wurde festgenommen?«

»Noch nicht, aber er wird nicht weit kommen. Die Kollegen sind informiert, die Fahndung läuft.«

»Er hat mich bis zum Schluss an der Nase herumgeführt«, bekannte sie, ohne sich wirklich zu ärgern. Später, sicherlich. Jetzt war sie einfach nur froh, in Sicherheit zu sein.

»Sogar du machst Fehler, Norma Tann«, spottete er.

»Weißt du was, Bastian Riebler?«, knurrte sie. »Dein

hochnäsiges Gehabe ist mir seit jeher gegen den Strich gegangen.«

Unvermindert grinsend half er ihr auf die Beine.

37

Mit einer abgewetzten Reisetasche auf den Knien und einem Pflaster über der Stirn saß Maram auf der Bettkante. Norma trat an das Fenster heran. Wie viele Krankenhäuser mochten einen solchen Ausblick bieten? Unten im Tal sonnte sich das Städtchen in der Mittagssonne unter einem wolkenfreien Himmel. Was für ein Blau!

»Wir können jetzt gehen. Alle Formalitäten sind erledigt.«

»Formali...?«, fragte Maram zögernd.

»Die Papiere, alles in Ordnung!«

Der Weg zum Ausgang führte an Jolandas Zimmer vorbei. Zuvor hatte Norma kurz bei ihr hereingeschaut. Jolanda hatte einen dünnhäutigen und verwirrten Eindruck gemacht, doch die Ärztin war zuversichtlich, dass das Gift ohne Folgen bleiben würde. Maram wusste weder von Jolandas Selbstmordversuch noch davon, dass sie nur wenige Zimmer weiter lag. Auf Maram kämen in den nächsten Wochen genug Unsicherheiten zu, sie müsste sich nicht auch noch mit Jolandas Schicksal belasten. So war Norma froh über die geschlossene Tür zu deren Zimmer.

Als sie an der Bushaltestelle warteten, rief Wolfert an. »Wo steckst du, Norma?«

»Ich war im Krankenhaus.«

»Hast dich also doch untersuchen lassen«, sagte er erleichtert. »Mit einer Kohlendioxid-Vergiftung ist nicht zu spaßen.«

»Ich habe Maram abgeholt. Mir geht's bestens«, versicherte sie, und es stimmte tatsächlich. Oswalds Anschlag hatte bis auf viele blaue Flecken und den aufgeriebenen Hals keinen körperlichen Schaden hinterlassen. Eine andere Sache waren die tiefen Kratzer in ihrem Selbstbewusstsein. Wie hatte er sie so täuschen können? Doch auch mit den seelischen Blessuren würde sie umgehen können.

»Hat Oswald gestanden?« Sie wusste bereits, dass er noch in der Nacht auf der Schiersteiner Brücke von einer Polizeistreife gestoppt worden war. Auf dem Weg nach Mainz!

»Wernkamp ist ein heller Kopf und gerissen«, knurrte Wolfert auf beste Milano-Art. »Uns gegenüber will er nichts zugeben, aber das ist nur eine Frage der Zeit. Vor dir und Riebler hat er seine Verbrechen offenbart, und wir werden Beweise finden, die dieses Geständnis untermauern. Kommst du heute für deine Aussage vorbei?«

»Wir sehen uns später, bis dann«, verabschiedete sie sich.

»Wohin fahren wir?«, fragte Maram, als sie im Bus saßen.

Norma beschrieb ihr das große sonnige Zimmer, das für sie und ihren Mann bereitstand. Eine Übergangslösung, dann würde man weitersehen. »Euer Zuhause sehen wir uns später an. Komm, lass uns aussteigen!«

Der Bus hielt am »Gummibahnhof«.

Maram bestaunte die großflächigen Plakate, die für

die Landesgartenschau warben, und fragte hoffnungsvoll: »Ich darf die Blumen sehen?«

»Die Blüten, das Grün, die Brunnen, alles!«, versprach
Norma und setzte nach: »Jemand wartet dort auf dich!«

Sie löste eine Karte für Maram und begleitete sie durch
den Wandelgang. An diesem sonnigen Feiertag – Chris-
ti Himmelfahrt – waren die Parkanlagen besonders gut
besucht. Hamdi stand wartend inmitten der Besucherschar am Weinbrunnen. In gelassener Würde schritt
Maram ihm entgegen.

Norma blieb mit der Tasche zurück und setzte sich
auf die Mauer des Rosengartens. Am Samstag wäre ihr
Auftrag in Bad Schwalbach beendet. Sie wollte die beiden letzten Tage genießen und den Blog mit friedlichen
Gartengeschichten bestücken. Vor allem aber freute sie
sich auf das Wiedersehen mit Timon. So sehr, dass es beinahe wehtat.

Ende.

SUSANNE KRONENBERG
Hundswut
. . . .
978-3-8392-2134-1 (Paperback)
978-3-8392-5509-4 (pdf)
978-3-8392-5508-7 (epub)

HINTERHALT Josefine Luven hat ihren Traumjob gefunden. Mit der THermine-Touristikbahn bringt sie Besucher zu Wiesbadens Sehenswürdigkeiten. Alles scheint perfekt, bis sie beinahe einen Mann überfährt. Der Mann wurde vor die Bahn gestoßen, davon ist Josefine überzeugt. Währenddessen ermittelt Privatdetektivin Norma Tann in einem Fall von illegalem Welpenhandel. Dabei ist Bruce, ein beißwütiger Dobermann, noch ihr geringstes Problem. Wer ist der Mann, der vor die Bahn gestoßen wurde, und was hat er mit dem Welpenhandel zu tun?

SUSANNE KRONENBERG
Totengruft
. . . .
978-3-8392-1527-2 (Paperback)
978-3-8392-4349-7 (pdf)
978-3-8392-4348-0 (epub)

BESESSEN Grit Blancke und ihre Freundin Marlies Hebisch führen ein Frauenhaus in Wiesbaden-Biebrich. Bei Umbauarbeiten erleiden sie einen Schock: Hinter der Wandverkleidung kommt eine mumifizierte Leiche zutage. Der Mann starb offenbar einen grausamen Tod. Grit, die sich um den Ruf des Frauenhauses sorgt, zieht die Wiesbadener Privatdetektivin Norma Tann hinzu. Deren Ermittlungen führen weit in die Vergangenheit, ins Kriegsjahr 1918, und zur Biebricherin Toni Sender, der Politikerin und Kriegsgegnerin.

GMEINER SPANNUNG

WWW.GMEINER-VERLAG.DE
Wir machen's spannend

SUSANNE KRONENBERG
Edelsüß
. . . .
978-3-8392-1323-0 (Paperback)
978-3-8392-3967-4 (pdf)
978-3-8392-3966-7 (epub)

WINZERSTERBEN Wiesbaden. Die Staatsanwältin Angela Bennefeld wird tot aus dem Schiersteiner Hafen geborgen. Alles sieht wie ein Unfall aus, doch ihre Stiefmutter glaubt nicht daran und bittet Privatdetektivin Norma Tann um Hilfe.

Norma rekonstruiert Angelas letzten Abend. Sie stößt auf Unterlagen über den Glykolwein-Skandal im Jahr 1985, der für viele Winzer das Aus bedeutete. Immer mehr Einzelheiten aus Angelas Vergangenheit bringt die Privatdetektivin ans Licht: Angelas Mörder gerät in Bedrängnis – und Norma in Lebensgefahr.

SUSANNE KRONENBERG
Kunstgriff
· · · · · · · · · · · · · · · · · · · ·
978-3-8392-1048-2 (Paperback)
978-3-8392-3469-3 (pdf)
978-3-8392-3468-6 (epub)

KUNSTFREUNDE Kunstraub in Wiesbaden: Ein wertvolles Gemälde des berühmten Expressionisten Alexej von Jawlensky wird gestohlen. Der Dieb fordert ein Lösegeld und droht andernfalls, das Kunstwerk zu zerstören. Während die Galeristin Undine Abendstern Privatdetektivin Norma Tann bittet, das Bild wiederzubeschaffen, wird die Wiesbadener Kriminalpolizei von einem unheimlichen Mord am Jagdschloss Platte in Atem gehalten. Geht im Taunus ein Mörder um, der seine Opfer mit Pfeil und Bogen jagt? Norma Tann ist sich schon bald sicher: Zwischen den beiden Fällen gibt es einen Zusammenhang …

GMEINER SPANNUNG

WWW.GMEINER-VERLAG.DE
Wir machen's spannend

SUSANNE KRONENBERG
Rheingrund
. . . .
978-3-89977-801-4 (Paperback)
978-3-8392-3009-1 (pdf)
978-3-8392-3008-4 (epub)

FAMILIENANGELEGENHEITEN Norma Tanns neuer Auftrag führt die Private Ermittlerin von Wiesbaden in die beschauliche Weinbaulandschaft des Rheingaus: Im Fall der seit 15 Jahren vermissten Marika Inken gibt es erstmals eine konkrete Spur, der Norma nachgehen will.

Auf den Höhen des Rheinsteigs trifft sie zudem auf Marikas 17-jährige Tochter Inga, die eine brennende Frage quält: Wer ist ihr leiblicher Vater?

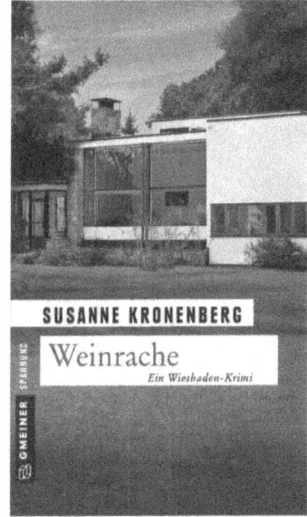

Weinrache
. . . .
978-3-89977-726-0 (Paperback)
978-3-8392-3335-1 (pdf)
978-3-8392-3334-4 (epub)

Wiesbaden kann mit einem weiteren Baudenkmal auf-
warten. Eine heruntergekommene Stadtvilla wurde als
Entwurf eines berühmten Bauhaus-Architekten identifiziert. Doch der Entdecker, Architekt Moritz Fischer,
kann sich nicht lange an seinem Ruhm freuen: Inmitten
des Treibens auf der Rheingauer Weinwoche wird er
kaltblütig erschossen. Die Private Ermittlerin Norma
Tann wird Augenzeugin des Verbrechens. Dabei hat
sie andere Sorgen: Ihr Noch-Ehemann Arthur ist nach
einem Streit spurlos verschwunden …

GMEINER SPANNUNG

WWW.GMEINER-VERLAG.DE
Wir machen's spannend

Das Neueste aus der Gmeiner-Bibliothek

Unser Lesermagazin

Bestellen Sie das
kostenlose Krimi-
Journal in Ihrer
Buchhandlung
oder unter
www.gmeiner-verlag.de

Informieren Sie sich ...

www ... auf unserer Homepage:
www.gmeiner-verlag.de

@ ... über unseren Newsletter:
Melden Sie sich für unseren Newsletter an
unter www.gmeiner-verlag.de/newsletter

f ... werden Sie Fan auf Facebook:
www.facebook.com/gmeiner.verlag

Mitmachen und gewinnen!

Schicken Sie uns Ihre Meinung zu unseren Büchern
per Mail an gewinnspiel@gmeiner-verlag.de
und nehmen Sie automatisch an unserem
Jahresgewinnspiel mit »mörderisch guten« Preisen teil!

GMEINER SPANNUNG